KB112117

다크 디텍티브

다크 디텍티브

발행일   2024년 7월 3일

지은이   길무상
펴낸이   손형국
펴낸곳   (주)북랩
편집인   선일영   편집   김은수, 배진용, 김현아, 김다빈, 김부경
디자인   이현수, 김민하, 임진형, 안유경, 신혜림   제작   박기성, 구성우, 이창영, 배상진
마케팅   김회란, 박진관
출판등록 2004. 12. 1(제2012-000051호)
주소   서울특별시 금천구 가산디지털 1로 168, 우림라이온스밸리 B동 B113~115호, C동 B101호
홈페이지 www.book.co.kr
전화번호 (02)2026-5777   팩스   (02)3159-9637

ISBN   979-11-7224-159-9 03810(종이책)   979-11-7224-160-5 05810 (전자책)

잘못된 책은 구입한 곳에서 교환해드립니다.
이 책은 저작권법에 따라 보호받는 저작물이므로 무단 전재와 복제를 금합니다.
이 책은 (주)북랩이 보유한 리코 장비로 인쇄되었습니다.

(주)북랩 성공출판의 파트너

북랩 홈페이지와 패밀리 사이트에서 다양한 출판 솔루션을 만나 보세요!

홈페이지 book.co.kr   •   **블로그** blog.naver.com/essaybook   •   **출판문의** book@book.co.kr

작가 연락처 문의 ▶ ask.book.co.kr

작가 연락처는 개인정보이므로 북랩에서 알려드릴 수 없습니다.

길무상 추리소설

다크
디텍티브
Dark Detective

북랩

차례

1

붉은 끈

 007

2

브릭하우스 살인사건

 091

3

백악 산장의 괴사건

 205

4

런던에서 온 사관

263

1.
붉은 끈

1

✦ ✦

1997년 12월, 가을부터 비가 오지 않아 그해 겨울은 더 황량한 느낌이었다. 성탄절을 이틀 남긴 동짓날, 해가 뜨고 얼마 지나지 않은 시각에 소방구조대로부터 변사(變死) 사건 발생 통보가 접수되었고 관할서(署) 강력계 형사인 나는 즉각 현장으로 출동하였다.

잠원동 빌라 골목에 주차된 승용차 운전석에 이십 대 중반쯤 돼 보이는 여자가 앉은 채로 숨져 있었다. 여자의 목은 시트와 헤드레스트를 연결하는 철제봉에 불그스름한 끈으로 묶여 있었다. 피살자의 목에 감긴 끈은 버릴 책들을 묶을 때 쓰는 폴리프로필렌 소재의 매끄러운 끈이었다. 시체의 목은 끈에 꽉 조여져 짙은 자주색으로 멍들어 있었고, 두 눈은 붉게 충혈돼 있었던 것으로 봐서 차 안에서 교살당한 것이 확실해 보였다.

"가서 부검을 해봐야겠지만, 살해당한 지 두어 시간 정도 된 것 같습니다. 지금 8시 반이니까, 사망 시각은 오전 6~7시 정도로 추정됩니다."

감식반원이 현장 검시 소견을 강력반장에게 브리핑하였다.

"옷매무새로 봐선 성폭행 흔적은 없는 것 같군……. 그런데 박 경위,

어째서 죽이고 목을 시트에다 그대로 묶어 놨을까?"

살해당한 여자를 관찰하던 반장이 내게 물었다.

"끈을 풀면 여자의 머리가 앞으로 고꾸라지면서 핸들 위 크락션에 박을 까봐 묶은 상태로 둔 거겠죠."

나는 뻔한 거 아니겠느냐는 듯 대답했다.

"하지만 이렇게 목에다 끈을 묶어 놓으면 지나가는 사람들 눈에 잘 띄는데 말이야……. 하기야 그런 것까지 생각할 겨를이 없었겠지."

"반장님, 가방하고 외투까지 살펴봤지만, 여자의 지갑이 안 보입니다."

감식반원이 차 안을 수색하다가 반장에게 다가와 말했다.

"강도 살인이란 말인가?"

"그리고 조수석 앞 수납함 안에서 선물상자를 발견했습니다."

세련된 종이로 포장된 상자 안에 꽤 고급스러운 물건이 들어있을 것 같았다.

"혹시 받는 사람에게 쓴 메모 같은 건 안 붙어 있나? 지금은 바쁘니, 이건 서(署)에 가서 열어 보자구."

살해된 여자는 대단한 미인은 아니었지만, 큰 키에 이목구비가 뚜렷한 얼굴 생김새가 인상적이었다. 룸미러에 걸린 묵주 끝의 십자가가 죽은 이를 물끄러미 내려다보고 있는 모습이 왠지 더욱 애잔한 기분이 들게 하였다.

추운 날씨에도 불구하고 호기심 많은 인근 주민과 어떻게 알고 왔는지 카메라를 들이대는 기자들 때문에 사건 현장은 매우 어수선하였다. 정오가 됐을 무렵, 현장 조사가 마무리되어 사체를 수습해 구급차에 실어 보내고 수사반도 현장에서 철수하였다.

최초 목격자 겸 신고자는 사건 현장 근처 다세대 빌라에 거주하던 가정주부였다. 쓰레기를 버리러 나오는 길에 차 옆을 지나가다가 운전석에 앉은 여자의 목이 한쪽으로 꺾인 채 끈으로 묶여 있는 것을 보고서 119에 신고하였던 것이다.

피살당한 여자의 이름은 최현주이며, 여의도에 소재한 국내 굴지의 서부증권 본사에 근무하는 회사원이었다. 지방에서 대학을 졸업하고 서울로 올라온 그녀는 초임 시절 북부 변두리 지점에서 창구직원으로 근무하다가, 2년 전에 본사로 발령받고 임원의 비서로 근무하던 중이었다. 사건 당일 밤늦은 시간에 피해자 유가족을 찾아가 탐문하였으나, 비탄에 잠긴 최현주의 유족들로부터 수사에 도움이 될 만한 진술을 들을 수는 없었다. 그저 자기 딸이 남에게 원한을 살만한 행동을 하지는 않았을 거라 말하며 흘러내리는 눈물을 주체하지 못하였다.

초동수사를 벌였지만, 의미 있는 성과는 나오지 않았다. 사건이 장기 미제로 갈 것 같은 불길한 예감이 나를 비롯한 강력반원들을 점점 초조하게 만들었다.

성탄절에도 출근하여 밀린 일을 마무리하고 퇴근하려는 찰나 휴대폰 벨이 울렸다.

"박 경위, 일도 좋지만, 오늘 같은 날은 가족들한테 봉사해야 하는 것 아닌가?"

수화기에서 귀에 익은 목소리가 흘러나왔다.

"오늘 내가 출근한 건 어떻게 알았나?"

"지금 자네 차 옆에 와 있어. 일단 나와 봐."

주차장으로 나가보니, 왁스로 잔뜩 광을 낸 남색 에스페로가 내 차 옆에 세워져 있었고, 그 안에 낯익은 얼굴이 무심한 표정으로 앉아 있었다. 그는 여느 때와 똑같이 물 빠진 청바지, 지퍼 달린 구두와 유행 지난 가죽 잠바를 걸치고 머리는 귀를 반 이상 덮을 정도로 기른 모습을 하고 있었다.

도두주(都斗酒)는 나와 경찰 동기였고 나이도 동갑이라 전부터 친구처럼 막역하게 지내왔었다. 그는 당시로부터 1년 반 전에 일어났었던 상당히 의문스러운 살인사건에 대해 내사 종결을 명한 상부의 지시를 어기고 수사를 계속했다는 이유로 거의 쫓겨나다시피 경찰을 떠나게 된 사연을 갖고 있는 인물이다. 본래부터 외골수 기질이 강하여 경찰조직에 부적합한 사람이라 생각해 왔기 때문에 도 형사의 퇴직이 그리 놀라운 일은 아니었다. 하지만 경찰에 적을 두고 있는 동안 그가 쌓은 실적은 타의 추종을 불허하는 것이었다. 경찰 동료들은 말할 필요도 없고 그를 쫓아낸 간부들조차도 그의 수사 능력만큼은 인정할 정도였다. 그는 퇴직 후 흥신소(興信所) 일을 하며 생계를 유지해 나가고 있었지만, 일거리가 별로 없어 쉬는 날이 훨씬 많아 보였다.

나는 눈짓으로 인사치레하고 에스페로 조수석에 올라탔다.

전직 형사는 스위치를 돌려 라디오를 끄고서 호기심 가득한 눈빛으로 나를 보며 물었다.

"젊은 여자가 차 안에서 교살당했다면서?"

"음, 잠원동에서 터진 사건 말이군. 지갑이 없어진 걸로 봐선 강도 살인일 수도 있어."

"강도 살인은 아닐 걸세. 젊은 여자 지갑에 현찰이 있어 봐야 얼마나 있겠나? 기껏해야 십여만 원이겠지. 그거 뺏으려고 이 엄동설한 새벽에 사람을 죽인다? 그게 상식적으로 납득이 된다고 보나? 그리고 무엇보다 살해 도구가 끈이라는 사실에 주목해야 해. 그건 사전에 계획된 범행임을 암시하는 유의미한 단서일세."

도두주에게 이 사건에 관하여 얘기를 꺼낸 적이 없는데도, 그는 어디서 들었는지 사건의 개요를 꽤 자세히 알고 있는 것 같았다.

"요즘은 상식 밖의 일들이 자주 일어나니까 강도가 아니라고 장담 못하지. 어쨌건 현재로선 면식범, 단순 강도 두 가지 다 가능성을 열어놓고 있네. 근데 자네, 이 사건에 대해서 따로 조사한 게 있나? 뭐라도 나온 거 있으면 좀 알려주게. 자네도 알다시피 사건이란 게 지체될수록 검거가 어렵지 않은가."

"아, 오해 말게나. 난 그냥 라디오에서 나오는 뉴스를 들었을 뿐이라구. 형사도 아닌데 내가 조사하고 말고 할 게 뭐 있겠나……. 그런데 현장에 있던 사건 차량은 지금 어디에 있나?"

"감식 끝나고, 임시로 서(署) 뒤편에 세워뒀네."

"지금 시간이라면, 잠깐 봐도 괜찮겠지?"

당연히 규정 위반이지만, 두주가 사건 해결에 도움을 줄지도 모른다는 은근한 기대감과 규정 운운하면서 야박하게 굴기가 싫어서 좀 머뭇거리다 승낙하였다.

"글쎄 뭐, 잠깐이라면야……"

근처 식당으로 가려고 걸어났던 차 시동을 끄고 두주와 나는 차에서 내려 경찰서 뒤편에 세워둔 사건 차량을 향해 걸어갔다.

"끈에서는 지문이 나왔나?"

"아니, 깨끗해."

"피해자는 전날 몇 시에 귀가했었나?"

"당일 정황이나 관련자 진술을 종합해 본 바로는 밤 10시가 넘어서 집에 도착했던 걸로 파악하고 있네. 그리고 언론에 보도가 안 된 사실이 있는데……. 피해자는 임신 중이었어. 세 들어 살던 빌라 욕실 휴지통에서 임신 테스트기가 발견됐었지. 부검 결과, 임신 5주라더군."

"저런!"

걸어가면서 사건에 대해 이것저것 묻고 답하는 사이, 우리는 어느새 파란 색상의 크레도스 앞에 도착해 있었다.

"중형차로군. 나이 스물여섯 먹은 여자가 타기에는 좀 큰 거 같지 않나?"

"하긴, 나도 아직 준중형이니까."

내 대답에는 관심도 없다는 듯 어느새 차 주위를 한 바퀴 빙 돌며 외관을 훑어보면서 주머니에서 흰 장갑을 꺼내 손에 끼는 두주의 모습이 아주 사인스러워 보였다. 곧이어 뒷좌석 도어를 열더니 외투 안주머니에서 꽤 광도가 높은 손전등을 꺼내 어두운 차 안 구석구석을 비추었다. 나는 두주가 차 안을 조사하는 동안 누군가 우리 쪽으로 오는 것이 염려되어 망을 보았다. 십여 분이 지난 후, 조사를 마친 두주가 차 문을 닫았다.

"뭐, 좀 나온 거 있나?"

"이거 좀 보게."

두주는 남자 걸로 보이는 머리카락 한 올을 바람에 날아가지 않도록 꼭 쥐고 있었다.

"감식반 놈들이 이 잡듯이 뒤졌는데 이런 걸 남겨놓다니!"

"박 형사, 이게 범인의 머리카락일 것이라 단정 짓지는 말게. 이 차에는 여태껏 범인 외에도 여러 사람이 탔을 테니까……. 자네도 알겠지만, 설령 이 머리카락이 범인의 머리에서 빠진 것이라 해도 자연 탈모된 머리카락엔 모근이 희박해서 DNA 추출이 어려워. 그저 케라틴이라는 단백질로만 돼 있기 때문이지. 멀쩡한 머리카락을 일부러 뽑아야만 DNA를 온전하게 확보할 수 있어. 발견 당시에 현장을 촬영했던 사진도 좀 보여주게."

당연하다는 듯 요구하는 게 좀 언짢았지만, 차까지 보여줬는데 사진은 안 된다고 하기가 뭣해서 사무실에 보관 중이던 사진 수십 장 중에서 중복되는 것을 뺀 열 장 정도만 가져와서 두주에게 건네주었다.

"끈 매듭 모양이 왼손잡이 솜씨 같군."

"글쎄, 난 봐도 잘 모르겠는데."

여자의 목에 묶인 끈 매듭을 접사로 찍은 사진을 자세히 들여다봐도 나는 그것이 왼손잡이의 소행이 맞는지 식별하기가 어려웠다.

"죽은 여자는 교제하던 남자가 있었겠지?"

"어제 조사차 서부증권 본사에 갔을 때 연인관계였던 것으로 추정되는 직원을 불러서 추궁해 봤는데, 계속 발뺌을 하더군. 자신은 피해자와 특별한 관계가 아니라고 말이야. 조만간 피해자의 휴대폰 통화내역을 통신사에서 제출받아 보면 뭔가가 나오겠지."

"죽은 여자가 비서로 일했다고 그랬나? 그럼, 그 여자가 보좌했던 간부도 만나봤겠군?"

"어제 회사 탐문조사에서 내가 여자의 애인 놈을 담당하고 김 반장이 그 간부 임원을 조사했는데, 그 사람은 알리바이가 확인돼서 수사선상에서 제외시켰네."

사건에 관하여 얘기를 나누던 중, 누군가의 발걸음 소리가 우리 쪽으로 점점 가까워져 왔다. 나는 낮은 목소리로 두주에게 말했다.

"누가 이쪽으로 오는 깃 같은데. 자네가 여기 있다는 걸 다른 직원들이 알게 되면 좋을 게 없어. 일단 서(署) 밖으로 나가세."

"그래야겠군."

우리는 후문으로 빠져나와 근처에 있는 해장국집에서 저녁을 먹고 별다른 기약 없이 헤어졌다.

2

✦ ✦

    강력반원들이 동종의 강절도 전과자와 인근에 거주하는 요주의 인물들을 상대로 사건 당일의 행적 등을 조사하였으나, 뚜렷한 혐의점을 찾을 수 없었고 각자 알리바이를 가지고 있었다. 상부에서는 조기 검거 못 한다고 매일 같이 닦달하였다.

    일차적으로 가장 의심이 가는 인물은 피살된 여자의 애인이었던 서부증권 기획실 과장 김준우였다. 출석 통지를 받고서 말끔한 정장 차림으로 나타난 그는 무슨 급한 용무라도 있었는지 조사받는 동안 스무 번 이상 자신의 손목시계로 시간을 확인하였다.

    "사건 당일 즉, 12월 23일 아침 7시경 어디에 있었습니까?"

    "알리바이 말입니까? 서초동에 있는 제 오피스텔에 있었습니다. 6시쯤에 일어나서 출근 준비하고 있었습니다."

    "전날 밤 몇 시에 귀가했습니까?"

    "아마, 10시가 넘어서였을 겁니다."

    '쾅!'

    나는 책상을 주먹으로 내리치며 윽박질렀다.

"경찰을 바보로 아는군! 내 경고하는데, 어설프게 거짓말하면 당신한테 이로울 게 하나도 없다는 걸 알아두시오. 휴대폰 통신 기록을 조회해 보니, 김준우 당신의 휴대폰은 22일 저녁 9시부터 이튿날 아침까지 계속 청담동 부근에 있었던 걸로 나왔어."

거짓말이 발각되자, 사내의 얼굴이 벌겋게 달아올랐다.

"왜 거짓말을 하는 거요?"

"일부러 속이려고 한 건 아닙니다. 저의 프라이버시도 있고……. 어쨌든 통신 조회로 사건이 일어났던 시간에 제가 현장이 아닌 다른 곳에 있었다는 것이 증명되었으니, 저는 이제 가봐도 될 것 같은데요."

"섣불리 넘겨짚지 마시오. 휴대전화 기지국 위치 자료가 당신의 결백을 확증하는 것은 아니란 걸 유념해야 할 거요."

얼굴 생김이나 옷차림이 준연예인급 수준인 증권맨은 경찰서에서 단 일초라도 빨리 벗어나고 싶어 하는 티를 숨기려 하지 않았다. 이쯤에서 나는 핵심적인 질문을 던졌다.

"부검 결과 최현주 씨는 임신 중이었소. 알고 있었습니까?"

"아니요. 몰랐습니다……. 사실 한동안 현주를 만나지 않았거든요."

"단도직입적으로 묻겠습니다. 김준우 씨 당신과의 사이에서 생긴 임신이 맞습니까?"

심준우는 내 눈길을 피하면서 취조실 측면에 나 있는 유리창을 한참 동안 바라보다가 입을 열었다.

"글쎄요……. 저는 아닐 거라고 봅니다."

그 순간, 내 앞에 앉은 사내는 자신의 복잡한 심경을 들키지 않으려고 억지로 태연한 표정을 짓는 것 같았다.

김준우를 돌려보내고 몇 시간이 지나 어둠이 깔릴 무렵, 자신을 살해당한 최현주의 친구라고 밝힌 여자로부터 전화가 걸려 왔다. 최현주가 살해당하기 얼마 전에 자신에게 했던 얘기가 있는데, 그것이 사건과 연관이 있을지도 모르겠다고 약간 떨리는 목소리로 말하였다.

이튿날 오후, 피해자의 친구는 참고인 자격으로 약속된 시간에 강력반 사무실로 찾아왔다. 키가 좀 작고 나이에 비해 귀염성 있는 얼굴을 가진 그녀는 비참하게 죽은 친구가 한을 푸는 데 자신이 조금이라도 도움이 되기를 소망하는 간절함 때문인지, 최현주에게서 들었던 것에 관하여 진지한 태도로 진술하였다.

"현주가 얘기하길, 몇 달 전부터 같은 회사 직원과 연인관계로 지내왔는데, 그 남자의 전 애인이란 여자가 나타나서는 자신에게 심한 욕을 하고 협박까지 해서 무섭고 괴롭다고 제게 하소연했어요."

"구체적으로 어떻게 협박을 당했답니까?"

"현주의 폰 번호를 어떻게 알아냈는지 밤마다 자주 전화를 걸어 욕을 했대요. 심지어 회사에 찾아와서 한바탕 난리를 피운 적도 있었다고 했구요."

"친구를 협박했던 여자의 이름이나 신상에 관해서 들은 게 있습니까?"

"아니요. 아마 현주도 그건 잘 몰랐던 것 같아요."

"예까지 쉽지 않은 걸음이었을 텐데, 협조해 줘서 정말 고맙습니다. 앞으로 있을 수사 과정에서 필요하면 연락할 수도 있으니, 휴대폰을 항상 켜 두세요. 자, 이제 가서도 좋습니다."

참고인을 돌려보내고 내 책상으로 돌아와 두꺼운 서류철을 집어 드는 순간, 누적된 피로 때문인지 몸속 깊은 곳에서 음울한 신음 소리가 새어 나왔다.

다음 날, 반장과 함께 서부증권으로 찾아가 김준우를 불러내 그를 추궁하였다.

"어제 피해자의 친구라는 사람한테서 제보가 들어왔어요. 당신이 예전에 교제했었던 여자가 생전의 최현주 씨를 찾아와서 욕하고 협박했던 일이 있었다고 하던데. 물론 당신도 이 일에 대해서 알고 있겠지요?"

"저는 금시초문입니다."

"뭐, 회사에까지 찾아와서 소란을 피웠다던데, 당신은 모른다고요? 어쨌든, 그건 그렇다 치고……. 전에 당신이 사귀었던 여자의 이름이 뭡니까?"

잠시 머뭇거리다 김준우는 마지못해 답하였다.

"혜란, 오혜란입니다."

"지금 다시 만나고 있습니까?"

"뭐, 가끔 서로 연락은 합니다만……."

그는 말끝을 흐리면서 난감해하였다.

"어쨌든 제보가 들어왔으니, 수사원칙 상 오혜란 씨를 조사해야겠습니다."

짜증이 가득한 얼굴을 한 김준우로부터 오혜란의 거처와 전화번호를 알아내고서 곧바로 그녀가 운영한다는 청담동 소재 명품 부티크로 향했다.

　불언지 이태리언지 모를 알파벳이 매장 입구 위에 필기체로 화려하게 양각되어 있었으나, 이쪽으로 문외한인 나에겐 처음 보는 생소한 브랜드였다. 매장 유리문을 열고 들어서자, 인테리어며 조명이며 모든 것이 호사스러운 분위기를 연출하고 있었다. 외환위기 때문에 극심한 불황이 닥쳤지만, 부촌인 이곳은 전과 다를 바 없어 보였다.

　오혜란은 대단한 미인이었다. 처음 얼핏 봤을 땐 혼혈이 아닌가 싶을 정도로 이국적인 풍모를 갖고 있었다. 한껏 멋을 낸 옷차림이 그녀의 관능적인 몸매를 돋보이게 하였다. 아름답고 세련된 얼굴이었지만 표정이나 눈빛에 오만함이 깃들어 있었다. 이미 김준우로부터 경찰이 올 거란 연락을 받았었는지 우리의 방문에 별로 놀라지 않는 기색이었다. 나이 서른에 불과한 여자가 이런 곳에서 이만한 사업을 한다는 것은 누가 봐도 흔치 않은 일이었다.

　"최현주라는 여자 아시죠? 얼마 전에 살해당했습니다."

　"준우 씨한테 들었어요."

　"제보에 의하면 생전의 최현주 씨에게 욕설하고 협박한 사실이 있다고 하던데, 사실입니까?"

　"협박이라뇨? 그 여자가 자꾸 준우 씨를 귀찮게 따라다녀서 따끔하게 주의를 준 것뿐이에요."

　"지난주 화요일, 그러니까 12월 23일 아침 7시 무렵에 어디 있었습니까?"

"집에 있었어요. 이 근처예요."

"김준우 씨하고 같이 있었습니까?"

이 질문에 오혜란의 표정이 더욱 험악해졌다.

"그래요. 그게 무슨 문제가 되나요?"

"아니요. 문제 될 건 없습니다만……."

"내가 그 여자를 죽였다고 의심하는 건가요? 나 참, 어이가 없어서! 무슨 증거라도 나왔나 보죠? 아무리 경찰이라고 해도 이런 식으로 들이닥치면 영업에 지장이 많아요. 아직 물어볼 게 남았나요?"

사전 준비 없이 즉흥적으로 찾아온 터라 더 이상 추궁할 거리가 없었다. 머쓱한 표정으로 부티크에서 나오려는 순간, 문득 한 가지 의문이 떠올라 고개를 되돌렸다.

"한 가지만 더 묻겠습니다. 김준우 씨하고 헤어졌었던 게 아닌가요? 우리가 파악하기로는 김준우 과장은 오혜란 씨와 헤어지고 나서 피해자와 교제했던 걸로 아는데?"

"뭐라구요? 나 참, 기가 막혀서! 준우 씨가 그러던가요?"

"아니면 됐습니다. 일단 오늘은 이만. 필요하면 다시 오겠습니다."

오혜란은 대답 없이 우리를 매섭게 쏘아보는 것으로 인사를 대신하였다.

"잘 난 여자야! 만만찮겠는걸."

주차장으로 나와 조수석에 올라타면서 반장이 말했다.

"그러게요. 저 여자 드세기가 보통 넘더라구요."

반장과 나는 밖에서 칼국수로 점심을 때우고 서(署)로 복귀하였다.

강력반 사무실로 돌아오고 나서 반나절 정도 지났을 무렵, 서장이 반장과 나를 호출하였다. 서장실로 올라가 보니 분위기가 안 좋음을 직감할 수 있었다.

"자네들, 왜 무고한 시민을 괴롭히고 다니나?"

서장의 질책에 반장이 당황해하였다.

"무슨 말씀이신지? 이해가 잘……?"

"오늘 청담동에 갔었다며? 구체적인 증거도 없이 왜 섣불리 나서는 거야!"

"아, 그게, 피해자 친구라는 여자한테서 제보가 들어와서, 그 확인차……."

반장은 황망한 가운데서도 자초지종을 설명하려 했으나, 서장은 다 듣지도 않고 더 큰 목소리로 질책을 이어 나갔다.

"김 반장, 자넨 아직도 말귀를 못 알아듣는군. 그 여자 아버지가 누군 줄도 안 알아봤어? 바로 오대기야! 오대기 회장 말이야!"

"아, 그런 줄은 미처 몰랐습니다."

겨울인데도 반장의 이마 위에 식은땀이 맺혔다.

"그런 거물을 잘못 건드렸다간 자네들이나 나나 온전치 못해. 혐의가 있으면 확실한 물증을 갖고 수사하란 말이야. 내 말뜻 알아들었으면, 나가 봐!"

씁쓸한 표정으로 서장실을 나와 계단을 절반쯤 내려왔을 때, 짜증

가득한 목소리로 김 반장이 투덜거렸다.

"쳇! 일이 더럽게 꼬이는구먼."

"반장님, 이제 어쩌죠?"

"만약 이대로 계속 밀어붙였다간 우린 강한 압박을 받게 될 걸세. 김준우는 몰라도 오혜란이에 대한 수사는 잠시 보류시킬 수밖에 없겠군. 서장이 말한 대로 제대로 된 물증을 확보한다면, 얘기가 달라지겠지만 말이야."

이 일을 계기로 반장한테서 오대기라는 인물에 대해서 대충 듣게 되었다. 그는 우리 관할구역 안에 거주하지는 않지만, 사채업과 부동산 업계의 큰손이며, 수천억대의 자산가로서 이 일대에서 상당한 유력인사로 통했다. 그는 폭력 조직에게 스폰서 노릇을 해주고 그 대가로 자신의 사업에 폭력과 협박이 필요할 때마다 그들을 유용하게 써먹었다. 정치인들과도 교분이 깊었는데 그들에게 정치자금을 제공하고 선거철이 오면, 영향력 아래 있는 조직들을 은밀히 움직여 자신이 미는 후보의 당선을 돕는 방식으로 그가 달아준 금배지 숫자가 한둘이 아니었다.

오 회장과는 무관하지만 얼마 전에도 어느 거물급 인사의 비위 사실을 포착하여 내사를 진행하고 있었는데, 느닷없이 상부에서 간섭하여 사건을 덮어버렸던 일이 있었다. 이런 일들이 반복될 때마다 나는 형사라는 직업에 대하여 깊은 회의감에 빠질 수밖에 없었다.

3

✦ ✦

　수사보고서 작성을 비롯한 밀린 일을 대충 마무리하고 밤 11시가 다 되어 퇴근길에 나섰다. 집으로 가는 경로에서 멀지 않은 곳에 도두주가 사는 사글세 집이 있었는데, 그곳 방향으로 핸들을 틀었다. 도착하여 밖에서 보니, 반지하인 두주의 거처에는 아직 전등이 밝혀져 있었다. 차를 근처에 대충 주차해 놓고 안으로 들어가 두주를 불렀다.

　"자네, 여전히 퇴근이 늦는군. 추운데 어서 들어와."

　오랜만에 들른 두주의 방 내부 모습은 이전과 달라진 게 별로 없었다. 서가에는 과학 관련 잡지와 자연과학 백과사전 그리고 여러 권의 추리소설이 꽂혀 있었으며, 반대편 벽에는 부동산중개소에서나 볼 수 있는 서울 시내의 지도가 붙여져 있었다. 창문 아래에 면한 책상 위에는 현미경과 돋보기 그리고 여러 형태의 눈금자 따위가 놓여 있었다.

　"자네, 이 야심한 시간에 과학실험이라도 하는 건가?"

　"허헛! 내가 과학은 무슨! 그냥 잠도 안 오고 해서 이걸로 시간 때우는 중이었어. 그런데 자네야말로 이 밤중에 어쩐 일인가?"

　"부탁이 있어서 왔네."

"뭔가?"

"일전에 잠원동 차 안에서 발생한 교살 사건과 관계된 일 일세. 내가 봤을 때, 현 상황에서 혐의를 둘 만한 용의자는 피해자의 애인 김준우와 그가 예전에 사귀었던 오혜란이란 여잘세."

나는 두주에게 최현주의 친구가 진술했던 내용과 오늘 낮에 오혜란을 찾아갔다가 서장한테 깨진 일까지 부연해서 들려주고서 다시 말을 이었다.

"이제 본론을 말하지. 아까 말했다시피 오혜란이의 아버지가 워낙 거물급 인사라, 일개 형사인 내가 심증만 가지고서 계속 조사를 진행하기 어려운 상황일세. 게다가 현재 강력반 수사 인력 갖고는 오혜란과 김준우를 밀착해서 감시할 여력도 안 돼. 자네가 이 둘을 감시하고 혐의점이 있는지 알아봐 주게나."

내 부탁을 듣고서 두주는 얼마 동안 골똘히 생각한 뒤에 입을 열었다.

"그 남녀는 범행 시간에 다른 곳에 있었다고 했잖은가?"

"김준우는 자신의 알리바이를 속이려고 했어."

"그자가 최현주를 굳이 죽여야 할 동기가 있다고 보는가?"

"문제는 최현주가 임신을 해버렸다는 사실이야. 그렇게 되자 김준우는 낙태를 강요했겠지. 그런데 여자가 종교적인 신념 때문에 낳겠다고 계속 우기니까, 출산을 막으려고 직접 살해했거나 그게 아니라면, 다른 누군가를 사주해서 죽였을 수도 있다고 보는데……."

"청부살인을 말하는 건가?"

"맞아, 오혜란이의 아버지는 사채업을 크게 하면서 휘하에 조폭을 거

느리고 있으니, 여자 하나 없애버리는 건 별로 어려운 일도 아니잖아."

내 말을 듣고서 두주가 껄껄 웃어댔다.

"허허헛……. 이 사람아! 자네, 추리를 너무 비약적으로 하는 거 아닌가? 오혜란이란 여자가 정신 수준이 어린애가 아닌 다음에야, 김준우가 다른 여자하고 놀아나 임신까지 시켰다는 사실을 알게 된다면, 그와 헤어져 버리면 그만인 일이지. 제정신인 여자가 아버지한테 자기 애인과 놀아난 여자를 죽여 달라고 말할 수 있을 것 같나?"

"그럼, 자네는 그들에게 혐의가 없다고 보는가?"

"두 사람을 직접 조사한 게 아니라 장담은 못 하지만, 자네한테 들은 얘기만으론 그들에게 혐의를 두기는 어렵다고 봐. 무엇보다 그 둘에겐 범행의 동기가 부족해. 요즘 인명 경시 풍조가 만연한 것 같아도 사람을 죽이는 건 보통 일이 아니야. 최현주를 죽여야만 할 동기가 충분치 않아."

"하지만 사건 이후에 김준우의 석연찮은 행적들을 본 나로서는 의심을 거둘 수 없네. 여자관계가 복잡한 건 그렇다고 쳐도 처음에는 최현주와 연인관계가 아니라고 오리발을 내밀더니 관련 증거를 들이대자, 진술을 번복하고. 그놈은 뭔가 감추는 게 있어. 그리고 오혜란도 보통 여자가 아니지. 그 여자 아버지는 또 어떤 인간인가 말일세?"

"박 경위, 혹시 자네가 그 커플을 용의자로 의심하는 것이 증거보다는 흔히들 말하는 '형사의 감(感)'에서 비롯된 건 아닌가?"

"그게 형사의 감인지, 형사의 촉(觸)인지는 모르겠지만, 현재로서는 이 것이 최선이라고 생각하네."

"그래. 두 사람에 대해서 더 알아본다고 해서 나쁠 건 없겠지. 한데 하필 한 겨울이라 추위는 단단히 각오해야겠군."

"정말 고맙네. 고생스럽겠지만 좀 도와주게."

시곗바늘이 막 자정을 지나는 것을 보고서 나는 자리에서 일어나 방문을 열고 밖으로 나왔다. 두주가 대문까지 나를 배웅하며 말했다.

"김준우와 오혜란에 대해서 알아보기 전에 피해자가 죽기 전까지 살았던 빌라 내부를 내 눈으로 직접 보고 싶은데, 그건 자네가 동행해야만 가능한 일이지. 지금은 너무 늦었고 내일 오후에 괜찮겠나?"

"거주지 조사는 진작에 마쳤는데……. 하지만 자네가 꼭 가보고 싶다면야. 그럼, 내일 저녁에 만나서 같이 가보도록 하지."

반포동에 있는 단골 맥줏집에서 이튿날 오후 5시에 두주와 만나기로 정하고서 나는 늦은 귀갓길에 올랐다.

이튿날 약속 시간을 조금 넘겨서 맥줏집 안으로 들어가 보니, 두주는 벌써 생맥주를 두 잔째 들이켜고 있었다.

"자네, 피해자 거처를 조사하겠다더니 이렇게 많이 마시고 가도 괜찮겠나? 아직 해도 덜 저물었는데……. "

"배도 고프고 해서 말이야. 맥주 정돈데 뭘. 자네도 한 잔 마시게."

"난 괜찮아. 경찰이 음주 운전할 수야 없지. 내 차로 가세."

도로는 점점 늘어나는 퇴근 차량으로 붐비기 시작했다. 예상보다 길이 막힌 관계로 피해자가 살았던 빌라 앞에 도착하고 보니, 날은 완전히 저물어 있었다. 빌라 건물 맨 위층에 사는 주인에게 경찰임을 알리고 최현주가 살았던 302호의 열쇠를 받아서 문을 열고 안으로 들어갔다. 사건 당일 오전에도 이곳에 들어왔었지만, 시간에 쫓겨 기본적인 사항만 확인하고 서둘러 나왔어야 했다. 그리고 시간이 흘러 그날 저녁에 다시 와 보니, 전에 왔을 때와는 사뭇 다른 느낌이었다. 일주일 이상 비어있는 방이었지만, 어둠 속이어서였는지 그곳에 살았던 여자의 향취가 은은하게 남아 있는 것 같았다.

두주가 스위치를 찾아 불을 밝히자, 나는 잠시 빠졌던 감상에서 깨어났다. 방안은 비교적 말끔하게 정리되어 있었고, 설거지도 다 돼 있어 싱크대 쪽도 깨끗하였다. 두주는 옷장을 열어 여성복의 안쪽에 붙어있는 라벨을 확인하였고 신발장도 열어보았다. 서랍장 안에 있는 옷가지와 비품들도 꺼내서 유심히 살펴보았다. 그러고는 책상 서랍 안에서 부피가 제법 큰 종이상자를 꺼내 그 안에 들어있는 각종 고지서나 영수증을 훑어보면서 내게 물었다.

"피해자의 통장은 찾았었나? 잔고는 얼마나 되던가?"

"사건 당일에 홍(洪) 경장이 비닐로 된 통장 홀더를 이 서랍 안에서 찾아냈지. 비닐 수첩처럼 생긴 거 말일세. 정기예금, 보통예금 다 합쳐서 4천만 원 정도 되더군. 통장은 향후 적당한 시기에 피해자 유가족에게 넘겨줄 예정이야."

두주는 명세서처럼 보이는 서류 몇 장을 쥔 채로 말했다.

"내가 찾아보려고 한 건 이 상자 안에 들어있는 죽은 여자의 지난 몇 달간 카드사용 내역서야. 대충 보니까, 생필품 매장 아니면 주유소에서 긁은 게 대부분이더군. 그러니 사용 누계액도 얼마 되지 않아. 걸려 있는 옷이나 가방도 비싼 건 거의 없어. 신발이나 다른 물건들도 마찬가지고."

"자네가 여자 옷 메이커 따위에도 일가견이 있는 줄은 미처 몰랐군."

"유능한 수사관이 되려면 하찮아 보이는 것들에도 관심을 가져야 하는 걸세. 봐, 이렇게 써먹을 날이 오잖아."

새벽에 귀가하여 5시간밖에 못 자고 출근해서 가뜩이나 피곤했는데, 두주가 거드름을 피워대자, 나는 짜증이 났다.

"그래서 자네가 이 방을 수색해서 얻은 결론은 뭔가?"

"그것을 말하기 전에 한 가지 물어볼 게 있는데. 자네, 지방에 있는 피해자의 본가에 가서 유가족들을 만나봤다고 했지?"

"그래. 사건이 일어난 당일 밤에 진주까지 내려가서 최현주의 부모를 만나보고 왔었네."

"그 집 형편은 어떻던가? 좀 괜찮게 사는 집 같아 보이던가?"

"아니. 작고 허름한 아파트에 살더군. 동네도 좀 후졌고. 부친이 작은 서점을 운영했었는데 장사가 안돼서 얼마 전에 접었다고 하더군."

나는 딸의 사망 사실을 전하는 동시에 탐문수사를 하기 위해 최현주의 부모가 살던 집에 다녀왔던 날의 기억을 더듬으며 답해주었다.

"그런데 그 집 가정형편은 왜 묻는 건가?"

"사건과 직접적으로 관련 없어 보이는 것이라고 해서 가벼이 여겨서는 안 되네. 그런 시소하고 단편적인 사실들을 잘 꿰맞출 수 있다면, 사건의 진상에 의외로 빨리 도달할 수 있기 때문이지."

두주는 잠시 대화를 중단하고 창가로 걸어갔다. 창밖의 야경을 보면서 자신이 세운 추론을 정리하는 것 같았다. 잠시 후, 고개를 돌린 그는 천천히 방 가운데로 돌아왔다.

"오늘 여기서 내가 파악한 몇 가지 사실들을 취합한 결과, 최현주라는 여자의 두 가지 특징을 알아냈어. 첫째, 상당히 꼼꼼한 성격이었다는 거야. 아마 정리 정돈하는 습관이 몸에 밴 여자였던 것 같아. 사건 당일 형사들이 들이닥쳐서 뒤적거리지 않은 곳은 아주 잘 정리돼 있어. 살해당하지 않고 시집갔으면 살림을 잘했을 텐데⋯⋯. 아까운 여자야."

"이 사람, 싱거운 소리하기는. 두 번째 특징은 뭔가?"

"꼼꼼한 여자들이 대개 그렇듯 검소한 소비성향을 가졌어. 증권사에 다니면 딴 직종보다 급여도 많고, 돈 많은 사람을 자주 보니까 씀씀이가 헤퍼지기 쉬운데, 이 여자는 죽기 전까지 알뜰한 생활을 하고 있었어. 취직한 지 2년 남짓밖에 안 됐는데, 통장 잔고가 4천만 원이나 된다는 사실과 좀 전에 내가 언급한 카드사용 명세서나 평범한 옷가지, 핸드백 같은 게 이를 뒷받침하는 것일세. 그리고 이 빌라도 강남에 있다곤 해도 낡고 오래돼서 임차료가 그리 비쌀 것 같지는 않아. 여기까지 동의하는가?"

"자네 생각에 이견은 없네. 하지만 그런 특징을 가진 여자가 어디 한둘이겠는가? 아마 셀 수 없이 많을 거야. 내 말인즉슨 피해자의 알뜰하고 꼼꼼한 성격이 도대체 이번 살인사건과 무슨 연관이 있냐는 거지?"

두주가 내 눈을 응시하며 사뭇 진지한 투로 답했다.

"난해한 사건일수록 기본으로 돌아가라는 말이 있지. 사건 수사의 기본이 뭔가? 바로 현장이야. 현장! 사건 해결의 실마리는 경찰서 회의실에서 나오는 게 아니라 현장이란 말일세."

너무 당연한 소리를 나무라는 듯이 하여 기분이 언짢았지만 참았다.

"난 오늘 정말 피곤해. 지금 자네한테 수사학(搜査學) 강의를 듣고 싶진 않으니, 이제 본론을 말해봐."

"이번 사건의 현장이 어딘가? 바로 차 안이야. 자네, 내가 크리스마스날 서(署) 건물 뒤편에 세워져 있던 크레도스를 보고 처음으로 했던 말을 기억하는가?"

"글쎄, 뭐라고 했는데?"

"스물여섯 먹은 처녀가 타기에는 과분한 차라고 했었네. 이제 갓 직장생활을 시작한 여자가 그것도 주거비가 비싼 서울에 살면서 기름 많이 먹고 세율도 높은 중형차를 탄다는 게 나는 처음부터 좀 어색하다는 느낌이 들었어."

나는 고개를 끄덕이며 말했다.

"계속해 보게."

"피해자의 고향 집을 방문하고 돌아온 자네 말에 따르면, 최현주의 부모가 경제적으로 그리 넉넉한 형편은 아니라고 했지. 또 내가 이 오래된 빌라 방에서 발견한 몇 가지 특징들을 통해서 알게 된 그녀의 검소한 소비성향과 중형차는 아무리 생각해도 언밸런스하단 말일세. 피해자가 탔던 크레도스의 소유권은 누구 앞으로 돼 있던가?"

"물론 기본적인 차적조회는 했었네. 최현주 본인 소유의 차량일세. 출고된 지 1년쯤 된 신차더군."

"그 자가용의 구입 경위를 조사해 보게. 차량 대금의 결제 방식과 그 돈의 출처가 궁금해지는군. 그러려면 최현주의 은행거래 내역부터 다시 조사해야 할 거야."

그때까지 피해자의 차량에 대해서 별다른 의혹을 못 느꼈는데, 두주는 나와 보는 눈이 달랐다.

"크레도스 구매 대금에 대해서 알아보는 거야 간단한 일이지. 서두르면 내일 안으로 답이 나올 거야. 이제 다 봤으면 그만 돌아가세."

빌라 건물의 안주인에게 열쇠를 돌려주고 돌아서려는 순간, 문을 닫으려는 여자에게 두주가 말을 걸었다.

"잠깐만요! 아주머니, 혹시 살해당한 세입자가 생전에 남자를 데리고 이곳에 왔었던 적이 있었습니까?"

두주의 질문에 오십은 족히 넘어 보이는 여자가 약간 경계하는 눈빛으로 자신은 모르겠다고 얼버무렸다.

두주는 더 캐묻지 않고 계단 아래로 발을 옮겼다.

"일반적으로 사람들은 이런 살인사건에 얽혀들길 원하지 않으니까, 알아도 모른다고 말하는 경우가 많지."

"뭐, 그냥 물어본 걸세."

건물 밖으로 나오는 순간, 매서운 한기 때문에 몸이 저절로 움츠러들었다. 밤이 되자, 북쪽에서 강력한 한파가 밀어닥친 것이었다. 입을 다물고 있어도 이빨이 시릴 정도로 엄청난 맹추위였다. 밤거리에는 차만 다닐 뿐 행인이라고는 찾아볼 수 없었다. 두주와 나는 추위를 피해 서둘러 차에 올라탔다. 찬 바람 나오는 히터가 빨리 데워지기를 기다리며, 우리는 뻥 뚫린 대로를 내달렸다.

4

✦ ✦

퇴근 시간이 지난 지 꽤 됐지만, 교살 사건의 피해자 신변 조사를 맡았던 홍 경장은 아직 자리를 지키고 있었다.

"홍 경장, 최현주 은행 통장 자네가 보관하고 있나?"

"예, 캐비닛 안에 있습니다."

"그 통장 좀 꺼내봐. 피해자의 자가용 구매 경위에 대해서 알아볼 필요가 생겼어. 차량등록증이 작년 12월 초에 발급됐으니까, 크레도스의 구매 대금 결제도 그 무렵에 이뤄졌을 거야. 일시납이든 할부든 간에 적어도 몇백만 원은 자동차 영업소 계좌로 송금됐을 테지. 현찰로 지불했었다면, 돈을 인출한 내역이 통장에 찍혀있을 걸세."

피해자의 예금통장 입출금 내역을 살폈으나, 작년 연말부터 최근까지 차량 대금이나 할부금으로 보이는 큰돈이 송금되거나 인출된 기록을 빌견힐 수는 없었다.

"천오백만 원이 넘는 중형차를 취득했는데, 차량 대금을 지불한 흔적이 없다니, 좀 이상하지 않나?"

"부모가 딸에게 차를 사줬을 수도 있지 않겠습니까?"

"아니야. 그 집 부모는 그럴 형편이 못 돼. 내가 사건 발생 당일 밤에 진주에 내려갔었잖아. 그 집에 전화해서 물어볼 필요도 없어."

초임 형사의 어설픈 추측을 내가 단숨에 깔아뭉개버리자, 그는 머쓱한 표정을 지었다.

"홍 경장, 자동차 제조사를 수신자로 해서 수사 협조 공문을 작성하게. 본문에 사건 차량의 차대번호를 명기하고 판매처와 담당 영업사원에 관해서 긴급 조회 요청하는 걸로 하면 돼."

"알겠습니다, 경위님."

다음 날 오전 10시, 수사 협조 공문을 지참한 나는 K 자동차 본사 로비에서 두주와 합류하였다. 회사가 심각한 경영난을 겪고 있어서인지 복도를 오가는 직원들의 표정이 굳어 있었다.

수사 협조라고 해봐야 아주 간단한 정보조회였으나, 근 30분 정도가 지나서야 젊은 여직원이 서류 한 장을 손에 들고 다가와 우리에게 건네주었다.

"더 자세한 사항에 관해서는 해당 영업소에 문의하셔야 합니다."

그 서류를 받아보니, 최현주의 차를 팔았던 대리점은 서부증권 본사가 있는 여의도 안에 있었다. 식어 미지근해진 커피를 한 모금에 넘기고 우리는 서둘러 회사 빌딩 밖으로 나왔다.

K 자동차 여의도 영업소 안으로 들어가 보니, 손님은 한 사람도 안 보이고 직원들만 앉아서 자리를 지키고 있었다. 나는 영업소장에게 찾

아온 용건을 말해주고 차량 번호가 적힌 서류를 내밀었다.

"여기 나와 있는 크레도스를 팔았던 직원을 불러주시오."

영업소장이 차량 번호가 적힌 문서를 컴퓨터 앞에 앉은 여직원에게 가져가더니 잠시 후, 명찰을 단 정장 차림의 젊은 영업사원을 데리고 우리가 앉은 응접 테이블로 돌아왔다.

"이 여자, 기억납니까? 얼마 전에 당신이 팔았던 차 안에서 교살당했습니다."

영업사원이 맞은 편에 앉자, 내가 말했다.

"예에! 그런 일이 있었습니까?"

자신이 팔았던 차 안에서 살인이 일어났다는 말을 듣고서 영업사원은 놀라움을 감추지 못했다. 탁자 위에 놓인 최현주의 증명사진을 자세히 들여다본 그는 얼마 지나지 않아 그녀를 기억해 냈다.

"이 여자분이 죽다니, 믿기지 않는군요."

옆에 앉아 가만히 듣고 있던 두주가 더는 궁금함을 참지 못하고 영업사원에게 다급한 목소리로 질문을 하였다.

"이 차, 대금 결제는 일시불입니까? 할붑니까?"

"일시불로 받았습니다."

"그렇담 지불 방식은? 계좌이체? 현찰로?"

"글쎄요, 거기까진 기억이 안 납니다. 삭년도 매출 사료를 봐야겠습니다. 잠깐만요."

영업사원은 사무실 안으로 들어가서 두터운 서류 파일을 들고 돌아왔다.

"현금이 아니고 수표로 결제했습니다."

"뭐, 수표라고! 그럼, 배서인은 누구로 돼 있나요? 최현주 씹니까?"

영업사원은 서류 한 군데를 손가락으로 짚었다.

"아니요. 안성준이라는 분입니다. 아, 이제 그때 일이 기억나네요. 차량의 명의자는 최현주 씨였지만, 대금 지불은 같이 온 남자분이 하셨습니다."

안성준은 살해당한 최현주를 비서로 데리고 있던 서부증권의 상무 직급 임원이었다.

이로써 크레도스의 구매 대금 출처에 관한 수수께끼는 풀리게 되었다.

K 자동차 여의도 영업소에서 서부증권 본사까지는 차로 불과 5분밖에 걸리지 않았다. 현관 회전문을 통과하여 1층 로비 한편에 있는 안내 데스크 여직원에게 안성준 상무를 만나러 왔다고 하니, 잠시 후 말쑥한 차림의 대외협력팀장이란 자가 나타나 우리를 상대하였다. 그는 깍듯한 태도로 우리를 응대했지만, 그것은 기계적인 친절일 뿐이었다.

"사전에 조율도 없이 이렇게 불쑥 찾아오시면, 저희로선 입장이 정말 곤란합니다."

"수사 진행 과정에서 이번처럼 긴급을 요하는 경우에는 어쩔 도리가 없습니다. 지금 바로 안성준 씨를 만나봐야겠습니다."

"장(場)중에 트레이딩을 멈추고 경찰 조사를 받는다는 건 증권사의 업무 특성상 아주 곤란한 일입니다. 경찰분들이라 이쪽 일을 잘 모르시겠지만, 작은 심리적인 동요가 트레이더에게 엄청난 투자 손실을 유발케

할 수도 있습니다. 여기는 불과 몇 분 사이에 수백억이 왔다 갔다 하는 곳이란 말입니다. 아, 물론 영장이 있다면 얘기가 달라지겠지요."

"뭐, 영장! 그러니까 주식 노름에 방해되니까 경찰 수사도 필요 없다는 것이로군. 우리는 죽임을 당한 당신네 동료 직원 때문에 밤낮없이 뛰고 있는데……."

내가 언성을 높여 분위기가 험악해지자, 옆에 앉아 있던 두주가 개입하였다.

"박 경위, 진정하게. 나가서 점심이나 먹고 다시 오자구."

두주는 고개를 돌려 대외협력팀장을 쏘아보았다.

"안성준 상무에게 전해주시오. 경찰서에 불려 나오는 것보단 본인의 사무실이 훨씬 나을 거라고. 오후 3시 반에 다시 오겠소."

두주가 절충안을 제시하자, 서부증권 대외협력팀장도 타협적인 자세로 나왔다. 오후 3시 정규 장(場)이 끝나는 즉시 안 상무에게 경찰이 조사하러 왔었다는 사실을 보고하겠다고 답하고서 그는 응접실에서 먼저 일어났다.

정오가 되기 몇 분 전에 다시 중앙 로비로 나오자, 증권사 직원들이 점심을 먹기 위해 서너 명씩 무리를 지어 밖으로 나왔다. 우리는 그들 중 어떤 일행의 뒤를 따라가 보았다. 그들이 들어간 곳은 인근의 복합 상가 건물 지하에 있는 비빔밥 전문점이었다. 바쁜 증권사 직원들이 빨리 점심을 때우고 업무로 복귀하기에 비빔밥은 적당한 메뉴인 것 같았다. 식당 안으로 들어가 보니, 양복 입은 직장인들이 자리를 메우고 있었다. 우리도 서부증권사에서 나온 직원들이 앉은 테이블 옆에 자리를 잡고 식사를 주문하였다. TV 뉴스를 보고 있는데, 옆 테이블에서 수다를 떨어대던 서부증권 직원이 우리 귀를 솔깃하게 만드는 이야기를 꺼냈다.

"이봐, 소문 들었어? 안성준 상무가 조만간 회사에서 쫓겨날 거라는군. 회장님이 진짜 열받아서 더는 못 봐주겠다고 했다던데."

그러자 바로 옆자리에 앉은 살찐 동료가 맞받았다.

"그럴 만도 하지. 최근 지수선물에서 낸 손실이 엄청나다더군. 가뜩이나 이 어려운 판국에 말이야……. 자칫하다간 그룹 전체가 위험해질 수도 있다고 하던데……. 걱정이야."

"그래도 그렇지. 안 상무가 영입되고 나서 여태까지 회사에 벌어다준 게 얼만데! 세상 참 비정하구먼."

"어쩔 수 없지. 백 번을 이긴 명장도 막판에 지면 역적이 되는 게 이 바닥 생리잖아."

"불과 얼마 전만 해도 전무 승진이 확실해 보였는데 이젠 회사에서 잘릴 신세라니, 세상일은 정말 알 수가 없어. 예전 안 상무가 잘 나갈 때 보여줬던 총기는 어디로 사라져 버린 걸까?"

TV를 보는 척하면서 우리는 두 사람이 나누는 대화를 유심히 듣고 있었는데, 식당 종업원이 비빔밥을 가져다주자, 그들은 하던 이야기를 멈추었다. 10분 만에 밥 먹기를 끝낸 옆 테이블의 증권맨들은 외투를 걸치고 서둘러 식당을 빠져나갔다.

두주와 나는 근처 다방에 앉아 시간을 때우다가 오후 3시가 조금 지나서 다시 서부증권 본관으로 들어갔다. 입사한 지 얼마 안 돼 보이는 대외협력팀 소속 젊은 남자 직원이 나와서 우리를 안내하였다. 19층에 멈춘 엘리베이터에서 내린 우리는 곧바로 안성준 상무의 사무실로 들어 갔다.

안성준은 평균보다 작은 키에 약간 살이 찐 체형이었다. 47세의 나이 에 비해 다소 겉늙어 보였으며, 초췌하고 피곤한 얼굴을 하고 있었다. 우리가 사무실 안으로 들어서자, 그는 책상 의자에서 일어나 소파를 가 리키며 우리에게 자리를 권했다.

"경찰에서 또 무슨 일로 온 겁니까? 나에 대한 조사는 지난번에 다 끝난 걸로 아는데. 아직 더 조사할 게 남았습니까?"

안 상무가 떨떠름한 표정을 하고서 나에게 물었다.

"수사를 진행하다 보면 이런 경우가 가끔 생깁니다. 오늘은 정식 조사 라기보다는 몇 가지 사항에 대한 사정 청취 차원에서 방문한 겁니다."

세상 어디에도 형사의 방문을 반길 사람은 없을 것이다. 그러나 그날 우리를 마주 대했던 안성준이라는 중년 사내의 태도는 경찰에 대한 일 반적인 거부감과 불편함을 넘어서 적대감마저 보이는 것 같았다.

옆에 앉은 두주가 먼저 질문을 시작하였다.

"그럼 묻겠습니다. 아시다시피 안 선생의 비서였던 피해자는 승용차 안에서 목이 졸려 실해딩했습니다. 피해자가 소유했던 크레도스의 구 매 경위를 추적해 보니, 안 선생이 차량 대금을 내줬더군요. 이 사실에 대해서 인정합니까?"

두주는 안 상무를 '선생'이라 호칭하며 추궁하였다.

"난 아직도 미스 최가 그렇게 끔찍하게 죽임을 당했다는 사실이 믿기지 않아요. 참 마음씨 고운 직원이었는데⋯⋯."

그렇게 말하며 안 상무는 잠시 눈시울이 붉혔다. 그는 티슈로 눈에 고인 물기를 닦아낸 후, 두주가 한 질문에 답을 하였다.

"맞아요. 작년 초겨울쯤엔가, 차를 한 대 장만하는 게 어떻겠냐고 최 비서한테 내가 제안했어요. 잠원동에서 이곳 여의도까지 지하철노선이 마땅찮아서 출퇴근할 때 많이 힘들겠단 생각이 들었기 때문입니다. 증권사는 업종 특성상 출근 시간이 타 금융업체보다 1~2시간 정도 빠릅니다. 물론 시내버스를 탈 수도 있지만, 영하의 추위에 떨며 정류장에서 버스를 기다리는 미스 최를 생각하니, 너무 안쓰럽더군요."

안 상무의 대답을 듣는 동안 두주는 흥미로워하는 표정을 지어 보였다. 안 상무가 말을 마치자, 두주가 곧바로 반박하였다.

"아무리 그렇다고 해도 가족도 아닌 사람에게 천칠백만 원이란 큰돈을 대가도 없이 줄 수가 있습니까? 일반인의 상식으론 납득이 안 되는군요."

그러자 안 상무는 거만한 얼굴을 하고선 듣기에 역겨운 웃음을 터트렸다.

"허허헛⋯⋯. 물론 일반인의 수준에서는 이해가 안 될 겁니다. 하지만 이곳 여의도 금융가에선 몇천만 원은 그저 푼돈일 뿐이라오. 작년에 거래실적이 제법 괜찮아서 성과급을 꽤 두둑하게 받았어요. 아, 내가 형사님들한테 돈 자랑을 하는 건 아닙니다. 미스 최가 날 위해 열심히 일해줬기 때문에 그에 대한 보답과 격려 차원에서 차 한 대 마련해

준 것일 뿐이오. 그러면 이후로도 나를 위해 더욱 성의껏 일해줄 것 아니겠소?"

두주는 안 상무의 대답을 다 듣고 나서 시니컬하게 웃더니, 소파에서 일어나 안 상무의 사무용 책상 뒤편에 있는 창문을 향해 걸어가며 말했다.

"사무실 전망이 아주 훌륭합니다. 한강이 한눈에 내려다보이는군요."

"그렇지요. 시황(市況)이 예상을 빗나가서 마음이 어지러울 때, 창밖에 흐르는 강물을 보면서 마음을 추스르곤 합니다."

안 상무가 말을 마치는 순간, 두주가 서 있는 근처에서 갑자기 '따닥' 하며 단단한 물체가 바닥에 떨어지는 소리가 났다. 두주의 휴대폰이 바닥에 떨어진 것이었다.

"이런, 씨발!"

순간적 당황했는지 두주는 혼잣말로 욕을 내뱉으며 떨어진 휴대폰과 바닥에 부딪힐 때 충격으로 본체에서 튕겨 나간 배터리를 쭈그려 앉아서 주워들었다. 한참 조사를 진행하던 중에 두주가 뜻밖의 작은 소란을 일으키자, 나는 분위기를 수습하고자 머릿속에 떠오른 것을 안 상무에게 물어보았다.

"여기 들어오다 보니까, 비서 책상이 비어있더군요. 최현주 씨를 대신할 다른 직원이 아직 배정 안 됐습니까?"

"회사 규정에 따르자면, 상무급한테는 전담 비서가 안 붙어요. 그런데 내가 맡은 업무가 회사에서 워낙 비중이 높고 그런 만큼 바쁘기도 했으니까, 회장님이 특별히 배려해 줬었던 거요. 이젠 비서를 주든지 말든지 난 별 관심 없어요."

내가 문답을 나누는 사이에 응접 소파로 돌아온 두주가 안 상무의 얼굴을 응시하며 질문을 재개하였다.

"이전에 있었던 경찰의 방문 조사에서 안 선생은 살인사건이 일어나기 전날 밤부터 철야 근무를 했다고 진술했는데 구체적으로 어떤 일을 했습니까?"

"신년도 투자계획안을 수정하고 있었어요. 담당 부서에서 올라온 계획안이 너무 방어적이고 소극적이라서 도저히 못 봐주겠더군요. 그딴 걸 계획안이라고 들고 오다니. 나 참, 그런 무능한 인간들을 부하랍시고 데리고 있는 나 자신이 불쌍합니다……."

안 상무의 대답이 쓸데없이 길어지려 하자, 두주는 그의 말을 중간에 잘라버리고 다른 질문을 던졌다.

"결례되는 질문일지 모르겠습니다만, 안 선생과 피살된 여비서의 관계가 통상적인 상사와 비서의 관계를 넘어섰던 건 아닙니까? 그렇다면 선생이 피해자에게 자가용을 사줬던 게 쉽게 납득이 되는데……. 어떻습니까?"

이 질문을 받고서 몇 초 동안 아무 반응이 없던 안 상무가 드디어 폭발했다.

"지금 무슨 소릴 하는 거요. 당장 나가시오! 별 미친놈을 다 보는군. 내 방에서 꺼지란 말이야!"

안 상무의 얼굴은 소시지처럼 붉게 변했고 관자놀이에서 힘줄이 튀어나올 정도로 혈압이 올라 버렸다. 물론 듣기에 거북한 질문이긴 했지만 그래도 그렇게까지 격하게 반응하는 것은 이해하기 어려웠다. 두주와 나는 안 상무의 사무실에서 쫓기듯 걸어 나와 복도 끝에 있는 엘리베이터 버튼을 눌렀다.

1층으로 내려오니, 좀 전에 우리를 상무실로 안내했던 대외협력팀 직원이 우리를 기다리고 있었다. 내가 그를 보며 말했다.

"안성준 상무는 보기와 다르게 상당히 다혈질이더군요."

"예, 안 상무님과 같이 일해 본 직원들의 말에 따르면, 그분은 점잖은 성품인 것 같지만 감정 변화가 심한 편이라고 하더군요."

내가 대외협력팀 직원과 대화를 나누는 동안, 로비 주변 이곳저곳을 서성거리다가 돌아온 두주가 직원에게 물었다.

"회사의 보안이나 경비를 담당하는 부서는 어딥니까?"

"총무부 소관입니다."

"사건 수사와 관련해서 보안 담당자에게 물어볼 게 있으니, 좀 불러주시오."

잠시 후, 불려 나온 총무부 직원에게 두주가 물었다.

"야간에 사옥 경비는 어떻게 합니까?"

"저희 회사는 정규직원 2명과 경비원 2명이 야간에 숙직을 섭니다. 직원은 당직 책임자로서 주로 전산시스템의 이상 유무를 살피고, 경비원들이 실질적으로 사옥의 방범을 맡고 있습니다."

"사건 발생 전날 밤, 그러니까 12월 22일 야간부터 다음 날 오전까지 숙직을 섰던 경비원들을 지금 만나봐야겠습니다."

"그 두 사람은 이번 주에 야간 조로 편성돼 있습니다. 저녁 8시쯤에

나 출근할 겁니다."

저녁에 경비원들을 만나러 다시 찾아오겠다는 말을 남기고 우리는 서부증권 본관에서 나왔다.

십여 년 전에 유행했었던 귀에 익은 멜로디가 에스페로 스피커에서 흘러나왔다. 조수석에 앉은 나는 오늘 하루 동안에 있었던 일들을 곱씹어 보았다. 아침부터 시작한 일련의 조사를 통해서 사건 차량의 구매 경위에 대한 의문은 확실히 해소되었다. 그러나 피해자에게 차를 사준 안 상무를 용의자로 지목하기엔 혐의를 입증할 직접적인 증거가 없었고 무엇보다 그는 알리바이를 가지고 있었다.

"자네는 안 상무를 용의자라고 생각하는 것 같은데?"

두주가 고개를 끄덕였다.

"맞아. 박 경위, 자네가 의심했던 김준우나 오혜란이보다는 아까 그 상무 놈이 범인일 가능성이 훨씬 높다고 보네."

"안 상무를 의심하는 근거를 대보게."

"안성준이가 회사에서 직위가 높고 돈도 잘 번다지만 그래봤자 일개 샐러리맨에 불과해. 그 작자는 여비서가 겨울 추위에 떨면서 출근하는 게 안쓰러워 자가용을 사줬다고 말했는데, 자네는 그런 허무맹랑한 소리를 믿을 수 있나? 안 상무와 피해자는 내연관계였을 거야. 볼품없는 중년이 젊은 여자의 육체를 탐닉한 대가로써 중형차 외에도 여러 가지 금전적인 보상이 있었을 거라고 보네."

"두 사람이 내연관계였다고 치더라도, 그것만 가지고 안 상무를 용의자로 지목하는 것은 무리야. 그에게는 확실한 알리바이가 있어. 살인이 일어나던 시간에 자신의 사무실에 있었다는 게 입증됐단 말일세."

나의 반론에 고개를 끄덕인 두주는 한동안 운전만 계속하다가 마침내 입을 열었다.

"오늘 저녁에 다시 만날 때까지 안성준의 신원과 이력에 대해서 자세히 알아봐 주게. 그동안 난 오늘 습득한 증거물을 검증해 볼 테니."

교차로에서 정지신호에 차를 세운 두주는 가죽 잠바 주머니에서 몇 겹으로 접힌 화장지를 꺼내더니 그것을 펼쳤다. 하얀 화장지 속에는 6cm 정도 되는 C자 모양으로 굽은 머리카락 한 올이 들어있었다.

"이건 웬 머리카락인가?"

"아까 안 상무 방에서 휴대폰을 바닥에 떨어트린 거 기억나나? 사실 일부러 떨어트린 거였네. 이 머리카락을 주우려고 말이야."

"그랬었군. 그런데 바닥에서 머리카락을 찾기가 쉽지는 않았을 텐데?"

"자네는 사무실 안에 있는 사람한테만 신경을 썼구면. 기억 안 나는가? 거기 바닥은 흰색 인조대리석으로 깔려있었어. 머리카락하곤 색깔이 대비되니까 눈에 잘 띄더군. 가져가서 크리스마스 날 사건 차량에서 습득했던 머리카락과 비교해 볼 거야. 내 기억으론 길이나 곱슬한 정도가 비슷한 것 같아. 아! 그리고 또 한 가지, 내가 전에 피해자의 목을 묶은 끈 매듭을 보고서 왼손잡이의 소행 같다고 말했던 거 기억나는가?"

"그래, 현장 사진을 보고 자네가 그렇게 말했었지."

"안 상무의 사무실 창밖으로 펼쳐진 한강 전경에 감탄하는 척하면서 내가 따로 유심히 봤던 게 있었네. 그건 책상 위에 놓인 마우스였어."

"마우스가 뭐 어땠는데?"

"자네나 나처럼 오른손잡이들은 마우스를 키보드의 오른쪽에 놔두지. 그런데 왼손잡이들은 마우스를 키보드 왼쪽에 놔두고 쓴단 말이야. 안 상무 책상에는 마우스가 키보드의 왼쪽에 놓여 있었네."

"머리카락과 왼손잡이라……. 자네의 수고로 이번 사건의 간접증거는 어느 정도 확보한 것 같군. 문제는 아직 결정적인 증거가 없다는 것이야."

"그러니까 서둘러야 해. 머뭇거리는 사이에 그 쥐새끼 같은 놈이 낌새를 채고 외국으로 튈 수도 있으니까."

"알겠네."

저녁에 서부증권 앞에서 다시 만나기로 약속하고서 우리는 각자 맡은 일을 수행하기 위해 일단 헤어졌다.

5

✦ ✦

서(署)로 복귀하자마자 안성준이라는 인물의 신상정보를 조회해 보았으나, 특별한 사항은 나오지 않았다. 눈에 띄는 거라곤 미국에서 5년 정도 거주하다가 3년 전에 귀국했다는 사실과 이혼 기록은 없지만, 처자식과 따로 살고 있다는 것 징도가 전부였다. 전과기록은 나오지 않았다.

강력반장이 이쪽으로 다가 오더니 내 얼굴을 쳐다보고는 한심스럽다는 표정을 지으며 말했다.

"박 경위, 자네 지금 완전 헛다리 짚고 있는 거야. 장담하는데 안 상무는 범행이 일어난 시간에 회사 사무실에 있었어. 내가 확실히 조사했거든. 그날 숙직을 섰던 경비원들의 진술도 안 상무의 알리바이와 일치하네. 그 사람이 벽을 뚫고 다니는 귀신이 아닌 다음에야 범인이 될 수가 없어."

"반장님의 수사에 결함이 있다고 생각진 않습니다. 다만 피해자와의 관계에서 새로운 정황이 발견된 만큼 보강수사가 필요하다고 봅니다."

"하긴, 돌다리도 어쩌고 하는 속담도 있으니까……. 어쨌든 열심히 해보라고."

반장의 빈정거리는 말에 쓴 웃음을 지으며 서(署)를 나선 나는 다시 여의도로 가기 위해 엔진에 시동을 걸었다.

밤이 되자, 바람이 더욱 차가워졌다. 두주와 나는 8시보다 좀 일찍 도착하여 서부증권 사옥 바로 옆에 있는 카페로 들어갔다.

"안 상무 방에서 주운 머리카락, 가져가서 대조해 보니 어떻던가?"

"음, 크리스마스 날 피해자 차량 뒷좌석에서 채집한 머리카락과 매우 흡사하네. 머리카락의 농도, 굵기, 곱슬한 정도가 아주 흡사하더군. 안 상무는 제법 곱슬머리니까 두 머리카락 모두 그의 머리에서 떨어진 것일 가능성이 높아 보이네. 그렇다고 쳐도 머리카락만으론 증거가 될 순 없지."

시계가 8시 정각을 가리키자, 우리는 서부증권 현관을 향해 걸어갔다. 빌딩 바깥 창문은 절반 이상 불이 꺼져있었고 로비에도 인적이 드물었다. 안내 데스크에는 낮에 있던 여직원 대신 체격 좋아 보이는 경비원 두 사람이 로비로 들어서는 우리를 주시하며 서 있었다. 그들에게 경찰임을 알리고 탐문수사를 재개했다.

"총무부 직원에게 물어보니, 12월 22일 야간부터 다음 날 아침까지 당신들 둘이 경비를 섰다고 하던데 맞습니까?"

나는 둘 중 선임으로 보이는 경비원에게 물었다. 그의 제복 위에 달린 아크릴 명찰에는 주상훈이라는 이름이 새겨져 있었다.

"예, 그렇습니다만."

"야간 경비 근무 시간은 어떻게 됩니까?"

"저녁 8시부터 다음 날 오전 8시까지 섭니다."

"그렇게 2교대로 일하면 많이 피곤 하겠군요?"

"사실 많이 힘듭니다. 겨울엔 특히나 더 그렇죠. 원래는 3교대로 섰는데 얼마 전부터 2교대로 바뀌었어요. 회사경비 절감 차원에서 그런 거겠죠. 요즘 경기가 워낙 나빠서 여기뿐만 아니라 다른 데서도 사람을 막 자르고 있어요. 우린 안 잘리고 운 좋게 자리를 지켰지만, 남은 사람들도 힘들긴 마찬가집니다."

온기라곤 거의 없는 이곳에서 야간에 12시간 동안 경비를 선다고 생각하니 보통 일은 아닌 것 같았다.

"12시간 동안 두 사람이 계속 함께 경비를 서는 겁니까? 아니면 중간에 교대로 잠깐씩 눈을 붙입니까?"

옆에 서 있던 두주가 경비원에게 물었다.

"우리도 사람인데 안 쉬고 계속 일하는 건 무리지요. 새벽 1시부터 5시까지는 한 명씩 교대로 숙직실에서 쉽니다."

"경비가 생각보다 강하진 않군요?"

"증권사는 은행처럼 현금을 보관하진 않으니까요."

경비원의 설명을 듣고 보니, 납득이 되었다. 두주도 고개를 끄덕였다.

나는 그쯤에서 서론을 끝내고 핵심적인 질문을 경비원들에게 던졌다.

"안성준 상무가 진술하기로, 자신은 살인사건 발생 전날 밤부터 사무실에서 철야 근무를 했다고 합니다. 안 상무가 12월 22일 밤부터 이튿날 아침 8시까지 자신의 사무실에 계속 있었던 게 사실입니까?"

"사건이 터지고 처음 경찰 조사 때 말했던 것과 다를 게 없습니다. 안 상무님은 그 시간 동안 분명히 사무실에 계셨습니다."

선임 경비원이 확신에 찬 목소리로 대답했다.

나는 로비 주위를 한 번 빙 둘러보고 나서 다음 질문을 이어 나갔다.

"이 빌딩에 정문을 통하지 않고 외부로 나갈 수 있는 별도의 출입구는 없습니까?"

"저쪽 편에 후문이 있긴 합니다만, 저녁 8시가 되면 잠그고 다음 날 오전 8시 넘어서 개방합니다. 그날도 당연히 그렇게 했고요. 그리고 이 빌딩은 옛날 건물처럼 외벽에 철제 비상계단이 붙어 있는 것도 아닙니다. 장담하건대, 야간 근무조가 있는 동안에는 이 정문 말고는 외부로 드나들 수 있는 곳은 없습니다."

"옥상으로 통하는 문은 열려 있습니까?"

"옥상 문은 그냥 닫아 놓습니다. 화재 발생 시, 옥상으로 대피할 수 있도록 자물쇠를 채우진 않습니다."

"그렇다면 건물 내부에서는 문을 열고 옥상으로 나갈 수 있다는 뜻인데…… 당장 옥상으로 올라가 봅시다."

옥상으로 가보자는 내 말에 경비원이 어이없는 표정을 지었다.

"형사님이 굳이 옥상을 봐야겠다면야, 제가 말릴 수야 없겠지요. 하지만 이 빌딩 옥상은 26층이나 됩니다. 옥상에서 건물 밖으로 내려가는 건 한마디로 자살행위라는 겁니다."

그러자 옆에서 팔짱을 낀 채로 듣고 있던 두주가 끼어들었다.

"박 경위, 옥상이나 사무실 창문에서 로프를 타고 내려오는 게 이론적으로 불가능한 건 아니지만, 조금만 현실적으로 생각해 보게. 강한 바람이 부는 겨울밤에는 굉장히 위험한 짓이야. 설령 안 상무가 곡예사 출신이라고 가정해도 그렇게 내려오다가는 빌딩 안, 밖의 사람들에게 들킬 가능성이 굉장히 높아. 옥상에 가는 건 나중으로 미루세."

두주가 이제 자신이 나설 차례라는 눈짓을 내게 보내고서 선임 경비원에게 질문을 하였다.

"그날 야간근무를 서는 중에 안 상무를 직접 봤습니까?"

"물론입니다. 밤 10시부터 층마다 점검을 도는데, 19층 상무실에 불이 켜져 있더군요. 그래서 노크하고 안에 들어가 보니, 안 상무님이 저한테 말하기를 일이 밀려서 철야를 해야 한다고 하더군요. 그러면서 정말 긴급한 일이 아니라면 일하는 중에 방해받고 싶지 않다는 말도 지에게 덧붙였습니다."

경비원의 진술을 귀 기울여 듣고 나서 두주는 저음이지만 엄한 목소리로 말했다.

"조금 전에 내 동료, 박 경위가 '22일 밤부터 다음 날 아침까지 안 상무가 사무실에 계속 있었던 게 사실이냐?'고 물었습니다. 그 물음에 주 선생은 '안 상무는 분명히 사무실에 있었다.'라고 답했는데, 내가 생각하기에 선생이 한 진술은 부정확한 것입니다."

"부정확하다니 그게 무슨 소립니까?"

"정확하게 하자면, '밤 10시 무렵에 안 상무를 19층 그의 사무실에서 만났다. 그리고 다음 날 오전 8시까지 보지 못했다.'라고 진술하는 게 사실에 부합하는 것입니다."

주상훈은 두주가 괜한 트집을 잡는다고 생각했는지 어이없다는 듯이 웃었다.

"허허……. 나 참, 그게 그 말이지 않습니까? 뭐가 다릅니까? 좀 전에 옥상이나 창문을 통해서 밖으로 나가는 건 불가능하다고 말한 사람은 바로 형사님이지 않습니까?"

"그것과는 별개의 문젭니다. 주상훈 선생, 당신은 안 상무를 밤 10시에 만난 후로도 그가 사무실에 계속 남아 있었다고 주장하는데, 그걸 무엇으로 증명할 수 있습니까?"

두주가 논박을 가하자, 주상훈은 수세에 몰려 궁색한 표정으로 바뀌었다.

"제가 증명할 수 있습니다."

여태까지 조금 떨어져서 우리의 신문(訊問)을 듣고만 있던 젊은 후임 경비원이 입을 열었다.

곧바로 내가 그에게 물었다.

"안성준 상무를 만났습니까?"

"만났던 건 아닙니다. 상무실에서 1층 여기 데스크로 전화가 걸려 왔습니다."

"그때가 몇 시였습니까?"

"23일 새벽 3시쯤이었을 겁니다."

"전화로 무슨 얘길 하던가요?"

"철야 근무 중에 배가 고파서 중국집에 음식을 배달 시켜놨으니, 저한테 미리 알고 있으라고 하시더군요."

"새벽에 배달을 해주는 중국집이 있습니까?"

나는 그런 반점이 있는지 의아해서 물어보았다.

그러자 잠시 옆으로 밀려나 있던 선임 경비원이 끼어들었다.

"여의도에는 그런 데가 없지만, 신길동에서 여기까지 배달해 주는 24시간 중국집이 있습니다. 우리도 거기서 시켜 먹어본 적이 있어서 압니다."

나는 수첩에 경비원의 진술 내용을 메모하고서 말했다.

"그렇다면 안 상무가 적어도 23일 새벽 3시까지는 그의 사무실에 있었다는 게 입증이 되는 셈이군."

두주가 엘리베이터 쪽으로 눈길을 주더니 젊은 경비원에게 말했다.

"안성준 씨에게 몇 가지 더 물어볼 게 생겼는데, 아직 퇴근 안 하고 사무실에 있는지 상무실로 전화를 걸어봐 주시오."

젊은 경비원이 잠시 책상에서 뭔가를 뒤적거리더니 곧 내선 번호를 눌렀다. 통화가 연결된 후, 경찰이 용건이 있어 다시 왔다는 말을 전하고 나서 십여 초 후 그는 수화기를 놓았다.

"아직 퇴근 전이시군요. 제가 상무실로 안내하겠습니다."

엘리베이터를 기다리는 동안, 두주가 경비원에게 물었다.

"안 상무라는 사람, 밤늦게까지 일하는 날이 자주 있습니까?"

"예, 요즘은 특히나 더 그렇습니다. 엄청난 일 중독잡니다."

우리 세 사람은 올라가는 엘리베이터 안에서 점멸하는 붉은 숫자판만 바라보며 말없이 서 있었다.

불과 네 시간 전에 안 상무에게 쫓겨나다시피 했는데, 다시 그의 사무실로 찾아가려니 기분이 께름칙했다. 문을 열고 들어가니, 안 상무는 무덤덤한 표정으로 우리에게 밤늦게 수고한다는 인사말을 건네고 자리를 권했다.

"낮에는 내가 댁들한테 좀 과하게 언성을 높인 것 같은데……. 지나고 생각해 보니 뭐 그렇게 화낼 일은 아니었는데, 내가 좀 과민했던 것 같습니다. 그런데 이 늦은 시간에 또 어쩐 일로?"

안 상무는 그날 오후에 있었던 방문 조사 때, 두주로부터 살해당한 여비서와 내연관계였던 게 아니냐는 질문을 받고서 격분했던 일에 대하여 직접적인 사과는 아니었지만 에둘러 유감을 표했다.

"회사 동료분들한테 들으니, 밤늦게까지 일하시는 날이 잦다고 하던데요. 원래부터 철야 근무를 자주 하는 편입니까?"

나의 물음에 안 상무가 답했다.

"한창 일하던 시절엔 일주일에 한 번은 기본이었지요. 증권이란 게 정보싸움이기 때문에 계속 시장 상황을 주시하고 쏟아져 나오는 데이터를 분석해야 하니까요. 그런데 나이가 드니까 이제 체력이 받쳐주질 못하는군요. 그래서 정말 바쁠 때가 아니면 철야까지는 잘 안 하는 편이지요."

나는 그날 오후에 있었던 방문 조사 때 물어보려고 했으나 묻지 못했던 질문을 꺼냈다.

"피살된 최현주 씨를 부검해 본 결과, 살해될 당시에 임신 중인 것으로 밝혀졌습니다. 임신 사실을 인지하고 있었습니까?"

질문을 받고서 안 상무는 순간 멈칫하더니, 이내 태연한 척하며 대답했다.

"그랬습니까? 처음 듣는 얘깁니다. 난 전혀 몰랐어요."

옆에 앉아 있던 두주가 탁자 위에 놓인 새하얀 성모상에 눈길을 주며 물었다.

"천주교 신자시군요. 생전의 최현주 씨와 같은 성당에 다녔습니까?"

"얼마 동안은 같은 곳에 다녔지요. 그건 왜 묻는 겁니까?"

안 상무가 불쾌한 투로 되묻자, 두주가 소파에서 몸을 일으켰다.

"그냥 참고적으로 물어본 겁니다. 늦은 시간임에도 수사에 협조해 줘서 고맙습니다."

인사를 건네고 밖으로 나가기 위해 내가 사무실 출입문을 잡아당기려는 순간, 창가로 돌아가 자신의 책상 의자에 앉으려던 안 상무를 향해 두주가 고개를 돌리며 질문을 던졌다.

"아, 가기 전에 한 가지만 더 묻겠습니다. 형사 일 때문에 철야 근무를 자주 해봐서 압니다만, 저녁을 먹어도 날이 밝을 때까지 일을 하자면 새벽쯤 무척 배가 고프지 않습니까? 안 선생은 23일 새벽에 무얼 좀 드셨습니까?"

이 질문에 안 상무는 경찰이 별 시답잖은 걸 다 캐묻는다고 생각했는지, 짜증스러운 표정을 짓고서 손가락을 들어 구석 쪽을 가리켰다.

"저 냉장고 안에서 샌드위치를 꺼내 먹었어요. 뉴욕 월가에서 일할 때부터 참 질리도록 먹어왔지. 이제 궁금증이 풀리셨소? 형사 양반."

안 상무가 빈정거리는 투로 대답하였다.

"샌드위치였군요. 박 경위, 다음에 철야 뛸 땐 우리도 뉴욕 스타일로 먹어보자구. 이젠 정말 가보겠습니다. 상무 나으리."

두주와 나는 상무실 밖으로 나와 엘리베이터가 있는 곳을 향해 컴컴한 복도를 걸었다. 나는 무심결에 뒤를 돌아보았는데, 뜻밖에도 안 상무는 문 열린 자신의 사무실 앞에서 우리가 멀어져가는 모습을 지켜보며 서 있었다. 복도의 조명이 어두웠기 때문에 그의 표정까지 읽을 수는 없었다.

엘리베이터는 우리가 타고 올라온 그대로 19층에서 기다리고 있었다. 엘리베이터가 내려가는 동안 두주는 눈을 감고 말없이 뭔가를 골똘히 생각하고 있었다. 엘리베이터가 1층에 도달하기 몇 초 전, 두주가 입을 열었다.

"지금까지의 수사를 통해 얻은 단서들을 근거로 하여 세운 나의 추론이 빗나가지 않는다면, 이 어둡고 긴 터널에서 곧 빠져나올 수 있을 것 같아. 나의 추론이 맞는지, 틀린 지는 어둠이 걷히기 전에 알 수 있을 걸세."

두주는 경비원들이 있는 곳을 향해 앞장서서 걸어가 그들에게 물었다.

"아까 말했던 24시간 중국집 상호가 뭡니까?"

전기스토브를 앞에 놔두고 몸을 녹이고 있던 선임 경비원이 고개만 돌리고서 대답했다.

"왜요? 거기서 식사라도 하시게? 좀 특이한 이름이었는데, 뭐였더라?"

"잠깐만요. 여기 있습니다."

젊은 경비원이 서랍에서 성냥갑 하나를 꺼내더니 우리한테 보여주었다.

안경케이스 정도 크기의 슬라이드형 성냥갑 윗면에 '金龍(금룡)'이라 크게 적혀 있었고, 그 아래에 '24시간 배달'이라고 붉은 글씨체로 찍혀있었다. 측면에는 약도와 메뉴, 전화번호가 나와 있었다.

"이 성냥갑은 내가 잠시 빌려 가겠습니다."

두주가 입가에 희미한 미소를 띠며 성냥갑을 잠바 주머니 안에 챙겨 넣었다.

우리는 경비원들에게 수사에 협조해 줘서 고맙다는 인사를 남기고 서부증권 사옥에서 밖으로 나왔다. 주차장으로 가면서 두주가 높은 톤으로 외쳤다.

"당장 금룡반점으로 가세. 서둘러야 해!"

우리는 차가운 밤공기를 헤치며 주차장을 향해 뛰었다.

6

✦ ✦

밤 10시가 다 되어 가자, 시내 도로는 한산하였다. 신길동까지 가는 데는 얼마 걸리지 않았지만, 성냥갑에 대충 그려져 있는 약도만 보고 '금룡'반점을 찾아가는 데 약간 애를 먹었다.

낙후된 동네 분위기와 비슷하게 이 반점 건물도 변변찮고 누추하였다. 문을 열고 식당 안으로 들어가 보니, 배달을 전문으로 하는 업소라서 그런지 테이블은 단 세 개만 놓여 있었다. 반점 주인의 마누라로 보이는 여자가 주방에서 설거지하다가 우리가 들어오는 걸 보고는 손에 묻은 물기를 닦으며 종종걸음으로 나왔다.

"손님, 여기 앉으세요."

나는 신분증을 꺼내 들었다.

"경찰입니다. 사건 수사와 관련해서 조사할 게 있어서 왔습니다. 여기 배달하는 사람, 지금 어디 있습니까?"

"좀 전에 배달 나가고 없는데요. 그런데 무슨 일이죠? 호철 씨가 무슨 사고라도 친 건가요?"

"그건 조사를 해봐야 압니다. 올 때까지 여기서 기다려야겠군요. 배달하는 사람 이름이 뭐라고 했지요?"

"장호철이에요."

나는 볼펜을 꺼내 수첩에 이름을 받아 적었다.

식당 내부 곳곳을 살피고 나서 의자에 앉은 두주가 반점 여자에게 물었다.

"이 집은 24시간, 하루 종일 영업합니까?"

"아니요. 힘들어서 종일은 못 하지요. 24시간이라고 광고는 그렇게 하지만, 실제론 새벽 4시부터 점심때까지는 문을 닫아요."

"방금 아주머니가 말했던 장호철이라는 사람, 여기서 배달일 한지 얼마나 됐습니까?"

"작년 7월부터 일했으니까, 반년 정도 됐네요."

"심야 시간에 여의도에 있는 서부증권사에서 배달주문이 자주 옵니까?"

"그렇게 자주 있는 편은 아니에요. 일주일에 한두 번 정도."

"약 2주 전에 그러니까 12월 23일 새벽에 서부증권 19층 사무실에서 배달주문이 있었을 겁니다. 그때 배달도 장호철이란 사람이 갔습니까?"

"네. 맞아요."

"우리가 조사한 바로는 그날 새벽 3시를 조금 지난 시간에 서부증권으로 음식 배달이 도착했다고 하던데, 장호철 씨가 배달을 마치고 반점으로 돌아온 선 몇 시쯤이었습니까?"

반점 여자는 얼마 동안 그날 새벽의 기억을 떠올리고서는 뜻밖의 대답을 하였다.

"돌아오지 않았어요."

나는 흠칫 놀라며 두주의 얼굴을 바라보았다. 그는 팔짱을 낀 채 미동도 하지 않았지만, 입가에 희미한 미소가 흐르고 있었다. 반점 여자는 부연해서 대답을 이어 나갔다.

"이상하게 배달 나간 지 30분이 넘도록 돌아오지 않더라구요. 그런데 새벽 4시쯤엔가 호철 씨한테서 전화가 왔는데, 갑자기 급한 일이 생겨서 아침까지는 반점으로 못 돌아가게 생겼으니, 그리 알고 있으라 저한테 말했어요."

그때, 바깥에서 스쿠터 모터 소리가 점점 가까워지더니 갑자기 멈추었다. 곧이어 미닫이문이 거칠게 열렸고 찬바람과 함께 중키보다 조금 작고 약간 살집이 있어 보이는 배달부가 안으로 들어왔다. 그는 배달통을 주방 쪽에 갖다 놓고 추위에 언 몸을 녹이려 연탄난로 옆 의자에 털썩 주저앉았다.

"아우 니미럴, 얼어 디지겠네."

나이는 삼십 대 중반 정도쯤 돼 보였고, 두터운 카키색 항공 잠바와 골덴 바지를 입고 있었으며, 얼굴은 찬바람을 많이 맞아서 붉게 얼어 있었다. 내가 신분증을 꺼내 보이며 배달부에게 말했다.

"자네가 장호철인가? 수사 중인 사건과 관련해서 물어볼 게 있으니 협조하게."

"나한테요? 경찰이 왜……. 대체 무슨 일로?"

"지난달 23일 새벽 3시쯤, 서부증권 19층에 식사 배달을 하고 나서 오전까지 어디에 가 있었나?"

장호철은 묻는 말에 즉답을 못하고 난처한 표정을 지었다.

"왜 대답을 못 하는 건가?"

"나, 난……; 어쨌든 간에 나는 나쁜 짓한 건 없다구요."

두주는 팔짱을 낀 채로 좁은 반점 홀 안을 느린 걸음으로 왔다 갔다 하며 잔뜩 긴장해 있는 장호철을 유심히 관찰하였다. 그러다가 장호철이 앉은 테이블 위에 위압적으로 한쪽 구둣발을 올려놓고는 그를 매섭게 노려보면서 물었다.

"그날 아침 7시 무렵에 젊은 여자가 잠원동 골목에서 살해당했어. 그런데 그 시각에 당신과 인상착의가 비슷한 사람을 사건 현장 근처에서 목격했다는 신고가 들어왔지. 이봐, 장호철! 새벽에 배달 끝내고 잠원동엔 왜 갔나?"

두주는 약간의 거짓과 공갈을 섞어 위압적으로 장호철을 신문(訊問)함으로써 그가 겁을 집어먹고 빨리 이실직고하도록 유도하였다. 사실 이런 수법은 적법한 수사방식이 아니므로 요즘 형사들에겐 별로 권장할 만한 것이 아니지만, 오래전부터 수사관들이 관행적으로 사용해 오던 방식이고 잘만 활용하면 효과가 괜찮은 것도 사실이다.

난데없이 살인 누명을 뒤집어쓰게 되자 흥분한 장호철이 찢어진 작은 눈을 부릅뜨며 강하게 반박하였다.

"뭐라고요? 잠원동! 아이고~ 나 미쳐 버리셨네. 나는 그날 아침나절까지 여의도 서부증권 사무실에 있었다고요!"

"무슨 소리야! 서부증권 19층 사무실을 말하는 건가? 식사 배달이 끝났으면 돌아왔어야지, 왜 계속 거기 있었나?"

배달부는 한숨을 길게 내쉬고는 어쩔 수 없다는 표정을 지으며 말했다.

"그날 새벽, 서부증권 19층에 탕수육 배달을 가긴 갔습니다요. 그런데 식사를 주문했던 상무라는 사람이 난데없이 나한테 부탁이 있으니제발 좀 들어달라고 하지 뭡니까! 그 부탁이란 게 뭐냐면 오전 9시 전까지 꼭 끝내야 할 일을 하는 중이었는데, 방금 딸아이가 아파서 응급실에 실려 갔다는 연락이 와서 자기는 병원에 가봐야 하니까, 나보고 대신 자기가 하던 일을 마저 해 달라 카더라고요. 제발 도와달라고 카면서 사정사정하더라고요."

"일을 부탁했다고? 뭘 할 줄 안다고 너한테 일을 시켜?"

"그니까 시커멓고 두꺼운 책자에 있는 명단 중에서 삼천만 원 이상 예탁한 고객들만 추려서 이름, 주소, 전화번호, 액수, 뭐 이런 걸 공책에 옮겨 적어 달라 카더라고요. 수고비도 섭섭잖게 쳐주겠다고 카면서……. 배달일도 새벽 세 시가 넘어가면 담날 점심때까지는 주문이 없으니깐 나는 속으로 '이게 웬 횡재고!' 하며 기꺼이 일을 하겠다고 했지요."

"19층 상무 사무실엔 그날이 처음 배달이었나? 그전에도 몇 번 갔었나?"

그러자 배달부는 얼마 동안 사뭇 진지한 표정으로 손가락을 접어가며 숫자를 헤아려 보고는 대답했다.

"그 양반 사무실에 작년 연말에만 서너 번 정도는 배달을 갔을 끼라요."

"그 상무라는 사람이 나가기 전에 다른 말은 안 하던가?"

"늦어도 오전 8시 반까지는 돌아올 테니까, 그때까지는 사무실 밖으로 절대로 나오지 말라고 했심더. 그라고 자기가 이런 일을 맡긴 걸 아무한테도 말하면 안 된다고 부탁하더라고요. 회사 보안규정이 뭐 어쩌고, 저쩌고 카던데……."

"수고비는 얼마나 주던가?"

돈 얘기가 나오자, 장호철은 주방에서 귀를 쫑긋 세우고 듣고 있을 반점 주인 부부가 신경 쓰였는지 바로 대답하지 못하고 잠시 머뭇거렸다.

"제법 많이 주더라고요. 일을 시작하면서 선불로 50만 원 받았고요. 옮겨 적는 일을 아침 9시까지 다 마치면 50만 원을 후불로 준다고 캤는데, 8시 조금 넘어서 그 양반이 돌아와서는 내가 일을 덜 했는데도 수고했다고 카면서 오히려 10만 원 더 보태서 60만 원을 주더라고요. 도합 110만 원 받았심더."

"적은 돈이 아니군. 당연히 만 원권을 줬을 테고, 그걸 벌써 다 쓰지는 않았겠지? 몇 장이나 남았나?"

"아직 30만 원 정도는 남았을 낍니더."

"그 돈, 어디에 있나?"

장호철이 입고 있던 잠바 안주머니로 손을 넣으려는 찰나, 두주가 그의 팔을 붙잡으며 제지하였다.

"멈춰. 그대로 있으라구."

주머니에서 면장갑을 꺼내 낀 두주가 장호철의 잠바 안주머니에서 만 원짜리 지폐 다발을 꺼냈다. 두주가 그렇게 한 것은 지폐에 묻어 있는 지문들을 최대한 보존하기 위해서였나.

"상무한테 수고비를 받고 나서는 곧바로 나왔나?"

"나는 돈을 많이 벌게 해줘서 하도 고마워서 하던 일 마저 끝내놓고 가겠다고 했더니, 그럴 거 없다 카더라고요. 이제 비서가 곧 출근하니까,

남은 건 비서한테 맡기면 된다고 카면서 그냥 가면 된다고 하더라고요."

"그런데 배달로 가져갔던 탕수육은 어떻게 했어? 자네가 먹었나?"

"아니요. 새벽에 자기는 딸아이가 있는 응급실에 바로 가야 하니까, 못 먹게 생겼고 그렇다고 아까운 음식을 버릴 수도 없으니, 내려가는 길에 현관에서 숙직하고 있는 경비원들한테 갖다 주겠다 카면서 배달통을 통째로 들고 나가더라고요."

"그날 이후로 안 상무가 다시 음식 배달을 시킨 적이 있나?"

"아니요. 그 후로는 희한하게 배달을 안 시키더라고요."

그제야 나는 한 시간여 전에 서부증권 본관 엘리베이터 안에서 두주가 말했던 추론이란 것이 무엇인지 알게 되었다.

"안 상무가 변장했던 거로군."

"그렇다네. 그자의 알리바이 술책에서 가장 핵심적인 부분이지."

배달부는 불안한 눈초리로 우리 두 사람을 번갈아 보고는 말했다.

"형사님, 제가 거기서 돈 받고 일 도와준 게 죄가 되는 겁니까?"

"지금 상황에서 죄가 있다, 없다 단정적으로 말할 순 없어. 하지만 향후 있을 경찰 수사에 성실하게 협조한다면 크게 곤란한 일은 없도록 해주지. 그리고 방금 압수한 지폐는 사건이 정리되는 대로 돌려줄 테니까, 고깝게 생각할 건 없어."

나는 불안감 때문에 웅크리고 앉은 장호철의 어깨에 손을 올리며 그를 안심시켰다. 수첩을 꺼내 그의 인적 사항과 연락처 등을 적고 나서 조만간 서(署)로 부를 것이니, 연락을 받으면 즉시 달려오라고 주지시킨 후 반점을 나왔다.

7

✦ ✦

금룡반점에서 나와 다시 서부증권으로 황급히 차를 몰았다. 차에 내장된 디지털시계를 보니, 밤 11시가 다 되어 있었다. 사건의 진상을 가리고 있던 짙은 안개는 두주의 추리로 인해 빠르게 걷혀가고 있었다. 미궁에 빠진 사건 때문에 쌓인 스트레스와 피로를 해결의 실마리를 찾은 성취감이 깨끗이 날려버렸다. 차를 타고 이동하는 동안 안 상무가 꾸민 알리바이 공작 중에서 잘 이해가 안 되는 부분이 있어 두주에게 물어보았다.

"배달통만 들고서는 변장으로 부족했을 것 같은데. 그날 장호철이 입고 올 복장을 어떻게 예상하고 준비했을까?"

"자네 말대로 배달통만으론 1층에 있는 경비원 눈을 속일 수 없었을 거야. 만약에 내가 안 상무였다면, 사건 전날 오후쯤에 잠깐 신길동으로 건너가 금룡 배달부의 복장을 확인했을 거야. 그러곤 시장에 가서 비슷한 항공 잠바와 골덴 바지를 준비했겠지. 사건이 있기 전부터 여러 번 배달시켜 봤으니까, 배달부가 주로 어떤 옷을 입는지는 대충 알고 있었을 걸세. 상무실 안에서 장호철에게 고객명단 옮겨 적는 일을 시켜놓고 안 상무는 배달통을 손에 들고 같은 층에 있는 화장실로 갔을 거야. 그리고 변소 칸에 들어가 준비해 놓은 항공 잠바로 갈아입고 목도리로 얼굴을 반쯤 가리고 나왔겠지. 새벽 시간이었으니까, 화장실에서 옷 바꿔 입는 걸 다른 직원한테 들킬 확률은 거의 없었을 걸세."

"그렇다고 해도 1층에서 지키고 있는 경비원을 속일 수 있다고 장담할 수는 없었을 텐데. 어딘가 좀 무모한 것 같지 않나?"

"인간의 심리라는 게 다 비슷한 거 아니겠는가? 경비를 서는 입장에서 봤을 때, 외부에서 건물 안으로 들어오는 사람에게는 경계를 하기 마련이지만, 반대로 안에서 밖으로 나가는 사람에게는 신경을 덜 쓰기 마련이지. 좀 전에 들어왔던 배달부와 체구나 옷차림이 비슷한 자가 배달통을 들고 내려와 현관문으로 걸어 나가는 모습을 보고, 사람이 바뀌었다는 걸 알아채기란 쉬운 일이 아니야. 인간의 기억력이란 게 생각만큼 분명하거나 지속적이지 않거든. 더구나 그때는 새벽 3시 반이 넘었을 시간이야. 경비원도 피로가 꽤 쌓였을 거고, 그만큼 주의력도 약해져 있었을 테니 말일세. 자네가 얘기한 대로 변장 트릭이 실패할 가능성도 어느 정도는 있었다고 보네. 이를테면 1층 정문을 나가기 전에 경비원과 정면으로 마주쳐서 자신의 신분이 들통나는 상황도 일어날 수 있었겠지. 만약에 그렇게 됐다면, 안 상무는 자신이 세운 최현주에 대한 살해 계획을 거기서 스톱해 버리면 되는 거야. 살인예비죄를 적용하기도 어려워. 물론 꼭두새벽에 왜 배달부 차림을 하고 있는지에 대해서 설명하는 게 무척 옹색하긴 하겠지만 말이야. 아무튼 그때까지는 어떠한 범죄도 일어나지 않았으니까 크게 문제 될 건 없지. 안성준은 그런 점들을 다 감안하고 있었을 거야."

안 상무의 알리바이 트릭에 관해 이야기를 나누는 사이, 차는 어느새 서부증권 근처에 다다라있었다.

그러고 보니, 이곳에 온 것이 오늘 하루에만 이번이 네 번째였다. 차에서 내려 중앙 로비를 지나 경비원이 있는 곳으로 뛰어가며 나는 크게 외쳤다.

"안성준 상무 아직 있습니까?"

다급해하는 우리를 보고 젊은 경비원은 어리둥절한 표정을 지었다.

"좀 전에 퇴근하셨습니다."

"젠장! 한발 늦었군. 놈이 낌새를 챘을 수도 있어."

두주가 분통을 티트렸다.

"나한테 안 상무 주소를 적어놓은 게 있어. 거기로 바로 가세."

"어쩌면 곧장 김포공항으로 갔을지도 몰라!"

두주가 얼굴을 찡그리며 말했다. 그러곤 안 상무가 도망가지 못하도록 미리 조치해 두지 않았던 자신을 책망하였다.

"그렇다면 지금이라도 공항경찰대에 알려야 하지 않을까?"

두주는 호흡을 천천히 하며 흥분을 가라앉혔다.

"아니. 아직은……. 일단 안성준의 거처에 가보고 거기서 검거에 실패하면 공항 경찰에 통지하도록 하세."

다시 차로 달려가 경광등을 꺼내 차 지붕 위에 부착하고 비상 깜빡이까지 밝히고서 차를 발진시켰다. 안성준의 거처는 여의도에 있는 주상복합 J 오피스텔이었으며, 서부증권에서 직선거리로 2km도 되지 않는 곳이었다. 신호를 무시하고 차를 거칠게 몰아 5분도 안 되어 J 오피스텔 입구에 도착하였다.

오피스텔 입구를 지키던 경비원에게 물어보니, 안성준은 30분쯤 전에 자신의 호실로 올라갔다고 말해주었다.

"다행이야, 놓치지 않았어!"

나는 반사적으로 소리쳤다.

전에도 살인범을 검거하기 직전의 순간에 아드레날린이 분출되는 것 같은 기분이 들었었는데, 그날은 흥분이 한층 더 고조되었다.

우리는 엘리베이터를 타고 24층으로 올라갔다. 안성준이 사는 호실 현관문 앞으로 가 초인종을 누르려는데, 두주가 내 팔을 잡으며 제지하였다. 그러고는 낮지만 분명하고 단호한 목소리로 말했다.

"기다려 봐! 우리가 잡으러 온 걸 알면, 다 포기하고 창문 밖으로 뛰어내릴지도 몰라. 안성준은 정서가 매우 불안정한 사람이거든. 여기서 기다리다가 그자가 문을 열고 나오려고 할 때 체포하도록 하세. 그리 오래 걸리진 않을 거야."

나는 고개를 끄덕였다. 문 앞에서 기다리는 동안, 몸속에서 일던 흥분이 가라앉으면서 한기가 몸속 깊숙이 스며들었다. 우리 둘은 한쪽으로 비켜서서 말없이 철제 현관문이 움직이기만을 기다렸다.

약 20분 정도가 흐르고 나서 현관문 걸쇠가 풀리는 소리가 나더니, 가늘고 흐릿한 불빛이 문틈 사이로 새어 나왔다. 문이 1/3쯤 열리는 순간, 두주가 문을 강하게 잡아당겼다. 그러자 안에서 문을 열고 나오려던 사내가 깜짝 놀라 비명을 질렀다. 안 상무는 손에 쥐고 있던 여행용

캐리어와 함께 요란한 소음을 일으키며 앞으로 나뒹굴었다.

"안 선생, 이 야심한 시간에 어딜 행차하시려고 그러시나? 안됐지만 이 짐가방을 열어야 할 일은 없을 것 같군. 내일부턴 정부에서 의식주를 보장해 줄 테니까 말이야."

두주는 여전히 캐리어를 붙잡고 있는 중년의 사내를 내려다보며 소리쳤다.

"안성준, 최현주를 살해한 혐의로 당신을 긴급체포한다."

나는 체포 사유와 피의자의 권리 사항을 안성준에게 고지하고 나서 그의 팔을 뒤로 꺾어 수갑을 채웠다.

두주는 오피스텔 안으로 들어가 벽에 있는 스위치를 눌러 거실의 조명을 밝혔다. 그리 넓지 않은 집 안은 심하게 어질러져 있었고 기분 나쁜 홀아비 냄새가 코를 자극하였다. 안성준은 완전히 맥이 빠진 듯 넘어진 채 일어서려고 하지 않았다. 나는 그의 팔뚝을 거세게 잡아당겨 거실 소파로 데려가 강제로 앉혔다.

"당신이 꾸민 얄팍한 알리바이 속임수는 실패로 끝났어!"

안성준은 나의 시선을 무시하며 멍한 눈빛으로 쓴웃음만 지었다.

"우린 신길동 금룡반점에 가서 사건의 진상을 완전히 파악하고서 이곳으로 바로 달려왔어. 날이 밝으면, 반점 배달부와 대질신문을 받게 될 거야. 그런데 니한테는 아직 궁금한 게 한 가지 남아 있는데, ㄱ선 안성준, 당신이 말해줘야겠어. 왜 죽였어? 당신의 비서를 죽인 이유가 뭐냔 말이야?

두주의 물음에 안성준은 비열한 표정을 지으며 실실 웃었다.

"이유? 무슨 이유? 난 죽이지 않았어."

"아직도 시인을 못 하시겠다는 건가? 결국 치정 때문에 죽인 거잖아! 밀애를 나누던 여비서가 당신을 멀리하고 젊은 김준우한테 가버리자, 질투심과 배신감 때문에 여자를 살해한 거 아닌가?"

"허허헛! 형사 양반, 당신 좋을 대로 생각하시구려."

안성준의 뉘우침 없는 뻔뻔한 태도를 본 두주는 속으로 분을 삭이며 말없이 거실 안을 천천히 거닐다가 갑자기 뭔가가 떠올랐는지 현관 쪽으로 가서 벽장을 열어젖히고 뭔가를 찾기 위해 열심히 뒤지기 시작하였다. 잠시 후 원통형으로 생긴 물건을 장갑 낀 손으로 쥐고 거실로 돌아왔다.

"박 경위, 이걸 봐! 아주 근사한 물건을 찾았어."

두주는 붉은 끈이 감겨있는 까만 플라스틱 릴을 들어 보였다.

"혹시나 해서 열어봤는데, 이게 나오더군. 잘 보게. 보통 칼로 노끈을 자르면 단면이 일직선으로 반듯하게 잘리는데, 이 릴에 있는 끈의 끝단은 매우 울퉁불퉁하게 잘려있어. 녹슬어서 무뎌진 칼로 잘라서 그럴 거야. 범행도구 즉, 피해자의 목에 묶여 있던 끈 한쪽 끝단과 이 노끈 끄트머리를 갖다 맞춰 보게. 재밌는 결과가 나올 것 같아. 아마도 여기 계신 우리의 존경스러운 지능범께선 알리바이에만 치중했던 나머지, 증거 인멸에는 소홀했던 모양일세."

두주가 수납장에서 롤에 감긴 끈을 찾아내자, 이미 만신창이가 된 권투선수가 결정타를 얻어맞은 것처럼 안성준은 반쯤 넋이 나간 얼굴로 변해버렸다.

"아무리 치밀하게 계획된 범행이라 해도 허점을 안 남길 수는 없는 법일세. 다만 단서를 찾아야 할 수사관이 범인이 남긴 허점들을 보지 못하는 것일 뿐이지. 난 전부터 완전범죄란 건 존재할 수 없다는 견해를 갖고 있다네."

오늘만큼은 두주가 아무리 잘난 체해도 기꺼이 다 받아 줄 용의가 있었다. 나는 고개를 숙이고 앉아 있던 안성준에게 물었다.

"이래도 범행을 부인할 텐가?"

그는 눈을 감은 채 아무 말도 하지 않았다.

"안성준, 당신은 육욕에 집착하여 죄 없는 한 여자를 잔인하게 죽이고 그 뱃속의 어린 생명까지 빼앗았어. 네놈의 악행은 결코 용서받지 못할 것이야. 평생 감옥에서 죗값을 치르도록 해주지."

나는 안성준의 뻔뻔함에 분개하여 평소의 말투와는 사뭇 다르게 저음의 굵직한 목소리로 준엄하게 꾸짖었다.

그 순간 밖에서 사이렌 소리가 들려오자, 두주가 나를 쳐다보았다.

"자네가 불렀나?"

"그래, 여기서 밤을 새울 수는 없는 노릇이잖아."

"이젠 내가 자리를 피해야 할 시간이로군."

현관문으로 걸어가던 두주는 거실 왼편 서가에 시선이 닿자 잠시 걸음을 멈추고 꽂혀 있던 책들을 훑어보았다.

"이 집 주인은 추리소설에 취미가 있는 것 같군. 이 중에는 내가 재밌게 읽은 책들도 보이는구먼."

두주가 고개를 돌려 안성준을 바라보았지만, 모든 걸 들켜버려 낭패감에 빠진 그는 냉소적인 쓴웃음 소리를 내며 두주를 흘겨봤다.

요란한 사이렌 소리가 점점 더 가까워지고 있었다. 두주는 가죽 잠바의 지퍼를 목까지 끌어올리고서 현관문 밖으로 홀연히 사라져 버렸다.

8

✦ ✦

두주의 말대로 안성준의 집에서 찾아낸 노끈의 절단면에다 피살된 최현주의 목에 묶여 있던 끈 한 쪽 단면을 갖다 대보니 정확하게 맞았다. 절단면 형상뿐만 아니라 노끈의 폭, 색상, 재질까지 일치하여 살해 도구로 쓰인 끈이 안성준의 오피스텔 벽장 안에 있던 노끈 릴에서 잘려 나온 것이란 사실은 의심의 여지가 없었다. 그리고 금룡 배달부 장호철로부터 압수한 만 원권 지폐 여러 장에서 안성준의 지문이 감식을 통해 검출되었다. 이로써 수사팀은 혐의 입증을 위한 충분한 물증을 확보하게 되었다.

긴급체포로 연행되어 피의자 신분이 된 안성준은 묵비권을 행사하며 경찰 수사에 전혀 협조하지 않았다. 그러나 붉은 끈의 절단면이 서로 일치한다는 섬과 배달부에게서 압수한 시폐에서 묻어나온 자신의 시문, 이 두 가지의 유력한 증거물이 나온 데다가 배달부 장호철과의 대질신문까지 받게 되자, 특유의 독기로써 완강히 버티던 그도 점점 지쳐갔다.

김 반장과 나는 녹음기를 켜놓고서 안성준을 다시 불러내 세 시간째 취조하였으나, 그는 여전히 완고하였다. 어둡고 칙칙한 취조실 탁자를 앞에 두고 안성준은 쿠션 없는 철제 접이의자에 힘없이 걸터앉아 초점 없는 눈으로 허공만 바라보았다. 그의 표정은 좌절감, 우울 그리고 앞으로 있을 수감생활에 대한 두려움 같은 어두운 감정들이 복잡하게 뒤섞여 있는 것 같았다. 김 반장은 베테랑 수사관이라 자부하는 자신을 속여 망신을 준 안성준을 못마땅한 눈빛으로 노려보았다. 아직 분이 덜 풀린 목소리로 피의자를 다그쳤다.

"이봐! 안성준, 이제 그만 혐의를 인정하란 말이야!"

피의자의 눈빛이 잠깐 동요하는 듯 보였으나 그의 입술은 여전히 닫혀 있었다.

"……."

"사실, 네놈이 혐의를 계속 부인한다고 해도, 우린 별로 신경 안 써. 왜냐면 지금까지 확보된 증거만 제출해도 판사는 네놈을 유죄로 판결할 게 확실하니까. 그러니까 더 버텨봐야 아무 소용 없는 짓이란 말이야!"

피의자 자신도 계속 회피하고 부정해 봤자, 희망이 안 생긴다는 걸 깨달았는지, 두 눈을 지그시 감고는 자세를 고쳐 앉았다.

김 반장은 자리에서 일어나 상체를 피의자 앞으로 내밀었다.

"안성준, 니가 최현주를 죽인 게 맞지?"

십여 초 동안 머뭇거린 후에야 안성준은 힘겹게 입을 열었다.

"예……; 내가 죽였소."

"여비서를 죽인 이유가 뭔가?"

나는 단호한 목소리로 범행동기를 추궁하였다.

"그 여자의 존재 자체가 너무 싫었기 때문이오. 한때는 정말 좋은 사이였는데……. 어느 날부터 갑자기 나를 피하더군요. 내가 그렇게 잘해 줬건만……."

"결국 전형적인 치정살인이로군. 자신을 버렸다고 여자를 죽였다는 말인데, 단지 그 이유뿐인가?"

피의자의 대답을 들은 김 반장이 한심하다는 투로 물었다.

"그 교활한 계집 때문에 난 너무 많은 걸 잃어버렸소. 가족, 자존감, 내 재산 그리고 나중엔 정신까지 황폐해져 버렸지. 그 음탕한 계집년만 사라져 준다면, 난 본래의 나 자신으로 되돌아갈 수 있을 거라 생각했던 거요."

범행동기를 자백하는 동안, 안성준의 눈동자는 격하게 요동쳤다. 잠시 그를 진정시키고 나서 취조를 계속하였다.

"피해자와 유가족에게 미안한 마음은 안 드는가? 죄책감 말이야."

"더는 말하고 싶지 않소. 이젠 아무 의미 없는 일이니까. 제발 날 좀 가만히 내버려 두면 안 되겠소?"

맥이 풀려버린 피의자를 내려다보며 김 반장이 말했다.

"어쨌든 범행에 대한 자백을 얻어냈으니까, 나름대로 성과를 거둔 셈이군. 박 경위, 오늘은 이쯤에서 마무리하지."

나는 고개를 끄덕였다.

"그게 좋겠습니다."

피의자, 안성준이 자신의 범행에 관하여 자백한 내용을 요약하면 다음과 같다.

안 상무는 자신과의 내연관계를 일방적으로 끝내 버리고 젊은 김준우와 사귀는 여비서 최현주를 죽일 결심을 하고서 완전범죄를 위해 치밀한 계획을 세웠다. 그 계획의 핵심은 철벽같은 알리바이를 만들어서 경찰의 용의선상에서 처음부터 빠져나가는 것이었다.

그는 범행 전날인 12월 22일 저녁부터 철야 근무를 하는 척하면서 자신의 사무실에 머물다가 이튿날 새벽 3시 무렵, 24시간 중국집 금룡에 식사 배달을 주문하였다. 음식을 가져온 배달부를 돈으로 꾀어 자신의 사무실에서 명부 베껴 적는 이상한 아르바이트를 시켜놓은 후, 자신은 미리 마련해 둔 배달부의 옷과 비슷한 옷으로 갈아입고서 식사 배달을 마치고 돌아가는 배달부인 것처럼 변장하여 1층에 있는 경비원의 눈을 속이고 사옥 현관을 빠져나왔다. 밖으로 나온 안 상무는 건물 입구 근처에 세워져 있던 배달부의 오토바이를 끌어서 눈에 덜 띄는 벽 쪽으로 붙여놓은 후, 야외주차장에 세워둔 자신의 차에서 시간을 때우다가 아침 6시가 되자, 최현주가 거주하는 잠원동 빌라로 출발하였다.

안성준은 일 년 전 크레도스를 최현주에게 사주면서 두 개의 차 열쇠 중에 한 개만 그녀에게 주고, 나머지 하나는 자신이 소지하였다. 6시 반쯤에 주차된 크레도스의 문을 열고 뒷좌석으로 들어가 옆으로 누워 몸을 숨긴 상태로 최현주가 운전석에 타기를 기다렸다.

6시 55경 출근하기 위해 자신의 빌라에서 나와 운전석에 탄 최현주가 핸들 옆 키박스에 열쇠를 꽂는 순간, 운전석 뒤에서 몸을 일으킨 안성준은 준비해 간 붉은 끈으로 최현주의 목을 감아 힘껏 잡아당겼다.

숨이 끊어진 것을 확인한 후, 그는 조수석에 놓인 최현주의 가방에서 지갑을 빼내어 강도 살인으로 보이게끔 위장 공작까지 해놓고서, 아직 어둠이 짙게 깔린 골목으로 유유히 빠져나왔던 것이었다.

범행 현장에서 벗어나 자신의 차로 돌아간 안성준은 다시 양복으로 갈아입고 한 시간 정도 시간을 보내다가 증권사의 현관과 로비가 인파로 붐비는 때인 아침 8시가 조금 넘은 시각에 태연한 얼굴을 하고서 자신의 사무실로 복귀하였다. 그러고는 금룡 배달부에게 돈을 후하게 쥐여 주면서 그날 새벽의 특별한 '아르바이트'를 비밀로 해줄 것을 당부하고 돌려보냄으로써 자신이 오랫동안 구상해 온 살인 계획을 완성했던 것이었다.

"내가 어이없는 실수를 범했군. 경비원 놈들의 진술을 너무 믿어버린 게 잘못이야. 자네한테 도움은커녕 폐만 끼쳤어."

김 반장은 겸연쩍은 표정으로 이번 사건에서 자신이 아무 역할도 못한 것에 대하여 미안하고 아쉬운 마음을 드러냈다.

"반장님뿐만 아니라 누구라도 그 상황에선 속을 수밖에 없었을 겁니다. 비록 실패하긴 했지만, 범인은 아주 지능적인 술책을 썼으니까요. 그런 식으로 변장해서 빠져나가리라곤 누구도 생각지 못했을 겁니다."

내 말을 듣고 반장의 표정이 조금 밝아지는가 싶더니, 이내 못마땅하다는 말투로 나를 책망하였다.

"그런데 안성준을 검거하러 갈 때, 어째서 자네 혼자만 움직였는가? 적어도 나한테는 미리 알렸어야지."

"그게⋯⋯, 당시 상황이 워낙 긴박해서 어쩔 수 없었습니다. 용의자가 외국으로 도주하려는 찰나였으니까요. 양해해 주십시오⋯⋯. 반장님, 그나저나 사건의 진상이 언론에 노출되었으니, 서부증권의 대외 이미지가 적잖이 실추되겠군요."

김 반장에게 적당히 둘러대고 화제를 딴 데로 돌렸다.

"하긴, 사람들의 호기심을 자극할 만한 요소가 많은 사건이니까. 한동안 신문, 방송에서 떠들어 대겠지. 어쨌든 이 사건은 자네가 해결한 거야. 상부에서도 흡족해하고 있어. 수고가 많았네."

실제로 사건을 해결한 것은 두주였는데, 내가 공을 가로채는 것 같은 기분이 들어 마음이 편치만은 않았다. 그렇다고 두주와 함께 수사했다고 말할 수도 없는 노릇이었다. 나는 멋쩍은 표정으로 퇴근길에 나섰다.

9

✦ ✦

　1월 중순 수요일 저녁, 오랫동안 맹위를 떨치던 추위는 한풀 수그러들었고, 오랜만에 겨울비가 내렸다. 최현주의 유류품은 유가족에게 모두 전달되었지만, 사건 차량의 글로브박스에서 발견된 선물상자는 아직 보관소 선반 위에 놓여 있었다. 포장지 안에 들어있던 물건은 남성용 벨트였다. 디자인이나 스타일로 봐선, 젊은 남자에게 어울릴 만했으므로 피해자가 애인에게 주려고 구입했었던 것으로 결론을 내리고, 김준우에게 와서 찾아가라고 연락했지만, 그는 무슨 이유에선지 한사코 괜찮다며 사양하였다. 수령 거부로 간주하여 다른 유류품처럼 진주에 있는 유가족에게 인계할 수도 있었지만, 왠지 사리에 맞지 않는 것 같아 좀 번거롭기는 하지만 김준우에게 가서 직접 전달키로 하였다.

　안성준이 체포된 이후 한동안 바빠서 만나지 못했던 두주와 동행하여 여의도로 갔다. 그날 오후쯤 서부증권 본사에 찾아가서 벨트를 인계하겠노라고 전화로 미리 연락했으나, 김준우는 형사가 직장으로 찾아오는 것이 부담스러웠는지 한사코 밖에서 만나자고 하여 서부증권 사옥에서 조금 떨어진 곳에 있는 술집에서 저녁 7시에 만나기로 하였다.

주차가 여의찮아 예정보다 15분 정도 늦은 시간에 약속 장소에 도착하였다. 상가건물 지하 '그랑블루'라는 바 안으로 들어가자, 자욱한 담배 연기와 재즈 색소폰의 선율이 퇴폐적이고 몽환적인 분위기를 연출하고 있었다.

"서울에 이런 데도 있었군. 분위기가 꽤 독특한 곳이야. 한 번쯤은 와서 마셔볼 만한 곳이로군."

바 안을 둘러본 두주가 낯설고 유니크한 이 술집 분위기에 대해 짧은 감상평을 내놓았다.

김준우는 한쪽 구석에 구부정하게 앉아 홀로 술을 마시고 있었다. 그는 벌써 제법 취해있었다. 우리는 그가 앉은 테이블로 가서 자리를 잡았다.

"우리가 좀 늦었군요. 자, 이걸 받으시오. 최현주 씨가 애인이었던 당신한테 주려고 했던 선물일 겁니다."

김준우는 선물을 건네받았지만 열어보지는 않았다. 그 순간, 갑자기 북받쳐 올라오는 감정을 주체할 수 없었는지 그는 고개를 아래로 떨구었다. 그리곤 뜬금없이 허망한 웃음을 터트리며 말했다.

"허허헛…, 사실 그 여자 내 타입도 아니었는데……."

"그러면 최현주 씨가 당신을 일방적으로 좋아했던 거요?"

두주가 담배에 불을 붙이면서 물었다.

"아니요. 현주한테 먼저 접근했던 건 접니다만……. 그런데 사실 스스로 내켜서 한 일은 아닙니다. 이런 비참한 일이 일어날 줄 알았다면 처음부터 만나지 않았을 텐데……."

두주는 폐부 깊숙이 빨아들인 담배 연기를 천천히 내뿜고서 다시 김준우에게 물었다.

"내키지도 않는데 사귀었다면 그냥 잠시 데리고 놀려고 그랬던 것이오? 아니면 다른 이유가 있었던 거요?"

김준우는 쓴웃음을 머금고선 잔에 남은 위스키를 목구멍으로 넘겼다.

"경찰조직은 어떤지 모르겠지만, 기업에는 파벌이라고 불러도 좋을 여러 패거리가 존재합니다. 물론 증권업계도 예외는 아니고요. 저 또한 학맥으로 형성된 한 모임의 일원입니다. 밖에서 보면 친목 단체처럼 보이는 우리 모임은 조용주라는 임원을 중심으로 뭉쳐져 있습니다. 조 전무는 서부증권에서 가장 유망하고 수완이 좋은 간부일 겁니다. 오너로부터 받는 신임도 확고하고요. 직원 대부분이 그가 사장직에 오르는 것은 시간문제라고 생각할 정도니까요. 그런데 3년 전, 안 상무가 미국에서 우리 회사로 스카우트돼 오면서 그런 구도가 확 흔들렸어요. 월가 투자은행에서 파생상품을 거래한 경력이 있는 안 상무는 한국 선물시장에서 경이적인 수익률을 기록했습니다. 국내에서 틀에 박힌 투자만 해오던 우리로서는 아무리 기를 써도 그 사람 발끝에도 미칠 수 없었지요."

잠시 말을 멈춘 그는 빈 잔에 조니워커를 채우고 한 모금 마신 뒤, 하던 이야기를 이어 나갔다.

"회사의 헤게모니가 안 상무에게 넘어가자, 이에 절치부심하던 조 전무가 어느 날 저를 호출하더군요. 전무실로 올라가 보니, 자신이 믿는 후배는 나밖에 없다고 추켜세우면서 은밀하게 제안합디다. 안 상무와 내연관계에 있는 여비서에게 내가 접근하여 둘을 멀어지게 하면, 안 상무가 흔들려 스스로 무너질 거라 하더군요.

지나고 보니, 조 전무의 예측은 무서울 정도로 정확했습니다. 내가 현주와 사귀기 시작한 후부터 안 상무는 지수선물에서 줄곧 엄청난 손실을 기록했던 것입니다. 그가 서부증권에서 쌓았던 경이적인 수익실적은 모래성처럼 무너져 버렸습니다. 그래도 저는 안 상무가 현주를 설마 죽일 거라고는 상상도 못 했습니다. 머리는 좋지만 소심한 사람인 줄로만 알았는데, 그렇게 무모한 짓을 저지를 줄이야……."

그는 더 이상 말을 못 잇고 참았던 눈물을 쏟았다.

담뱃불을 비벼 끄며 두주가 말했다.

"피해자의 죽음에 대해 당신은 법적인 책임은 면하겠지만 도의적으론 용서받을 수 없을 거요. 이봐! 젊은 양반, 당신은 조 전무라는 사람한테 책임을 돌리고 자신은 그의 도구로 이용됐을 뿐이라 변명하는데, 스스로 비겁하다고 생각지 않나? 당신이 속한 파벌 내에서 입지를 다지기 위해서 그리고 비뚤어진 욕망을 채우기 위해 피해자를 유혹했던 것이 사건의 단초를 만들었던 거야!"

나는 두주에게 그만하고 나가자고 눈짓하였다. 몸을 웅크린 김준우를 내버려 두고 지하의 어둡고 탁한 재즈바에서 밤거리로 나왔다.

"이왕 여의도까지 온 김에 조용주라는 사람을 한번 만나보고 싶은데. 자네 생각은 어떤가?"

두주는 무슨 까닭에선지 서부증권의 조 전무를 바로 찾아가 보자고 제안하였다.

"글쎄, 조 전무를 법적으로 처벌하는 건 불가능한 일일 텐데……. 그런데도 굳이 그를 만날 필요가 있을까?"

"자네 말이 맞아. 처벌은커녕 입건조차도 어렵지. 그의 행위는 살인 사건 자체와는 직접적으로 관련이 없으니까. 다만 조 전무라는 사람한 테 흥미가 생기는군. 내친김에 가서 만나보고 싶네. 아직 퇴근 안 하고 사무실에 있을 수도 있으니. 한번 가보세."

로비의 안내 데스크에 문의하니, 조 전무는 아직 사무실에 있다고 알려주었다. 그리고 우리를 조 전무의 사무실로 안내해 준 직원은 조 전무가 전일 날짜로 부사장에 내정됐다는 사실을 귀띔해 주었다.

20층에 멈추어선 엘리베이터에서 내린 우리는 조 전무의 사무실로 향했다. 안으로 들어가니, 승진을 축하하기 위해 보내 온 난 화분들이 사무실 곳곳에 놓여 있었다.

조 전무는 작은 키였지만 운동을 꾸준히 해서인지 다부진 체격이었고 날카로운 눈매와 두꺼운 턱, 얇은 입술 생김 때문에 작지만 강해 보이는 인상이었다. 그는 몸에 착 달라붙는 와이셔츠를 입고 있었는데 군살 없이 잘 단련된 몸이었다. 전날 발표된 부사장 승진내정 때문에 기분이 좋았는지, 아니면 원래 웃는 얼굴로 이미지메이킹을 하는 게 습관이 돼서 그런 건지 모르겠으나, 어쨌든 계속 밝은 표정을 하고 있었다. 서로 명함을 교환하고 여비서가 커피를 내려놓고 나가사, 조 전무가 말했다.

"얼마 전, 저희 회사에서 아주 불미스러운 사건이 발생했었는데, 정말 부끄럽고 유감스러운 일입니다. 회사의 대외 이미지가 크게 실추되어 애석하지만, 어쨌든 여기 계신 형사님들의 활약 덕분에 범인이 조기에 검거된 점에 대해서는 그나마 다행스럽게 생각합니다. 이 추운 날씨에 사건 해결을 위해서 경찰분들의 노고가 컸을 줄로 압니다. 회장님을 대신해서 제가 감사의 인사를 드립니다."

조 전무는 우리를 향해 정중하게 고개를 숙였다.

"별말씀을요. 담당 형사로서 할 일을 했을 뿐입니다."

나는 앞에 놓인 블랙커피를 한 모금 마시고 찻잔을 내려놓으며 조 전무에게 물었다.

"제가 파악하기로 전무님이 이 회사의 인사업무를 총괄해 왔다고 알고 있는데 맞습니까?"

"예, 그렇습니다만."

"우리가 이 사건을 수사하면서 납득이 잘 안되는 부분이 있습니다. 그에 관해서 설명을 듣고자 해서 오늘 이렇게 찾아온 겁니다. 범행을 시인한 안 상무를 신문(訊問)해 보니, 그는 지난 가을부터 자신의 비서이자 이번 사건의 피해자인 최현주 씨를 다른 직원으로 교체해 줄 것을 여러 차례 인사 부서에 요구하였지만, 계속 받아들여지지 않았다고 하더군요. 피의자가 진술하기로는 인사권을 가진 당신이 계속 묵살했다고 하던데, 왜 그랬습니까? 그 정도 요구라면 그냥 들어줬어도 될 일인 것 같은데요?"

내가 인사 문제와 관련된 의문을 제기하자, 조 전무의 얼굴은 좀 전까지의 웃음기가 사라지고 신경이 곤두선 표정으로 변해 있었다.

"우리 서부증권은 여느 중소기업이나 구멍가게하고는 다릅니다. 모든 게 정해진 시스템에 의해서 결정되고 이행되는 곳이죠. 특정 간부가 납득할 만한 사유도 없이 제기하는 인사 요구를 들어줘야 할 합리적인 근거가 없었기 때문입니다."

옆에서 듣고 있던 두주가 끼어들었다.

"그때 만약 안 상무의 요구대로 여비서를 바꿔줬더라면 이런 끔찍한 파국은 피할 수도 있었을 거라고 보는데, 거기에 대해선 어떻게 생각합니까?"

두주의 말을 듣고서 조 전무는 어이 없다는 듯 웃었다.

"허헛, 나 참! 그런 터무니없는 소릴 하시다니. 지금 형사님의 얘기는 내가 이번 살인사건에 대해 모종의 책임이 있다는 말처럼 들리는군요. 그런 식으로 비약하여 결과론으로 뒤집어씌운다면 세상 모든 사람이 살인자가 되고 말 겁니다."

나는 꼰 다리를 풀며 담담하게 물었다.

"안성준 상무와는 친분이 두터웠나요? 서로 연배도 비슷한 것 같은데, 평소 그와 대화를 자주 나눴습니까?

"아니요. 나하곤 별로 안 친했습니다. 그 사람하고는 서로 코드가 안 맞았다고나 할까요. 업무와 무관한 사적인 대화를 나눈 기억은 거의 없는 것 같군요. 마주치면 그저 인사말이나 나누는 정도였으니까."

"그 사람을 싫어했겠군요. 경쟁자였으니까."

소 전무는 가식적으로 웃으며 나를 응시하였다.

"경쟁자라고 표현하기엔 좀 그렇고……. 글쎄요. 어쨌든 그는 상당히 독특한 사람이었지요. 안 상무가 미국에서 우리 서부증권으로 스카우트돼 오고 나서 얼마 동안은 회사 실적에 큰 보탬을 줬던 건 사실입니다. 하지만 내가 옆에서 그 사람 하는 걸 보면서 좀 불안불안하다고 생각했어요. 언젠가는 무슨 사고를 칠 것 같은 불길한 예감이 어렴풋이 들곤 했는데, 결국 이렇게 큰 사달을 내고야 말았습니다. 안성준이가 싸놓은 똥은 결국 나를 비롯한 남은 사람들이 치워야 할 몫이 돼버렸죠."

두주가 커피잔을 내려놓으며 물었다.

"안성준과 최현주, 두 사람이 불륜관계라는 사실을 사전에 알고 있었습니까?"

조 전무는 앉은 채로 두주를 노려보며 나직하지만 분명한 목소리로 답했다.

"아니, 전혀요. 두 사람만의 내밀한 관계를 내가 어찌 알겠습니까? 나한텐 다른 사람의 사생활 따위를 캐내는 악취미 같은 것도 없고요."

몸을 일으킨 두주는 인사도 없이 출입문 쪽으로 발걸음을 옮겼다. 사무실을 나가려는 우리의 등에 대고 조 전무가 말했다.

"어쨌건 간에 사건 해결한다고 수고가 많으셨는데, 그에 대한 보답으로 제가 저녁 식사 자리를 마련하고 싶습니다. 조만간 연락을 드릴 테니, 사양하지 마시고……"

나는 가던 걸음을 멈추고 뒤돌아보며 답했다.

"아니요. 그럴 필요 없습니다. 방금 얻어 마신 커피만으로도 충분하니까요."

마치 뱀이 맨살을 스치고 지나간 것 같은 불쾌하고 찝찝한 기분이 되어 우리는 조 전무의 방에서 걸어 나왔다.

10

✦ ✦

비 내리는 겨울밤, 차분하고 잔잔한 멜로디가 전파를 타고 에스페로의 스피커에서 흘러나오고 있었다. 사건이 해결되어 한결 홀가분해졌지만, 내 마음 한구석에 왠지 모를 씁쓸함이 남아 있었다.

두주는 커브를 천천히 돌면서 나에게 물었다.

"피의자 가족들은 만나봤는가?"

"체포통지서를 가족의 주소지로 보냈지만, 면회는커녕 아무런 연락도 없더군. 한 가정의 가장이 체포됐다는데 말이야. 그래서 혹여 집이 비었나 싶어 찾아가 봤더니, 처와 자식들이 버젓이 살고 있더라고."

"안 상무의 처는 뭐라고 말하던가?"

"자기들과는 이미 인연을 끊은 사람이니, 더 이상 그 사람 일로 찾아오지 말아 달라고 하더군. 서로 감정이 안 좋게 헤어진 거 같더라고."

"부부가 갈라선 이유는 여비서 최현주와의 불륜 사실 때문이라던가?"

"그건 모르겠어. 그런 것까지 직접적으로 물어보는 건 좀 그렇잖아. 불륜 이전에 다른 트러블이 있었는지도 모르지. 자네, 안 상무의 가족들도 만나보려는 겐가?"

"아닐세. 이미 종결된 사건인데, 구태여 피의자 가족들을 찾아갈 필요는 없지."

가늘게 내리던 빗줄기가 점점 굵어지자, 두주는 라디오 음량을 높이고 말없이 운전을 계속했다.

"그런데 안성준은 최현주가 임신 중이라는 걸 알고도 죽였을까? 물론 그는 일관되게 부인하고 있긴 하지만."

나의 물음에 두주는 잠시 빠졌던 상념에서 빠져나오며 답했다.

"여러 정황으로 봤을 때, 알고 있었을 거라고 보네. 어쩌면 입덧하는 걸 목격한 후, 죽일 결심을 했을지도 모르지. 젊은 내연녀의 변심으로 괴로워하던 중에 그녀가 딴 남자로부터 임신까지 한 사실을 알게 된 후, 더 이상 분노를 참지 못하고 살인을 저질렀을 가능성이 충분히 있다고 보네."

"최현주에게 왜 그렇게 집착했을까? 안 상무 정도의 지위와 재력이라면 다른 여자를 찾을 수도 있었을 텐데."

"그놈은 보통 정신이 건강한 사람들하고는 많이 달라. 자네도 봐서 알겠지만, 안성준은 감정 조절이 안 되는 사람이야. 그런 인간들한테 잘 나타나는 특징이 있는데, 뭔가 하나에 꽂히면 좀처럼 거기서 빠져나올 수 없다는 것이지. 그것이 좋게 발현될 땐 집중력을 발휘해 파생 거래에서 엄청난 수익을 올렸던 것처럼 득이 될 때도 있었지.

하지만 라이벌인 조 전무가 안 상무의 약점을 찾아내 버렸어. 그 약점이란 바로 안 상무가 내연관계를 맺고 있던 여비서 최현주였네. 내연녀의 갑작스러운 변심에 마음이 심란해지자, 안 상무는 전처럼 거래에 집중할 수 없었던 거야. 결국 회사에 엄청난 손실을 안겼고, 자신도 빈털터리가 돼버렸던 걸세.

최현주에 대한 원망과 질투심 때문에 괴로워하던 안성준은 그녀를 죽여서 없애버린다면, 자신은 화려했던 전성기 시절의 트레이더로 되돌아갈 수 있을 거란 근거 없는 망상에 빠졌던 게지. 내면에 잠재해 있던 광기에다가 자신의 몰락이 변심한 최현주 때문이라는 피해의식이 더해져 살인으로까지 이어졌던 걸세."

범인에 대한 두주의 심리분석이 꽤 그럴듯하게 들렸다. 나는 고개를 끄덕여 수긍한다는 표시를 해주고는 빗물이 떨어져 부딪히는 차 앞 유리를 바라보았다. 그 순간 불현듯 피해자의 얼굴 모습이 머릿속에서 희미하게 되살아났다. 남자들의 욕망과 경쟁 그리고 음모의 소용돌이에 휘말려 비참하게 살해된 그녀의 짧았던 삶에 대해 생각하니 더욱 처량한 기분이 들었다. 잠시 애상에 빠져있는 동안, 차는 어느새 서(署) 정문 앞에 도착해 있었다. 도어를 열고 내리면서 두주에게 물었다.

"이제 집으로 갈 건가?"

"아니, 아무도 없는 집에 바로 들어가고 싶진 않군. 빗속을 좀 더 달려야겠어."

에스페로는 붉은 미등을 환히 밝힌 채 내리는 비를 맞으며 내 시야에서 점점 멀어져갔다.

2
브릭하우스 살인사건

1

✦ ✦

기나긴 겨울의 찬 기운이 물러가고 남쪽에서 온화한 봄기운이 올라오던 3월 중순의 화요일 새벽, 깊은 단잠에 빠져있던 나는 머리맡에서 울리는 호출 신호음에 놀라 자리에서 몸을 일으켰다. 탁상시계를 보니 3시 45분이었다. 이런 꼭두새벽에 긴급 호출을 날리는 것은 관내에서 살인사건이 일어났거나 그게 아니면 어떤 재난이 발생했을 경우인데, 그날 새벽에는 이 두 가지가 같은 장소에서 일어나 버렸다.

치솟는 짜증을 억누르며 욕실로 들어가 얼굴만 대충 씻고서 어제 입었던 옷을 그대로 걸치고 집 밖으로 터벅터벅 걸어 나왔다. 차갑고 신선한 새벽공기를 들이마시자, 졸음이 순식간에 날아가 버렸다. 나는 서(署)를 경유하지 않고 곧바로 사건 현장으로 차를 몰았다.

사건이 발생한 곳은 우면산 자락에 있는 고급 단독주택이었다. 현장에 도착하여 차를 근처에 세우고 시계를 보니, 4시 반을 지나고 있었다. 화재 진화는 이미 마무리되었는지 소방차는 보이지 않았다. 대문 앞을 지키고 있던 관할 파출소 직원들과 잠깐 몇 마디 나눈 뒤에 안으로 들어섰다. 마당을 지나면서 주택의 외관을 훑어보니, 저택이라고까지 부를 정도는 아니지만 나름대로 꽤 공들여 지은 이층 벽돌집이었다. 그리 넓지는 않지만, 정원에는 관상수와 잔디가 제법 운치 있게 심겨 있었다. 마당과 본채 현관문을 연결하는 돌계단에서부터 탄내가 느껴졌다. 부엌을 제외한 아래층은 비워뒀는지 거실은 대부분 비어 있었고 방문들도 잠겨 있었다. 목재로 된 내부 계단을 통하여 위층으로 올라가 보니, 카메라를 든 감식반원이 분주하게 사건 현장을 촬영하고 있었다.

"박 경위, 왔는가? 생각보다 빨리 왔구먼. 이쪽으로 와 보게."

야간 당직 중이라 현장에 먼저 도착해 있던 김 반장이 나를 불렀다.

화재가 발생한 곳은 이층 동편에 있는 서재 용도로 쓰이던 방이었다. 안으로 들어가 보니, 방바닥은 소방관들이 뿌린 물과 소화액으로 흥건하게 젖어 있었다.

"근데 왜 이 방에서 불이 났을까요? 누전은 아니겠지요?"

내가 묻자, 반장은 확신에 찬 표정으로 답했다.

"의심의 여지가 없는 방화일세. 발화지점은 여기 있는 금고와 책상이야."

서재의 한쪽 구석에 놓인 철제 금고는 겉면이 새까맣게 그을려 있었고, 금고 하단 부위에도 불태워진 흔적이 보였다. 금고의 사이즈는 독신사나 사취생이 쓰는 소형 냉상고 정도 그기로 그리 큰 편은 아니었지만, 강철로 제작된 것이라서 무게가 90kg은 족히 넘어 보였다. 그 옆에 있는 책상은 아예 전소(全燒)되어 형태만 겨우 남아 있었다.

"집을 다 태우지 않고 빨리 진화된 게 그나마 다행이군요."

"맞아, 다행스럽게도 이웃집에서 불이 난 걸 일찍 목격하고 화재 신고를 했기에 망정이지, 10분만 늦었어도 건물의 반 이상은 타버렸을 거야. 어제부터 날씨가 흐려서 습도가 높았던 것도 불이 붙는 속도를 늦췄을 걸세."

반장은 문 쪽으로 걸음을 옮기면서 말했다.

"여기 방화도 문제지만, 우리한테 더 중요한 것은 침대 위에서 변사체로 발견된 외국인일세. 그리로 가보자구."

조명이 켜진 이층 침실에 들어가 보니, 중년의 백인 남성이 벌거벗은 채로 몸 여러 군데를 칼에 찔려 숨져 있었다. 그 모습은 말로 표현하기 어려울 정도로 참혹하였다. 가까이 다가가서 살펴보니, 피살자는 복부 두 군데와 목을 찔려 다량의 피를 쏟아낸 상태였다. 그로 인해 침대는 피로 흠뻑 젖어 있었다. 비릿한 피 냄새와 이미 부패가 시작된 장기에서 나오는 악취 때문에 마스크를 꼈어도 밀려오는 메스꺼움을 막을 수 없었다. 자상(刺傷)의 칼자국이 크지 않은 대신 피부 속 깊숙이 파고든 것으로 봐서, 범인은 작고 예리한 칼을 사용했을 것으로 추정되었다.

강력계 형사로서 살인사건의 범행 현장을 수도 없이 봐왔던 나였지만 그렇게 치가 떨릴 정도로 잔인하게 죽임을 당한 경우는 본 적이 없었다. 피를 쏟고 침대에 쓰러져 있던 피살자의 이미지가 가끔 의도치 않게 머릿속에 떠올려질 때면, 시간이 꽤 흐른 지금도 온몸이 움츠러들 정도의 오싹함이 엄습하곤 한다. 그 모습이 나에게 강렬한 정신적 충격을 준 이유는 범인이 피해자의 성기를 잔혹하게 난자(亂刺)해 놨었기 때문이었다. 옆에서 보던 반장도 질려버렸는지 눈살을 찌푸리며 고개를 절레절레 흔들었다. 인간의 무의식에 잠재해 있는 거세불안(去勢不安)에 대한 두려움이 공포감을 몇 배로 증폭시켰다.

"도대체 어떤 인간이 이런 짓을 했을까요?"

"난들 어찌 알겠는가? 이런 광경을 볼 때마다 형사 노릇하는 게 싫어진다네."

시신 옆에서 쭈그리고 앉아 카메라 셔터를 누르던 감식반원에게 반장이 물었다.

"사인은 과다출혈이라고 봐야겠지?"

"아마 그럴 겁니다. 쇼크사일 가능성도 배제할 순 없지만……. 그런데 특이한 점이 발견됐는데, 피해자의 왼쪽 팔뚝에서 최근에 생긴 것으로 보이는 주사 자국이 발견됐습니다. 더 자세한 건 부검을 해봐야 알 수 있을 겁니다."

"사망 추정 시각은 대충 나왔나?"

"사후강직의 정도나 직장(直腸)의 체온을 재본 바로는 지난밤 11시에서 1시 사이에 살해된 것으로 추정됩니다."

침실 안은 강도가 털고 간 듯한 모습이었다. 옷장과 수납장의 모든 서랍이 열려 있었고 방 구석구석을 뒤진 흔적이 역력하였다. 살해당하여 침대에 누워있는 외국인은 보통 키에 탄탄한 근육질의 몸이었으며 얼굴 가운데 뾰족하게 솟은 매부리코가 인상적이었다.

현장 수사에 몰두하는 사이, 어느새 아침 햇살이 창문을 통해서 비스듬히 방 안으로 들어왔다. 새벽부터 일어나 설쳐댔더니 시장기가 몰려왔지만, 처참하게 당한 피해자의 모습이 자꾸 떠올라 생기던 식욕을 앗아가 버렸다. 그러던 중에 이 경사가 곤혹스러운 표정을 지으며 반장에게 다가와 말했다.

"반장님, 재작년엔가 퇴직했었던 도두주 선배가 대문 앞에서 기다리고 있습니다. 들어와서 반장님을 잠깐 뵙고 싶다고 합니다. 서로 모르는 처지도 아니고 해서 매몰차게 그냥 가라고 하지는 못하고 반장님한테 얘기해 볼 테니, 일단 기다려 보라고 말해놨습니다."

"뭐, 도두주가 여길 어떻게?"

반장이 의아한 표정으로 나를 쳐다보았다.

"자네가 연락했나?"

나 역시 모르겠다는 제스처를 취하며 답했다.

"그럴 리가요."

이윽고 바깥이 소란스러워져서 문밖을 내다보니, 2층으로 연결된 나무계단을 두주가 걸어 올라오고 있었다.

"아니, 도 형사! 자네, 여긴 어떻게 알고 온 건가?"

들어와도 된다는 허락도 받지 않고 두주가 건물 안으로 들어오자, 반장은 상당히 언짢은 표정을 지었다. 나 역시 어이가 없어서 말문이 막힐 지경이었다.

"반장님, 참 오랜만입니다. 이런 데서가 아니라 근사한 술집에서 봐야 하는 건데 말이죠. 하하핫……. 사표 쓰고 나니까 시간이 남아돌지 뭡니까. 그래서 요즘 아침마다 여기 우면산에 등산 오는 것이 제 일과의 시작입니다. 물론 비 오는 날은 빼고요. 그런데 오늘 등산로로 향하는 도중에 보니 낯익은 순찰차들이 눈에 뜨이더군요. 그래도 옛정이 있는데 모른 척 인사도 없이 그냥 지나갈 순 없는 일 아니겠습니까? 그나저나 반장님 아직도 그 구겨진 코트를 입고 다니시는군요."

베이지색 반코트 차림으로 드라마에 출연했던 콜롬보 형사를 따라하는 반장을 보고서 두주가 약간 비꼬는 투로 말했다. 반장은 예전부터 그 낡은 코트를 입고 수사에 나서야 사건을 순조롭게 해결할 수 있다는 미신을 가지고 있었다.

"자네야말로 이발이나 좀 하고 다니게! 형사 때려치우더니 록가수로 데뷔라도 할 작정인가?"

"아직 추워서요. 날씨가 풀리면 자를 겁니다."

옷차림을 갖고 따지자면, 두주 쪽도 별반 나을 게 없었다. 등산하러 왔다고 말했지만, 지퍼 달린 구두 대신에 까만색 운동화를 신었을 뿐 평소와 다를 바 없이 청바지와 가죽 잠바를 걸치고 있었다.

"이보게. 여긴 사건 수사 현장일세! 자넨 이미 현직을 떠난 사람이야. 이렇게 함부로 들이닥치면 우리 입장이 정말 곤란해……. 다 알만한 사람이 왜 옛 동료들을 난처하게 만들고 그러나? 당장 나가라고 말하진 않겠네. 하지만 오래 머물지는 말게."

반장은 제법 근엄한 목소리로 두주를 나무랐지만 모질게 쫓아내진 않았다.

"알겠습니다. 반장님."

반장으로부터 양해를 얻어내고서 두주의 기분이 잠시 좋아졌지만, 피살자가 누워있는 침대 가까이 다가서자 바로 눈살을 찌푸렸다.

"누구 짓인지는 몰라도 정말 극악무도한 범행이군요. 최초 신고자는 누굽니까?"

"저기 100미터쯤 떨어져 있는 이웃집에 거주하는 사람이야. 이 집에서 불꽃이 피어오르는 걸 보고 소방서에 신고했다더군."

"화재 신고가 접수된 시각은요?"

"새벽 3시경일세."

피해자 시신 가까이 다가간 두주는 주머니에서 돋보기를 꺼내 검붉은 자상(刺傷) 부위와 왼팔에 나 있는 주삿바늘 자국을 자세히 관찰하였다. 잠시 후 몸을 일으켜 세운 그는 방문 손잡이에서 지문 채취 작업을 하고 있던 감식반원에게 물었다.

"이불이나 시트에서 정액이 검출됐는가?"

"아닙니다. 전혀."

그러고는 잠바 주머니에서 손전등을 꺼내더니 자세를 숙이고 방바닥을 얼마간 열심히 탐색하던 중, 갑자기 상기된 얼굴로 나에게 손짓하였다.

"이쪽 바닥에 물기가 제법 남아 있어."

두주는 바닥에 있는 액체를 손끝으로 찍어 육안으로 관찰하고 냄새도 맡아보았다.

"이건 적포도주로군."

내가 다가가서 두주의 손가락 끝에 묻은 액체를 확인하였다.

"와인이 왜 방바닥에 흘려져 있는 걸까?"

"글쎄……."

두주는 잠시 생각에 잠겼다가 쭈그린 자세에서 몸을 일으켰다.

"이제 불이 난 방으로 가보세. 사실 난 여길 더 자세히 살펴보고 싶지만, 반장님이 오래 머물지 말라고 했으니깐 최대한 서두르는 수밖에."

서재에 들어간 두주는 불에 그을린 금고를 한참 동안 유심히 관찰하였다.

"아직 잠긴 상태로군. 열쇠는 찾았나?"

"아니, 열쇠는커녕 다이얼 넘버도 못 맞췄어."

"침실도 그렇고 이 방도 아주 샅샅이 뒤져놨군."

"그럼, 자넨 강도의 소행으로 보는가?"

나의 물음에 두주는 고개를 저었다.

"얼핏 봐서는 그렇게 보일 수도 있겠지만, 강도가 저지른 사건일 확률은 거의 제로야. 우선 강도는 칼이나 둔기로 집주인을 단번에 제압하는 게 일반적인데, 저렇게 엽기적으로 고통스럽게 죽일 이유가 없지. 아까 침실에서 보니까, 침대 머리말 탁자 위에 피살자가 착용했던 것으로 보이는 롤렉스 GMT 마스터가 놓여 있더군. 시간대가 다른 지역의 현재 시각을 표시해 주는 모델인데 미국 동부 시간에 맞춰져 있었어. 강도라면 그런 고가의 시계를 놔두고 갔을 리가 없겠지. 그리고 내가 이 집에 들어오면서 현관문을 확인해 보고 창문들도 점검해 봤는데, 강제로 침입한 흔적은 없네."

"그렇다면 면식범의 소행이겠군."

"현재로선 그럴 가능성이 높아 보여."

서재를 나와 2층 마루에 서서 반장으로부터 최초 현장에 도착했을 때의 상황에 대해 듣던 중, 이 경장이 아래층에서 올라와 수첩에 적은 것을 읽으며 보고하였다.

"반장님, 피해자의 신원을 파악했습니다. 이름은 데이비드 스타인버그, 만 43세이며 국적은 미국입니다. 1년 반 전에 국내로 입국했으며, 직함은 「워싱턴 컨설팅 컴퍼니」의 서울 부 지사장입니다."

나는 이층집에 들어올 때부터 궁금했던 점을 이 경장에게 물어보았다.

"저 외국인 혼자 이 집에 살고 있었나? 다른 가족들은 없고?"

"워싱턴 컨설팅사(社)에 알아본 바에 의하면, 피해자는 혼자였다고 합니다. 그의 가족들은 버지니아주에 거주하고 있답니다."

"자기 혼자였으니까 아래층은 비워놓고 2층만 썼던 게로군. 이 집은 피해자 본인 소유인가?"

"아닙니다. 등기부를 확인해 본 바로는 내국인 앞으로 된 집인데, 스타인버그 씨가 월세로 임차한 걸로 나옵니다."

듣고 있던 반장이 의아하다는 표정을 지으면서 물었다.

"남자 혼자 사는데 이렇게 큰 집이 필요했을까?"

반장이 제기하는 의문에 나는 상식선에서 이유를 추정해 보았다.

"돈만 있다면야 대궐에 산들 무슨 상관이겠습니까? 사실 아파트는 사생활 보호가 잘 안 되잖아요. 외국인이라면 층간소음에 적응하기도 힘들었을 테고."

"음, 하긴……."

옆에서 듣고 있던 두주가 주위를 둘러보고 나서 입을 열었다.

"그런데 이 정도 규모의 집을 청소하고 관리하려면 보통 일이 아닐

텐데. 아마 이 집에 고용된 가정부나 파출부가 있을 것 같은데 말이야
……."

"그렇겠군. 이제 곧 출근 시간이 다 돼가니까, 이 집에서 일하는 사람
이 있다면 곧 나타나겠지."

반장이 두주의 말에 수긍하였다.

그런데 오전 9시가 다 되어갈 무렵에 나타난 사람은 파출부가 아니
라 전혀 뜻밖의 사람들이었다. 갑자기 밖에서 요란한 무전 신호가 오고
가더니, 아래층에 있던 황 경장이 급하게 올라와서 보고하였다.

"반장님, 본서에서 연락이 왔는데, 좀 전에 서장님이 이쪽으로 출발
하셨다고 합니다. 이제 곧 도착하실 것 같습니다."

서장이 온다는 보고를 들은 반장이 두주에게 빨리 여기서 나가라고
말하려 그가 서 있던 곳으로 고개를 돌렸으나, 두주는 벌써 사라지고
없었다.

2

✦ ✦

아래층으로 내려가 보니, 서장은 혼자서가 아니라 한 무리의 낯선 사람들과 함께 들어왔다. 세미 캐주얼 차림에 선글라스를 낀 건장한 외국인 세 명과, 정장 차림에 코트까지 걸쳐 입은 내국인 셋이 왔는데, 그중에 선임으로 보이는 사람이 우리에게 다가와 자신들의 신분을 알리는 표찰을 꺼내 보여 주었다. 그들은 정보기관 소속이었다.

"이분들은 미국 대사관에서 나오셨소. 지금 무엇보다 중요한 것은 이 사건을 반드시 대외비로 해야 한다는 겁니다. 사건에 관한 정보가 외부에 누설되는 일은 절대로 없어야 합니다. 이 점을 꼭 유념하시오."

마치 지시를 내리는 듯한 말투가 영 마음에 들지 않았다. 그들은 우리의 대답은 들을 생각도 하지 않고 말을 끝내기 무섭게 2층 현장으로 향했다. 우리도 서장과 함께 나무계단을 올라갔다.

미국 대사관에서 나온 백인들과 국내 기관원들은 잔혹하게 살해당한 피해자를 내려다보고서 순식간에 얼굴이 일그러졌다. 그들은 하나같이 심각한 표정을 지으며 당면한 사태에 대하여 영어로 대화를 나누었다.

그들이 오고 나서 약 1시간 정도 지났을 때쯤 이제 상황 파악을 마쳤는지 표찰을 보여줬던 기관원이 서장에게 와서 약간 거만한 투로 말했다.

"우리가 봤을 때, 이 사건의 배후에 대공 용의점이 있을 가능성이 매우 높습니다. 그러므로 사건 수사 상황을 우리에게 실시간으로 보고하도록 하시오. 그리고 사건의 전개 추이에 따라서 이 사건 수사를 우리 기관이 맡을 수도 있습니다. 다시 한번 말하지만, 절대로 이 사건이 일반에 알려져서는 안 됩니다. 특히 언론 쪽이 눈치채지 못하도록 유의해야 할 거요."

미국 대사관 직원들이 먼저 밖으로 나가더니 자신들이 타고 온 까만색 캐딜락 SUV를 타고 먼저 가버렸고 뒤이어 국내 기관원들도 우리에게 수고하라는 인사도 없이 현장을 떠나버렸다. 그들이 사라지자, 서장은 반장과 나만 남기고 다른 경찰관들을 밖에 나가 있게 하고는 목소리를 낮춰서 말했다.

"지금부터 내가 하는 말을 잘 듣게. 이건 극비사항이니까 가까운 동료들한테도 비밀로 해야만 하네."

근처에 우리 세 사람 외에는 아무도 없다는 것을 재차 확인하고 나서야 서장은 조심스럽게 말을 꺼냈다.

"이번 사건은 여태껏 우리가 겪어왔던 통상적인 살인사건들하고는 격이 달라. 놀랍게도 여기서 살해당한 외국인은 미국 정보기관에 소속된 사람일세. 다국적기업 주재원으로 위장한 비밀 요원이지. 좀 전에 여기 왔던 미국 대사관 직원들도 외교관 신분이긴 하지만 실은 CIA 소속이야. 아까 기관원이 말했다시피, 이번 사건의 배후에 적성국이 있다는 정황이 포착된다면 수사권은 안기부 쪽으로 넘어가겠지. 뭐, 나중에 그런 상황이 온다고 하더라도 관할 경찰인 우리에게 맡겨져 있을 때까지는 사건 수사에 충실히 임해야 한다는 것이 내가 자네들에게 말하려는 요지일세."

서장도 새벽부터 잠을 설쳤는지 약간 피곤해 보이는 기색이었다. 반장으로부터 현장 상황에 대한 보충 브리핑을 받고는 곧바로 본서(本署)로 되돌아갔다.

"10시가 넘었는데도, 파출부는 안 나타나는군."

벌써 간 줄 알았던 두주가 다시 나타나자, 나는 놀란 표정으로 되물었다.

"자네, 서장이 온다고 했을 때, 나가지 않았었나?"

"아니, 바깥에 있는 차고에 가 있었지. 포르쉐 911이 주차돼 있더군. 그런데 아까 보니까 외국인들도 보이던데?"

"음, 그게 말이지……. 여기서 얘기하긴 좀 그렇고, 일단 밖으로 나가세."

나는 두주를 잡아끌며 그를 집 밖으로 데리고 나갔다. 차에 시동을 걸고서 언덕길 아래쪽으로 차를 몰았다.

"집까지 데려다주겠네."

"그럴 거 없어. 이왕 나선 김에 아침이나 먹으러 가자구."

"대단하군. 좀 전에 그 끔찍한 광경을 보고도 자넨 식욕이 생기는가?"

"그래도 어쩌겠나? 산 사람은 계속 살아야지. 그런데 서장과 함께 왔던 외국인들은 대체 누군가?"

나는 잠시 뜸을 들이며 평소보다 진지하고 심각한 투로 말했다.

"지금부터 나한테서 듣는 얘기는 누구에게도 발설하지 말게. 간밤에 이층집에서 살해당한 스타인버그란 자의 진짜 정체는 CIA 비밀 요원일세. 좀 전에 자네가 봤던 외국인들은 미국 대사관에서 나왔고, 같이 온 내국인들은 안기부 요원들이야. 피살된 사람의 신분으로 봐서는 이번 살인사건에 타국의 정보기관이 연루돼 있을 가능성이 있어. 그러니까 아주 조심스러울 수밖에 없지. 어쨌든 당분간은 이 사건이 외부에 새 나가게 되는 것을 결단코 막아야만 하네."

두주는 나의 이야기를 듣고 호기심이 생겼는지 얼굴에 엷은 미소를 띠었다.

"그렇다면 스타인버그는 국제 첩보전의 희생양이란 말인가? 만약에 그게 사실이라면 경찰이 할 수 있는 일은 별로 없을 거야. 뭐, 어쨌든 아직은 수사를 시작한 단계에 불과하니, 모든 게 불투명한 상황이군."

"그래, 자네 말이 맞아. 사건의 윤곽이 드러나려면 어느 정도 시간이 흘러야겠지."

대로변에 있는 설렁탕 점포 앞에 차를 대고 식사를 주문하였다. 차에서 내리고 나서 두주와 나는 새벽에 일어난 살인사건에 관한 이야기는 일절 하지 않았다. 각자 신문을 펼치거나 TV를 보다가 음식이 나오자, 식사를 마치고 밖으로 나왔다.

"자네가 괜찮다면 사건 수사에 어떤 식으로든 도움을 주고 싶네. 언제라도 좋으니 내가 도울 일이 있으면 연락하게나."

"그렇게 하지. 집까지 태워 줄 테니 타게."

"아닐세. 오늘 등산을 빼먹을 순 없지. 좀 늦었지만 올라갔다가 갈 거야. 난 신경 쓰지 말게. 바쁠 텐데 어서 가봐."

손을 들어 내게 작별을 고한 두주는 우면산이 있는 남쪽으로 총총히 걸어갔다.

사건 현장으로 돌아와 보니, 감식 작업은 거의 마무리 단계에 있었다. 두주를 데리고 아침 먹으러 나가기 전까지 잠겨 있던 아래층의 방문들도 그사이 모두 열렸고 감식까지 마친 상태였다. 작은 방 두 군데는 텅 비어 있었다. 큰 방도 안 쓰는 물건들을 보관해 두는 창고 용도로 쓰이고 있었으며, 꽤 오랫동안 사람이 들락거리지 않았던 것으로 보였다.

다른 형사들과 함께 떠날 채비를 하던 중, 불에 탄 금고가 머릿속에 떠올랐다. 아직 그 자리에 그대로 남아 있는지 확인하기 위해 나는 2층으로 올라갔다. 서재로 들어가 보니, 금고가 있던 자리는 텅 비어 있었다.

"반장님, 아까 여기 있던 금고는 차로 먼저 실어 보냈습니까?"

"아니, 우리가 가져간 게 아닐세. 자네가 아침 먹으러 간 사이에 미국 대사관 직원들이 다시 와서 밴 차량에 실어 갔다네. 차고에 있던 포르쉐까지 가져가 버렸어."

반장의 대답을 듣고 나는 기가 막혀서 따지고 들었다.

"말도 안 됩니다. 그 금고는 사건 수사에서 중요한 증거물인데, 아무리 대사관에서 달란다고 해서 그냥 내줄 수가 있습니까!"

"자네 말이 틀린 건 아니야. 하지만 금고 안에 자국의 안보를 위태롭게 할 수 있는 민감한 자료들이 들어있을 거라면서 우겨대는데 난들 어쩌겠나? 생각해 보게. 그들이 기어코 가져가겠다고 하는데, 현실적으로 우리가 어떻게 막을 수 있겠는가?"

미국과의 특수한 관계라는 측면에서 생각해 보면 전혀 납득 못 할 일도 아니었지만, 그래도 경찰이 조사하고 나서 그들에게 인계하는 것이 순리인 것이다. 나는 맥 빠진 기분이 되어 밖으로 걸어 나왔다.

일단 서(署)로 가려고 차 문을 열려는 순간, 반장이 나를 불러 세웠다.

"잠깐! 박 경위, 기다려 봐. 복귀하기 전에 한 군데 가볼 데가 있어. 화재를 목격한 신고자를 만나봐야 해. 같이 가세나."

경사면 아래쪽으로 100여 미터 떨어진 곳에 이르자, 반장이 걸음을 멈췄다.

"바로 이 집일세."

단층 주택의 대문 옆에 있는 초인종을 누르고 우리의 신분과 용건을 말하니, 대문에 걸린 자물쇠가 둔탁한 소리를 내며 열렸다. 제법 넓은 마당을 지나 건물 본채에 다다르자, 안에서 사람이 나와 현관문을 열어 주었다. 환갑을 넘은 부유해 보이는 노부인이 우리를 응접실로 안내하었다. 다른 가족은 없냐고 물으니, 남편은 출타 중이라고 답하였다.

"두 분 중에 화재를 먼저 목격한 사람은 누굽니까?"

반장이 묻자, 노부인이 답했다.

"제가 한 달 전부터 불면증이 심해져서 요즘 잠을 제대로 잘 수가 없었어요. 어제도 새벽까지 뒤척이다 거실로 나와서 우연히 창밖을 봤는데, 저 위쪽에 있는 이층집에서 불이 나고 있지 뭐예요! 그래서 자고 있던 남편을 급히 깨웠지요. 저는 너무 놀란 나머지 경황이 없어서 바깥양반이 소방서에 신고했어요."

"불 난 집에 거주하던 사람과는 교류가 있었습니까?"

"아니요. 서로 간에 친분이라곤 거의 없었어요. 지나가다 길에서 우연히 몇 번 마주친 게 전부였어요."

"우리가 보기엔 그 집에 파출부로 일했던 여자가 있었을 것 같은데, 혹시 그 집 파출부에 대해서 뭐라도 아시는 건 없나요?"

두주가 언급했던 파출부의 존재가 생각나 내가 물어보았다.

"어떤 여자가 그 집 대문을 들락거리는 걸 몇 번 보긴 했는데……. 그 사람이 파출부였는지는 잘 모르겠네요."

"혹시 새벽에 불난 집 쪽에서 차가 내려오는 모습은 못 봤습니까? 이른 새벽이라 어두웠을 테니, 차가 움직였다면 전조등 불빛이 환하게 보였을 겁니다."

나의 물음에 노부인은 몇 초 동안 생각하더니 고개를 저었다.

"차가 내려오는 건 못 봤어요."

"그럼, 구두 신고 걸을 때 나는 뒷굽 찍는 소리는 못 들으셨나요?"

노부인은 다시금 몇 시간 전에 있었던 일들에 대한 기억을 더듬고는 답했다.

"아니요. 그런 소리는 못 들었습니다."

추가로 몇 가지 더 물어보았으나 노부인으로부터 더 이상의 유용한 증언을 들을 수는 없었다. 마당으로 나오면서 반장이 나에게 말했다.

"범인은 일부러 차를 놔두고 왔었다고 봐야겠지?"

"그럴 겁니다. 심야 시간이라고 해도 범행 현장까지 차를 몰고 오면, 이곳 주민들한테 차 번호판이 노출될 수 있으니 먼 곳에 대놓고 걸어온 거겠죠."

다시 사건 현장으로 돌아와서 김 반장은 이층 벽돌집 대문 앞에서 경계근무를 서고 있던 신입 순경에게 외부인의 접근을 철저히 차단하라는 지시를 남기고 이 경사가 모는 순찰차 편으로 사건 현장을 떠났다. 곧이어 나도 새벽에 여기까지 몰고 온 르망에 키를 꽂고 언덕길을 내려와 서(署)로 복귀하였다.

3

✦✦

우리가 기다리던 이층집의 파출부는 결국 나타나지 않았다. 주변 탐문수사를 통하여 그 집에서 파출부로 보이던 여자를 목격했다는 사람들의 진술을 얻어냈다. 집배원과 수도검침원의 진술에 따르면 파출부는 30대 중반쯤 돼 보이는 여자였으며, 스타인버그가 이층집으로 이사를 오고 나서 얼마 후부터 자주 보였다고 하였다. 특이한 점은 그녀의 말투나 억양이 통상의 서울 말씨가 아니라 연변 쪽 억양과 비슷했다는 것이다. 파출부의 얼굴을 기억하는 사람들의 증언을 취합하여 그린 몽타주를 가지고 그녀의 행방을 추적해 보았으나 우리는 그 여자의 이름조차도 알아낼 수 없었다.

반장이 몽타주 전단지를 집어 들며 말했다.

"과연 이 여자가 벌인 짓일까? 혹시 사건이 일어난 날 오전에 대문 앞까지 왔다가, 근처에 있던 사람한테서 집주인이 죽었다는 말을 듣고서 그냥 가버린 게 아닐까? 들어와서 자신이 이 집 파출부라고 밝히면, 경찰에서 참고인 조사한다고 오라 가라 성가시게 할 테니 말이야. 또 어차피 자신을 고용한 사람이 죽어버렸으니, 이번 달 월급도 같이 날아가 버린 셈이니까 말이지."

"듣고 보니 그랬을 수도 있겠군요. 하지만 이 파출부한테는 수상한 점이 많습니다. 사건 직후부터 잠적해 버린 것도 그렇지만, 그것보다도 더 중요한 문제는 신원 파악이 불가능하다는 것입니다. 그나저나 안기부 쪽에서는 별다른 움직임이 없습니까?"

"아마, 조만간에 수사권을 자기들한테 이관하라고 요구해 올 수도 있을 것 같아……. 우리가 조기에 범인을 못 잡는 경우의 일이지. 뭐, 어쩌면 우리 입장에서는 그편이 나을지도 몰라. 이 사건 아니더라도 할 일이 천지니까 말이야."

사건의 수사 관할이 경찰에서 정보기관으로 곧 넘어가리란 사실과 중요한 증거품인 금고조차 조사하지 못하게 되자, 사건 수사는 초반부터 활기를 잃어버렸다. 사건의 배후에 어떤 외국의 정보기관이 개입된 것이 사실이라면, 경찰의 힘만으로 범인을 검거하기에는 제도적으로나 현실적으로 한계에 부딪힐 수밖에 없을 것이라는 두주의 말이 영 틀린 것은 아니었다. 경찰 상부도 자력에 의한 사건 해결보다는 미국과 안기부와의 협조에 더 신경을 쓰는 기류였으므로 일선의 형사들이 수사에 적극성을 띠기는 어려웠다.

부검 결과, 피해자의 체내에서 상당량의 근육이완제가 검출된 것으로 나타났다. 근육이완제는 왼팔의 정맥으로 주입된 것으로 판명되었으므로 피해자의 왼팔에 나 있던 주삿바늘 자국의 정체는 해명되었다. 또 한 가지, 특기할 만한 사항은 피해자의 혈액에서 수면제 성분도 검출되었다는 사실이다.

목요일 늦은 오후에 통신회사로부터 피해자의 휴대폰 통화내역을 제출받아, 피해자와 통화빈도가 높았던 사람들을 추려냈고, 그들을 대상으로 강력반원들이 분담하여 탐문조사에 나설 차례였다. 사건이 발생하고 3일이 지난 금요일 오전, 반장과 나는 피해자가 스파이 신분을 숨기기 위해 다녔던 워싱턴 컨설팅사의 관계자들을 만나기 위해 길을 나섰다. 도심 대로변의 어느 고층빌딩 중간층에 입주해 있던 그 회사의 입구에 도착하니, 유리문이 자동으로 열렸다. 안내데스크 직원에게 경찰 신분을 밝히고 사건 수사와 관련하여 방문했다고 말하자, 몇 분이 지난 후에 도회적으로 생긴 젊은 남자 직원이 나타나 우리를 응접실로 안내하였다.

"여기보단 스타인버그 씨가 생전에 일했었던 사무실로 가서 얘기하고 싶은데요. 괜찮겠지요?"

"뭐, 안 될 건 없습니다만……, 그렇게 하시지요."

나의 제안에 직원은 약간 떨떠름한 표정이었지만 바로 수락하였다.

복도 우측 유리창 너머로 보이는 컨설팅사 직원들은 자기 업무에 바쁜지 외부인의 방문에 무관심하였다.

부 지사장이라는 직함의 무게감에 비해서 스타인버그가 사용했던 사무실은 비좁게 여겨졌고 안에 있는 집기들도 단출하였다. 좁다란 탁자를 사이에 두고 우리를 안내하던 직원과 마주 앉았다.

"경영지원팀에 근무하는 한지석이라고 합니다."

앞에 앉은 직원이 자신의 이름을 말하며 우리에게 명함을 건넸다. 명함을 받아보니, 온통 영문으로 돼 있었고 명함 뒷면에 국문으로 이름이 찍혀 있었다.

"당신은 살해당한 스타인버그 씨의 비서였습니까?"

반장의 물음에 한지석이 답했다.

"비서는 아닙니다. 다만 고인(故人)이 한국 생활에 불편함이 없도록 도와드리는 일을 제가 했었습니다."

"스타인버그 씨는 부 지사장으로 재직했었다고 알고 있는데, 그는 회사에서 어떤 일을 담당했습니까?"

"주로 대외적인 업무를 맡으셨습니다. 하지만 저도 그 업무의 구체적인 내용들은 잘 모릅니다."

"한국말은 할 줄 알았습니까?"

"아니요. 회사에선 거의 영어로만 소통했습니다. 한국어는 못했지만, 그분의 중국어 실력은 수준급이라고 들었습니다."

한지석이 회사에서 스타인버그가 무슨 일을 했었는지 잘 모르겠다고 말하는 것은 전혀 이상할 게 없었다. 창문 밖을 내다보니, 세종로 건너 미국대사관 앞에 내걸린 성조기가 눈에 들어왔다. 식어가는 커피를 마저 마시고서 나는 전부터 궁금했던 스타인버그의 주거(住居)에 대해 물어 보았다.

"피해자는 한국에 들어오고 나서 줄곧 우면동에서만 살았습니까?"

"아닙니다. 처음 6개월 동안은 여기서 가까운 오피스텔에서 거주하다가 1년 전쯤에 우면동 주택으로 옮겼습니다."

"6개월 만에 다른 데로 이사를 간 사유가 뭡니까?"

"경찰분들이니까 잘 아시겠지만, 여기 광화문 일대는 데모꾼들이 사흘이 멀다고 모여들어 시끄럽게 고함을 질러대니, 차도 막히고 편하게 쉴 수가 없다고 토로하시더군요. 게다가 매연도 심하고 해서 서울에서는 그나마 조용하고 산 밑이라 공기도 괜찮은 우면동으로 옮긴 것입니다."

"단지 그 이유가 전붑니까? 조용하고 공기 좋은 곳이라면 회사에서 가깝고 집세가 싼 곳도 많은데, 왜 하필 회사에서 먼 우면동의 이층집일까요? 남자 혼자서 지내기엔 그 집은 쓸데없이 크고 비싸다고 생각되지 않습니까?"

"그렇긴 합니다만, 집을 옮기는 건 스타인버그 씨의 취향이고 선택이었으니까, 제가 더 이상 뭐라 말씀드리기 어렵군요."

옆에서 듣고 있던 반장이 끼어들었다.

"스타인버그 씨의 소득은 어느 정도였습니까?"

"작년에 지급된 연봉이 30만 달러 정도 될 겁니다."

"국내에서 영업해서 매출을 올렸는데 급여를 달러로 지급한다구요?"

나는 조금 의아해서 물어보았다.

"미국 본사에서 온 고위직은 본인이 원할 경우, 보수를 달러로 받을 수 있다는 회사 규정이 있습니다."

반장은 예상을 훨씬 웃도는 고액의 연봉에 놀라며 부러움을 감추지 못했다.

"엄청난데! 여긴 우리하고는 완전히 딴 세상이구먼. 그렇지 않은가?"

"게다가 지금 달러 시세도 워낙 좋으니까, 그 정도 재력이면 서울에서 비싼 집을 빌려도 별 부담은 없었겠는데요."

코트 주머니에서 수첩을 꺼내 펼친 반장은 헛기침을 두어 번 하여 목을 가다듬고서 다음 질문으로 넘어갔다.

"이제 돈 얘기는 그만하면 됐고……. 최근에 피해자에게서 평소와 다른 점은 발견하지 못했습니까? 결근을 자주 했다든지 아니면 낯선 사람이 찾아왔다든지 말입니다."

"글쎄요. 그건 잘 모르겠습니다. 사실 부 지사장님은 사무실에 체류하는 시간은 얼마 안 됐고 대부분의 시간을 외부에서 보냈으니까요. 회사에서 얼굴 볼 수 있는 시간은 그리 많지 않았습니다."

"그렇군요. 이 회사에 민지수라는 여직원이 근무하고 있지요?"

"예, 그렇습니다만……."

"피해자의 통화내역을 조회해 보니, 민지수 씨와의 통화 횟수가 가장 많았습니다. 두 사람은 어떤 관계였습니까?"

이 말을 듣고서 한지석은 놀란 표정을 감추지 못했다. 순간적으로 얼굴이 붉게 변하기까지 했지만 금방 냉정을 되찾았다.

"모르겠습니다. 저는 두 사람의 관계에 대해선 아는 바가 없습니다."

"민지수 씨를 여기로 좀 불러주시겠습니까?"

"잠시 기다려 주십시오."

한지석이 나가자, 반장이 낮은 소리로 말했다.

"그런데 저 자식 말이야. 아까 왜 그렇게 당황했던 거지? 혹시 민지수라는 여사와 사귀는 사이인 게 아닐까?"

"그럴지도 모르겠군요."

잠시 기다리는 동안 사무실 안을 둘러보았다. 벌써 누군가가 치워버렸는지, 책상 위나 벽면 어디에도 사진 액자 같은 것은 보이지 않았다.

사무실 모서리에 놓인 작은 책장 안에는 영문으로 된 중국 관련 저술서가 여러 권 꽂혀 있었다.

한지석은 나간 지 5분 정도 지나서 대단한 미모의 여자를 데리고 돌아왔다. 민지수는 큰 키에 세련된 옷차림을 하고 있었다. 그녀는 화려한 바탕 속에 순수함이 깃들어 있는 매력적인 얼굴을 갖고 있었다.

"민지수 씨와만 얘기하고 싶으니, 한 선생은 이제 나가셔도 좋습니다."

나가달라는 내 말에 한지석은 못마땅한 얼굴을 하고서 밖으로 나갔다.

"민지수 씨 되십니까? 우리는 이 회사에 다니다가 얼마 전에 살해당한 스타인버그 씨의 사건을 담당하고 있습니다. 당신은 고인(故人)과 어떤 관계였습니까?"

반장이 민지수를 응시하며 물었다.

"그분과 특별한 관계는 아니었어요. 가끔 업무 때문에 연락하곤 했을 뿐이죠."

여자의 목소리는 차분했지만 또렷하게 들렸다. 반장은 의심쩍어하는 눈초리로 민지수를 노려보았다.

"민지수 씨! 우린 피해자의 통화내역을 비롯한 사전 조사를 하고서 여기 온 겁니다. 출입국 기록을 통해서 당신과 피해자가 작년 가을에 남유럽을 함께 여행하고 귀국했다는 사실까지도 파악하고 있습니다. 그러니 사실대로 답해주길 바랍니다."

내가 나무라는 투로 도도해 보이는 여자를 추궁하였다.

"작년에 같이 출국했던 건 사실이에요. 하지만 여행이 아니라 출장이

었답니다."

민지수는 씁쓰름한 표정을 지으며 시인하였다.

"남유럽에 업무 목적으로 갔었다구요? 뭐, 어쨌든 좋습니다. 그가 유부남이라는 사실은 알고 있었습니까?"

내 질문을 받은 민지수는 대수롭지 않게 대답했다.

"물어보진 않았지만, 짐작은 하고 있었어요."

"스타인버그 씨의 집에도 여러 번 방문했겠군요?"

"네. 몇 번 갔었죠."

"마지막으로 갔던 게 언제였습니까?"

"한 달쯤 지난 것 같아요."

민지수의 눈빛은 조금의 흔들림도 없었다. 더 이상의 부차적인 질문은 시간 낭비라 생각하고 곧바로 그녀의 알리바이를 물었다.

"지난 월요일 밤 11시부터 이튿날 새벽 3시 사이, 어디에 있었습니까?"

"지금 저를 범인으로 의심하시는 건가요?"

"수사 절차상 묻는 것입니다. 그 시간에 어디에 있었죠?"

"회사 사무실에 있었어요. 업무가 바빠서 월요일 오전에 출근해서 다음 날 새벽 2시까지 일하고 퇴근했어요."

"그걸 증명해 줄 사람이 있습니까?"

"사무실에서 2시까지 같이 일했던 동료들이 세 명이나 있어요. 그걸로 증명이 부족하다고 말하진 않겠죠? 형사님."

"그렇다면 시간외수당도 청구했겠군요?"

"물론이죠."

민지수는 여유로운 표정으로 나를 응시하였다.

"수사에 응해주셔서 고맙습니다. 필요하면 다시 연락할 수도 있습니다."

"그럼, 전 이만."

사무실 문을 열고 나가려는 민지수를 향하여 나는 상당히 감정적인 질문을 던졌다.

"스타인버그 씨가 죽었는데, 당신은 별로 슬퍼 보이지 않는군요?"

밖으로 나가려던 여자는 뜻밖의 질문을 받았다고 생각했는지 잠시 멈춰 선 상태로 있다가 고개를 돌렸다.

"너무나 갑작스러운 일이라 아직 실감을 못 하겠어요. 어쨌든 빨리 범인이 잡혔으면 좋겠네요."

그렇게 말한 뒤 긴 머릿결을 휘날리며 여자는 밖으로 나가버렸다.

민지수의 알리바이를 확인해 본 결과, 범행이 일어났던 시간에 회사 사무실에 있었다는 그녀의 주장은 사실인 것으로 판명되었다.

은근히 기대했던 회사에 대한 방문 조사에서 별 성과를 거두지 못하고 서(署)로 복귀하기 위해 차에 올라탔다. 반장은 피곤했던지 몸을 시트 깊숙이 파묻고 눈을 감은 채로 말했다.

"이렇게 된 이상, 이번 살인사건은 연변 말투를 썼다던 그 파출부의 소행일 공산이 큰 거 같군. 파출부 외에 가장 의심이 가는 민지수라는 여자의 알리바이가 확인됐으니 말이야."

"그런데 민지수라는 여자, 좀 수상하지 않습니까? 스타인버그와 연인

관계가 아니었다고 금방 탄로 날 거짓말을 하는 데다가 그가 죽었는데도 슬픈 기색이 하나도 없잖아요."

"두 사람이 서로 즐기기만 하는 사이였다면 그럴 수도 있지. 어쨌든 그 여자 인물 하나는 볼만하더군. 몸매도 늘씬하게 잘 빠졌더라고."

"자세히도 보셨군요. 나는 생각할수록 그 여자가 의심스럽습니다. 좀 더 알아볼 필요가 있다고 봅니다."

"자네, 혹시 그 여자한테 훅 간 거 아냐? 수사 핑계 대고 또 만나고 싶어서 그러는 것 같은데. 하하핫!"

반장의 농담을 듣고 어이가 없었다.

"참 나, 좋을 대로 생각하십시오."

서(署)로 돌아와 보니, 다른 반원들의 탐문수사 결과도 우리보다 나을 게 없었다. 반장을 비롯한 강력반원들은 경찰로서는 할 만큼은 했으니, 이젠 별수 없다는 심정이 되어 있었다. 저녁 6시가 막 지났을 무렵, 휴대폰 벨이 울려서 받아보니 두주의 전화였다.

"미국인 살인사건 수사는 잘 돼 가는가?"

"아니, 별로 진척이 없어."

"자네, 괜찮다면 퇴근하는 길에 나한테 잠시 들르겠나?"

"그렇게 하지. 30분 정도 걸릴 걸세."

오늘따라 일이 영 손에 안 잡히던 차에 누수로부터 와달라는 전화를 받고서 나는 오늘 일과를 마무리 지었다. 책상 위에 놓인 서류 몇 장을 봉투에 챙겨 넣은 후, 나머지 펼쳐놓은 서류들을 캐비닛에 대충 집어넣고 강력반 사무실 밖으로 나왔다.

4

◆ ◆

두주의 집에 도착하여 방문을 열어보니, 두주는 책상 의자에 앉은 채로 나를 맞이하였다. 그의 손에는 유리잔이 들려 있었고, 책상 위에는 2/3쯤 남은 포도주병이 놓여 있었다.

"어서 오게. 자네도 와인 한잔할 텐가? 그리 고급은 아니지만 그래도 꽤 괜찮은 걸로 한 병 샀다네."

"난 됐어. 경찰이 술 먹고 차를 몰 수는 없는 노릇 아닌가. 그나저나 갑자기 웬 와인인가? 자네나 나나 와인하고는 영 안 어울리는데."

내가 핀잔을 주자, 두주가 싱긋이 웃으면서 자리를 권했다.

"이쪽으로 앉게. 그런데 그 까만 봉지는 뭔가?"

"요 앞에 있는 식육점에서 고기를 좀 샀어. 매번 빈손으로 오기가 좀 그래서 말이야. 자네, 요새도 거의 라면으로 때우는 것 같던데, 이거라도 좀 구워 먹게."

"일부러 마음 써줘서 고마워. 그런데 말이야. 다음에 올 때도 빈손으로 오기가 뭐하다면 소고기 대신에 스팸을 사다 주게. 나한텐 고기보단 스팸이 더 낫겠어."

"도 형사, 벌써 고기를 못 씹을 정도로 이빨이 흔들리는가?"

"내 이빨은 예전만큼은 아니지만 아직 그런대로 잘 버티고 있어. 원래부터 스팸을 좋아할 뿐이야."

"자넨 식성조차도 자네의 독특한 정신세계를 닮아있구먼."

가져온 서류 봉투에서 스타인버그에 대한 부검소견서 사본을 꺼내 두주에게 건네고 그 내용을 요약해서 알려주었다.

"부검 결과에 의하면, 사인(死因)은 예상대로 과다 출혈인 걸로 나왔네. 여러 군데 자상(刺傷) 중에서 복부와 목을 찔린 것이 치명적이었지. 특기할 사항은 체내에서 근육이완제가 검출됐다는 사실일세. 피해자의 왼팔에 나 있던 주사 자국을 기억하는가? 거기를 통해서 약물이 주입된 것이지. 아, 그리고 또 한 가지, 혈액검사에서 수면제 성분도 검출됐다네."

부검 소견서 읽기를 마친 두주가 고개를 끄덕이며 중얼거렸다.

"음, 근육이완제였군……."

이어서 자취를 감춘 파출부를 그린 몽타주 전단을 봉투에서 꺼내 두주에게 내밀었다.

"피해자의 주변 인물에 대한 탐문수사까지 마쳤지만, 혐의를 둘 만한 용의자는 못 찾았어. 그래서 현재로서는 이 여자가 스타인버그를 죽이고 잠석한 것으로 잠성 결론을 내린 상황일세. 정보낭국도 경찰의 판단에 이견이 없는 걸로 알고 있네."

"그런가? 확실히 수상한 여자인 건 맞지만……."

나는 사건 수사의 본질과는 조금 동떨어진 얘기를 여담으로 꺼냈다.

"그런데 여간첩이라면 미모가 출중할 거라 생각했는데 말이야. 이 몽타주로 봐서는 그냥 동네에서 흔하게 볼 수 있는 평범한 얼굴인 게 좀 의외란 말이지. 물론 몽타주가 실물하고 똑같을 순 없겠지만. 자넨 어떻게 생각하나?"

내 말을 듣고 두주가 실소(失笑)를 터트렸다.

"스파이의 외모는 남의 이목을 끌거나 사람들의 뇌리에 오래 남아서는 안 되는 걸세. 어떤 스파이 지망생이 키가 크다면 그는 일단 기본요건에서 탈락이야. 여자의 경우, 미모가 출중한 게 오히려 감점 요인이지. 이건 그쪽 세계에선 상식이야. 자넨 007 영화를 보고 마치 현실인 것처럼 그대로 믿어버린 모양이군."

나는 좀 머쓱해져서 화제를 다른 데로 돌렸다.

"스타인버그가 살았던 이층 저택에 대한 의문은 그가 다녔던 회사에 대한 탐문조사를 통해서 납득이 되었네. 워싱턴 컨설팅사에서 수십만 불(弗)의 연봉을 받았다더군. 그 정도로 잘 버는 부자가 비싼 집에 살면서 포르쉐를 모는 건 자연스러운 일이지."

"미안하지만 이번에도 자네의 무지를 지적하지 않을 수 없겠군. 내가 알기론 CIA 비밀 요원이 민간 회사에 위장 취업해서 수령한 소득이 자신의 CIA 동일 직급에 해당하는 보수를 초과할 경우, 그 차액을 정부에 반납해야만 한다는 규정이 있는 걸로 알고 있네."

"그거 아주 지랄 같은 규정이구먼."

"허허헛, 그래서 CIA 때려치우고 아예 민간 회사에 눌러앉은 요원도 있었다는 얘길 들은 적이 있어."

"그렇다면 우면동의 고급 주택과 포르쉐는 여전히 설명이 안 되는 군. 게다가 미국에 거주하는 가족들에게도 생활비를 보내야 했을 텐데 말이야. 그 많은 돈을 어디서 구했는지 모르겠어. 갈수록 의문만 쌓이는군."

"스타인버그가 한국에 오기 전에는 어디서 근무했는지, 혹시 들은 게 있는가?"

"중국에 제법 오래 있었다고 하더군. 안기부와 접촉하는 본청 부서 쪽에서 들리는 말에 따르면, 피해자는 중국의 반체제인사들을 비밀리에 지원하는 임무를 몇 년간 수행한 후 랭글리(Langley) 본부에 복귀해서 한동안 머물다가 서울로 파견됐다고 하더군."

"그렇다면 스타인버그는 지옥과 천당을 아주 제대로 경험했겠네. 중국에선 정말 목숨 내놓고 위험한 공작을 벌이다가 한국에 와서는 아주 느긋하게 일했겠군. 사실 세계에서 서울만큼 미국 요원들이 편하게 일할 수 있는 곳도 없을 거야. 왜냐면 옛날부터 한국 사람은 외국인한테 잘 보이려 하는 사대주의적인 습성이 있으니 말일세. 굳이 공들여 포섭하려 하지 않아도 자신이 갖고 있는 정보를 들고 와서 미국에 줄을 대려는 자들이 어디 한 둘이겠는가? 아마 이 사건의 경찰 수사 상황도 미국인들한테 거의 실시간으로 흘러 들어가고 있을 거야."

두주의 얘기를 들으니 씁쓸한 기분이 들었다. 옆길로 새버린 대화의 초점을 다시 사건의 중심으로 옮겨놓기 위하여 나는 특별수사반이 여태까지의 수사 활동을 통해서 내린, 사건에 대한 정황 판단을 두주에게 들려주었다.

"아까 얘기했던 대로, 경찰과 정보당국은 중국의 정보기관이 스타인버그에게 파출부를 잠입시켜서 그녀로 하여금 고문을 가하게 한 후에 해치워 버린 걸로 추정하고 있네. 스타인버그가 자국 내에서 벌인 위협적인 공작에 대한 보복으로 말이야. 범인은 심야에 우면동에서 '작업'을 마치자마자 바로 인적이 드문 해안으로 가서 대기 중인 공작선(工作船)을 타고 한국에서 탈출했을 것으로 보고 있네. 우리나라는 삼면이 바다니까 배 타고 도주하는 게 그리 어렵지는 않았을 거야."

"범인이 정말 제대로 된 훈련을 받았고 모험심까지 충만한 공작원이라면 육로로 휴전선을 뚫고 북한을 경유해서 중국으로 갔을 수도 있겠군. 하하핫……."

두주가 농담으로 대꾸하자, 슬며시 짜증이 솟아올랐다.

"이봐, 난 지금 진지하게 말하고 있어!"

"너무 열 내지 말게. 그냥 조크 한 번 해본 거니까."

자세를 고쳐 앉은 두주가 진중한 표정을 하고서 이번 살인사건에 대한 자신의 의견을 피력하였다.

"내 생각은 경찰과 정보당국이 내린 정황 판단과 다르네. 오히려 스타인버그가 중국 측에 매수되어 자신이 접근 가능한 CIA 정보를 중국의 기관에 팔아 넘겨왔을 가능성이 더 높다고 봐. 이렇게 본다면 자네가 의문스러워하는 스타인버그의 큰 씀씀이에 대해서도 설명이 가능하지. 그리고 그가 우면산 자락의 이층집으로 옮긴 이유도 중국 측에 정보를 빼돌리는 것을 용이하게 하기 위해서였을 거라고 보네. 그런 비밀스러운 일을 하기에는 번잡한 시내 중심가보단 산자락 아래 한적한 주택가가 더 적합할 테니까."

"자네 말이 사실이라면 놀라운 일이군! 스타인버그가 돈 때문에 자신이 속한 조직과 국가를 배신한 거잖아."

"돈 때문에 포섭됐을 수도 있고 아니면 어떤 큰 약점을 잡혀서 어쩔 수 없이 중국의 기관이 시키는 대로 했을 수도 있겠지. 하지만 단정할 수는 없는 일이네. 좀 음모론적이긴 하지만, 어쩌면 스타인버그가 거짓으로 매수당한 척하고 몇 가지 기밀을 중국 기관에 넘겨 그들로부터 신뢰를 쌓은 뒤, 나중에 결정적인 역(逆)정보를 흘려서 중국 측을 교란하려는 고도의 기만책이었을 수도 있어."

"이중간첩이라……. 그게 사실이라면 정말 영화 같은 일이로군."

"스파이의 세계는 워낙 복잡하니까 말이야. 하지만 이중간첩은 하나의 가설일 뿐일세. 이미 스타인버그가 죽어 버렸으니, 경찰뿐 아니라 어느 당사국의 정보기관도 그가 진짜 누구 편이었는지 규명하는 건 불가능해졌다고 봐야 할 걸세."

"그렇다면 범인은 도대체 누구란 말인가?"

담배에 불을 붙인 두주가 한 모금 길게 뿜어내고서 답했다.

"두 가지 점에서 외국의 기관이 개입된 사건은 아니라고 보네. 첫 번째 이유는 중국이건 북한이건 간에 CIA 요원을 그런 식으로 처단해야 할 만큼 현재의 동아시아 성세가 급박하지 않다는 것이야. 스타인버그에게 아무리 깊은 원한이 있다손 치더라도 미국의 현직 요원을 상대로 그런 엽기적인 보복을 할 수가 있겠는가? 그런 엄청난 리스크를 감수할 이유가 없는 걸세."

"일리는 있지만 그건 단지 자네의 머릿속 정황 판단일 뿐이잖아."

"두 번째 이유도 들어보게. 범인의 살해수법으로 봤을 때, 전문적인 훈련을 받은 요원의 솜씨 같지는 않아. 전문가였다면 온 침대를 피로 적시면서 그렇게 요란을 떨지는 않았을 걸세. 범인이 피해자의 몸을 칼로 난자했던 행위가 특급 기밀을 실토하게 만들기 위한 고문이었다고 생각한다면, 그건 완전히 틀린 추리인 걸세. 근육이완제는 말뜻 그대로 사람을 포함한 동물을 축 늘어진 상태로 만드는 약물이야. 즉 약효가 작용하는 동안 신경이 근육을 움직이지 못하도록 만들기 때문에 당연히 턱이나 입술 근육도 움직일 수 없으니, 말하려고 해도 입을 벌릴 수가 없다는 것이지. 결론을 말하자면, 이 사건의 범인은 외국의 요원이 아니라 피해자에게 깊은 원한을 품은 어떤 싸이코란 것일세."

"일부러 아마추어의 소행인 것처럼 보이게 하려고 그렇게 했던 건 아닐까?

"나도 그런 생각을 해봤는데, 설령 그렇다고 쳐도 설명이 안 되는 부분이 있네. 그건 금고야. 서재에서 불에 타다만 그 금고 말일세. 외국의 기관이 개입돼 있었다면 그딴 금고 하나 열거나 옮기는 것은 일도 아니었을 거야. 아, 금고 안에 뭐가 들어있었는지 미국대사관에 문의는 해봤는가?"

"당연히 했지. 하지만 그들이 우리한테 보낸 회신은 '확인해 줄 수 없음'이라고 적힌 팩스 한 장이 전불세. 우리가 금고를 열어서 조사했다면 사건의 실체를 밝히는 결정적인 단서를 찾을 수도 있었을 텐데. 눈 뜨고 금고를 빼앗겨 버렸으니. 나 원! 정말 한심한 노릇이야. 그나저나 뜬금없이 저 와인은 왜 산 건가?"

두주는 책상 한쪽 구석에 놓여 있는 T자 모양의 스크루를 손에 집어 들었다. 나무토막의 중간에 끝이 뾰족한 나선형의 쇠붙이가 꽂혀 있는 단순한 형태의 도구였다.

"그건 코르크 병마개를 따는 거잖아?"

"맞아. 이 스크루는 따로 파는 게 아니라, 와인 세트 안에 들어있는 것이야. 덤으로 같이 주는 거지. 지난 화요일 아침, 사건 현장 방바닥에 와인 자국이 남아있었잖은가? 나는 '와인이 대체 무슨 까닭으로 바닥에 쏟아졌던 것일까?'라는 의문을 풀기 위해서 간단한 실험을 하나 해보려고 이 와인 세트를 구입한 것일세."

그 순간, 사건이 일어났던 날 아침에 벽돌집 이층 침실바닥에 미량의 와인이 남아 있던 것을 두주가 발견했던 사실과 피살자의 혈액 속에서 수면제 성분이 검출됐다는 부검 결과가 머릿속에서 교차하였다.

"그렇다면 이번 살인사건 때문에 일부러 사비(私費)를 들여 와인을 샀다는 건가? 자네, 열의가 정말 대단하군. 존경심마저 생길 정도야."

나의 찬사를 듣고서 잠시 멋쩍은 표정을 지은 두주는 잔에 남은 와인을 마저 들이키고서 말을 이어 나갔다.

"그날 아침, 바닥에 있는 와인 자국을 보고서 범인이 여자일 확률이 높다고 생각했지만, 섣부른 짐작일 수도 있었기에 반장이나 자네에게 말하지 않았던 걸세. 하지만 부검소견서를 보고서 이제 확신이 생겼어."

"하긴 피해자가 게이가 아닌 다음에야 늦은 밤에 남자와 침실에서 와인을 마셨을 리는 없겠지. 그렇다면 역시 파출부의 범행이 아닐까?"

고개를 가로저은 두주는 담배를 재떨이에 비벼 끄고서 의자에서 몸을 일으켰다.

"지금까지의 정황과 증거들을 종합해서 내가 추리해 본 게 있는데, 한 번 들어볼 텐가? 듣기 전에 머릿속에서 그 파출부는 잠시 지워버리게. 그 여자의 존재는 사건을 복잡하게 만들 뿐이니까."

속으로 흥미와 기대감이 솟아올랐지만, 나는 별 기대 안 한다는 투로 말했다.

"자네 의견도 수사에 참고가 될 수는 있겠지. 한번 들어나보세."

비좁은 방 안을 천천히 돌아다니며 두주는 흉악하기 이를 데 없는 살인사건에 대하여 자신이 여태까지 추리한 것을 읊어대기 시작했다.

"범인은 스타인버그와 면식이 있는 여자임이 분명하네. 늦은 밤에 우면산의 벽돌집으로 찾아와서 얼마 동안 대화를 나누다가 피해자와 함께 침실로 들어갔겠지. 스타인버그가 먼저 샤워하는 동안 범인은 자신이 사 들고 온 와인을 개봉하고 거기다 수면제를 탔을 거야. 그리곤 샤워를 마치고 나온 스타인버그에게 약을 탄 와인을 권하여 마시게 했을걸세. 그는 곧 잠에 빠져들었겠지. 그러고 나서 범인은 준비해 온 근육이완제를 잠들어 있는 스타인버그의 왼팔 정맥에 주사기로 찔러 넣어 그가 저항할 수 없도록 완전히 무기력한 상태로 만들었던 거야. 그런데 근육이완제란 것은 근육을 느슨하게 풀어지게만 할 뿐이지 마취 작용 같은 건 없다네. 즉 감각은 그대로 살아있지만 움직이지 못하는 피해자에게 범인은 칼로써 엄청난 고통을 가하고 살해했던 것일세."

"자네 추리대로라면 전형적인 계획 살인이로군. 그런데 좀 전에 자네가 말하길, 와인과 스크루를 일부러 구입해서 '실험'을 해봤다고 했는데 도대체 그 실험이란 어떤 건가?"

"범인은 스타인버그를 죽이기로 결심하고서 범행을 위한 나름의 사전 준비를 했을 걸세. 그런데 아무리 철저하게 준비를 한다고 해도, 모든 상황을 커버할 수는 없는 법이지. 범인이 간과했던 것은 바로 코르크 마개를 따는 이 스크루일세. 자네도 알다시피, 사건이 일어났던 날 아침에 나는 침실 바닥에서 와인 흔적을 찾아냈었지. 그건 범인이 잔에 와인을 따르다가 너무 긴장해서 쏟았을 수도 있겠지만 그랬을 가능성은 희박해. 아마도 이 T자형 스크루를 코르크에 꽂은 후에 있는 힘껏 당기다가 코르크가 뽑히는 순간, 병이 크게 흔들리는 바람에 와인을 쏟았을 가능성이 높아."

"와인 세트 상자 안에 코르크 따개가 들어있다는 주류 판매상 점원의 말을 믿은 범인이 병을 딸 때 애를 먹었다는 뜻이군."

"바로 그거야! 이런 단순한 형태의 스크루로 와인 코르크를 온전하게 뽑아 낼 수 있는 여자는 얼마 되지 않을 걸세. 스크루를 코르크에 깊숙이 찔러 넣은 후, 한 손으로 병목을 잡고 다른 손으로 스크루 나무막대를 강하게 잡아당겨야 뽑을 수 있지. 자네가 오기 얼마 전에 내가 직접 해봤는데 제법 힘이 들더라고."

두주보부터 스크루를 건네받은 나는 오래전에 스크루로 와인을 개봉해 봤던 기억을 어렴풋이 떠올렸다.

"맞아, 이런 걸로 코르크를 빼는 게 그리 쉬운 일은 아니지."

"소믈리에 나이프처럼 지렛대의 원리를 이용한 전문적인 용구를 준비했다면 와인을 흘리는 일은 없었을 테지. 범인은 아마 양 무릎으로 와인병을 붙잡고 코르크에 박힌 스크루를 두 손으로 부여잡고 있는 힘을 다해 잡아당겼을 걸세. 코르크가 뽑혀 나오는 순간 병이 요동치면서 상당량의 와인이 바닥으로 쏟아졌을 거야. 그래도 반 이상은 병에 남아있었을 테니, 두 잔 정도 붓기엔 충분했겠지. 경찰이 추정하는 대로 파출부가 범인이라면 그 여자는 스파이로서 아주 빡센 체력 훈련을 받았을 것이고 그렇다면 웬만한 남자보단 완력이 좋을 테니, 코르크를 따면서 와인을 쏟지는 않았을 거야."

"범인이 미리 보온병 같은 데에다 와인을 담아서 왔다면 범행 현장에서 그런 수고를 덜 수 있었을 텐데. 그렇지 않은가?"

"그건 아니지. 자네라면 병에 담긴 게 아니라, 보온병에 넣어 온 와인을 아무 의심 없이 마실 수 있겠나?"

"하긴, 그렇군."

내가 다시 생각해 봐도 보온병 얘기는 멍청한 소리였다.

"현장에서 와인잔은 발견 못 했는데, 범행 후에 잔까지 회수해 간 모양이군."

좀 머쓱해진 나는 화제를 바꿨다.

"증거인멸의 일환이겠지."

아직 서류봉투에 남아있던 서류 한 부를 마저 꺼내며 내가 말했다.

"이건 피해자의 최근 통화 내역 사본일세. 피해자와 통화가 빈번했던 이들 중에 의심이 갈만한 인물들을 조사했지만, 모두 알리바이가 있고 혐의점도 찾을 수 없었네."

통화 내역을 유심히 살펴본 두주가 한 군데를 손으로 짚으며 말했다.

"이 번호는 발신지가 어딘가? 사건 당일 21시 3분에 스타인버그의 휴대폰으로 걸려 온 02로 시작하는 이 유선 번호 말일세."

"그건 공중전화야. 자네도 알겠지만, 공중전화기도 고유의 전화번호를 갖고 있으니까. 위치를 조회해 보니 역삼역 근처에 있는 거더군."

공중전화라는 말을 듣고서 두주가 눈을 번뜩였다.

"자신의 정체를 감추기 위해서 휴대폰을 놔두고 일부러 공중전화를 이용했을 거야. 살인이 일어나기 불과 3시간 전에 공중전화를 이용해 스타인버그에게 전화를 걸었던 자가 범행과 직간접적으로 연관돼 있을걸세."

"우리도 공중전화를 건 사람이 용의자일 가능성이 높다고 판단하고서 공중전화기를 감식하고 그 주변을 돌아다니며 탐문도 해봤지만, 건진 건 아무것도 없었어. 공중전화는 문자 그대로 아무나 걸 수 있는 거니까."

두주는 팔짱을 낀 채 창밖을 응시하였다. 그는 한동안 생각에 잠긴 후에 입을 열었다.

"공중전화기는 그렇다 치고……, 오늘 워싱턴 컨설팅사에 갔었던 이야기를 좀 해보게."

"그 미국계 회사에 근무하는 빈지수라는 여자를 만났다네. 어지간한 여배우 뺨칠 정도로 미인이더군. 조사해 봤는데 그 여자는 알리바이가 확실해. 그런데 아무리 생각해도 마음에 걸리는 게 있어. 불륜 상대이긴 했지만, 연인이 살해당했는데 슬퍼하는 기색이 하나도 없는 거야. 아무 일도 아니라는 것처럼 덤덤하더군. 그리고 또 한 가지, 그 회사의 한 지석이라는 젊은 남자 직원도 만났는데, 그 녀석과 민지수 사이에 뭔가가 있는 것 같은 느낌을 받았네."

두주는 벽에 기댄 채로 내가 하는 말을 집중해서 들었다.

"일단 범행 현장에 민지수라는 여자의 지문이 있는지부터 찾는 게 순서인 것 같군. 지문이 있더라도 알리바이가 명확하다면 소용없겠지만."

두주의 말에 나는 고개를 끄덕였다.

"하기야, 아무리 첨단과학 수사니, 뭐니 해도 지문이 찍힌 일시까지 밝혀내는 건 불가능하니까. 그리고 한지석, 그자의 행적에 대해서도 조사를 해봐야겠어."

벽시계로 시선을 돌린 두주가 말했다.

"너무 방안에만 있었더니 좀이 쑤시려 하는군. 이역만리에서 횡사한 미스터 스타인버그의 여자가 얼마나 미인이지 한 번 보러 가볼까?"

"지금 가기엔 너무 늦은 시간 아닌가?"

"그 여자한테 가서 질문을 하려는 게 아닐세. 그냥 가볍게 뒤를 한 번 밟아보려는 거야. 어떤 사람의 내밀한 것들을 캐내기에는 낮보단 지금처럼 늦은 밤이 오히려 더 적당한 법이지. 그 여자의 차 넘버는 알고 있나?"

"수첩에 메모해 놨어."

"좋아. 어서 출발하자구."

5

✦ ✦

워싱턴 컨설팅사가 입주한 빌딩이 있던 광화문 방면으로 두주는 앞지르기를 해대며 에스페로를 거칠게 몰아갔다. 목적지 근처에 도착했을 때는 밤 8시가 다 되어 있었다. 곧바로 빌딩 지하 주차장으로 내려가 무뚝뚝하게 생긴 주차관리인에게 경찰 신분증을 꺼내 보여주었다. 그에게 민지수의 차량 번호를 불러주고 그 차량의 출차(出車) 여부 조회하였다.

"아직 출차 전입니다."

주차관리인이 귀찮다는 듯 까칠하게 대답했지만, 두주는 반색하였다.

"다행이야. 급하게 온 보람이 있군."

주차관리인으로부터 민지수의 차가 주차된 위치를 알아내고서 우리는 그곳을 향해 차를 움직였다. 지하 4층으로 내려가니, 주차면은 절반 이상 비어있었다. 주차장 한쪽 구석 칸에서 민지수의 차 넘버와 일치하는 번호판을 발견한 나는 두주에게 위치를 알려주었다.

"저기 있는 은색 벤츠야! 2201번."

은색 벤츠에서 대각선으로 십여 미터쯤 떨어진 주차면에다 차를 대고서 두주가 말했다.

"일단 여기서 기다려 보세."

흐릿한 형광등 아래에 있는 벤츠를 주시하며, 차 주인이 나타나기를 우리는 말없이 기다렸다. 15분 정도가 지나자, 코트를 걸쳐 입은 민지수가 젊은 남자와 함께 엘리베이터에서 내려 이쪽으로 다가오는 모습이 보였다.

"저기 걸어오는 키 큰 여잘세."

"오! 미인께서 드디어 납시었군."

"옆에 있는 놈은 내가 아까 수상쩍다고 말했던 한지석이란 녀석이야."

차에 같이 탈 것처럼 보였던 한지석은 민지수와 웃으며 작별 인사만 나누고는 왔던 길로 가버렸다.

벤츠는 시청을 지나 서쪽으로 방향을 잡았다. 두주는 앞차가 미행당하고 있다는 것을 알아차리지 못하도록 적당한 간격을 유지하며 뒤쫓아 갔다.

"이상한데. 잠실 쪽으로 빠지려면 좌회전해야 하는데, 왜 반대 방향으로 가는 거지?"

"저 여자 집이 잠실 쪽인가?"

"그렇다네. 늦은 시간에 집에 안 가고 또 어딜 가려는 건지 모르겠군."

민지수의 차는 신촌역에서 조금 떨어져 있는 8층짜리 주상복합 건물 앞에 멈춰 섰다.

"대체 여긴 왜 온 거지?"

두주는 내 말에 대꾸하지 않고 불이 켜져 있는 창문들을 훑어보았다. 민지수는 곧 차에서 내려 주상복합 건물 안으로 사라져 버렸다. 뒤따라 차에서 내린 우리는 건물 입구 앞에 심어진 가로수 뒤에 붙어 서서 건물을 주시하였다.

"센서 등이 점멸한 위치를 보니, 5층에서 내린 것 같군."

건물을 올려다보니, 창문에 불이 밝혀진 곳은 3층과 5층뿐이었다. 담배를 꺼내 무는 두주에게 내가 물었다.

"건물 안으로 따라 들어가 볼까?"

두주는 허연 담배 연기를 길게 내뿜고는 잠시 주변을 두리번거리더니 길 건너편에 시선을 고정시켰다.

"무턱대고 따라 들어가는 것보다 외부에서 지켜보는 게 낫겠어. 방금 감시하기 아주 직당한 곳을 발견했네."

두주는 길 건너편에 있는 허름한 4층짜리 상가건물 옥상을 가리켰다.

"저 건물 옥상에 올라가서 여자가 나올 때까지 기다려 보세."

그러곤 길가에 세워놓은 에스페로 쪽으로 뛰어가더니 시커먼 쌍안경을 손에 쥐고 돌아왔다.

두주가 지목한 상가건물의 1층은 작은 슈퍼였고 중간층에는 커피숍이나 당구장 등이 입점해 있었다. 최상층인 4층은 전화방이었는데 어두운 조명이 희미하게 밝혀져 있었다.

옥상으로 올라가려면 전화방 내부를 통해야만 했으므로 우리는 좁고 느려터진 엘리베이터에 올라탔다. 4층에서 내려 전화방 문을 밀고 들어 가보니, 찌든 담배 냄새와 칙칙한 악취가 풍겨와 기분을 상하게 만들었다. 이제 갓 스무 살을 넘겼을 아르바이트생이 우리에게 다가왔다.

"어서 오세요. 일행이신가요?"

나는 대답 대신 경찰 신분증을 보여주며 말했다.

"여기 주인은 어디에 있나?"

긴장한 아르바이트생이 전화방 안쪽으로 들어가고 나서 얼마 후, 두 둑한 뱃살에 머리를 짧게 친 전화방 업주가 슬리퍼를 질질 끌면서 나왔 다. 나이는 서른 초반 정도로 보였다.

"경찰에서 나오셨다구요?"

"단속하러 나온 건 아니고. 사건 수사 때문에 여기 옥상에 좀 올라가 야겠는데, 열어줄 수 있겠나?"

단속이 아니란 나의 말에 업주는 긴장이 풀렸는지 표정이 밝아졌다.

"아, 그러시군요. 당연히 협조해 드려야지요. 따로 자물쇠 같은 건 안 채워놨으니, 그냥 문만 여시면 됩니다."

어둡고 좁은 계단을 다 올라가니, 육중한 철문이 앞을 막고 있었다. 경첩이 낡아서 문이 주저앉았는지, 문손잡이를 잡고 밀었지만, 문은 문 턱에 걸려서 꿈쩍도 하지 않았다. 어깨를 대고 힘껏 밀치니 시멘트 바닥 에 쇠 갈리는 소리를 내며 문이 겨우 열렸다. 나는 짜증이 솟아올랐다.

"이 빌어먹을 건물은 뭐 하나 제대로 된 게 없구먼!"

옥상으로 올라오니, 어제부터 몰아닥친 꽃샘추위가 더욱 매섭게 느 껴졌다. 옥상 한 가운데에는 철탑 위에 제법 큰 십자가가 세워져 있었지 만, 십자가 테두리에 부착된 네온사인에는 불이 들어오지 않았다. 건너 편 주상복합 5층 창문은 커튼으로 가려져 있었으므로 내부에 누가 있는지 알 도리가 없었다. 민지수가 이곳에 막 도착했을 때는 하얀 형광등이 켜져 있었으나, 이제 형광등은 꺼지고 어둡고 흐릿한 주홍색 무드등 같은 것만 밝혀져 있었다. 추위 속에서 떨며 한 시간 가까이 지켜보았으나, 무드등은 꺼지지 않고 계속 그대로였다. 손은 가죽장갑을 끼고 잠바 주머니 속에 넣으면 견딜만했으나, 발이 시린 것은 참기 어려웠다. 두주는 추위에 아랑곳하지 않고 소련제 군용 쌍안경을 손에 쥐고 부지런히 건너편 건물을 감시하였다.

"저 빨간색 불은 취침등이 아닐까? 저걸 켜놓고 그냥 잠들어 버린 것 같은데……. 만약에 지금이 여름이라면 더워서 커튼을 치지는 않았을 거고, 그러면 안에서 누가 뭘 하는지 볼 수 있을 텐데."

두주는 나를 곁눈으로 힐끗 쳐다보며 쏘아붙였다.

"여름이라면 에어컨을 켜겠지, 창문을 왜 열겠나! 요즘처럼 관음증 환자들이 득실거리는 세상에서."

"그나저나 아직도 안 나오는 걸로 봐서는 여기서 자고 갈 모양인 것 같은데. 자정을 넘긴 지도 한참 지났잖아."

추위와 피로에 지쳐버린 내가 감시를 중지하고 그만 내려가자고 하니, 쌍안경에서 잠시 눈을 뗀 두주가 시계를 보고서는 말했다.

"감시업무란 게 원래 지루하고 고된 법이지. 박 경위, 자넨 내일도 출근해야 하니까 차에 가서 히터 들어놓고 좀 쉬게나. 얼마 안 있으면 1시니까, 난 그때까지 기다려 보다가 내려가겠네."

"나만 갈 수야 없지! 1시까지라면 나도 여기 있겠네."

그로부터 약 10분 정도가 지나자, 하얀 형광등이 켜지면서 창문이

다시 환해졌다.

"불이 켜졌군! 자고 가는 게 아니었어."

다시 10분 정도가 더 지나자, 민지수가 어떤 젊은 여자와 나란히 건물 밖으로 걸어 나오는 모습이 보였다. 민지수는 젊은 여자에게 손을 흔들어 작별을 고한 후, 차에 올라타 시동을 걸고 큰 도로 쪽으로 차를 움직였다. 민지수를 배웅하러 나왔던 여자도 점점 멀어져가는 벤츠가 시야에서 사라져 안 보일 때까지 서 있다가 건물 안으로 돌아갔다. 그녀도 민지수처럼 키가 컸으며, 제법 거리가 떨어진 곳에서 보기에도 미모가 상당하다는 것을 알 수 있었다. 그러나 굳이 흠을 하나 잡자면, 몸이 좀 과하게 늘씬해서 민지수에 비해 볼륨이 부족하다는 것 정도였다.

"민지수보단 나이가 적어 보이던데, 몇 살쯤 됐을까?"

내가 묻자, 두주가 목에 걸린 쌍안경 줄을 위로 들어 올리며 답했다.

"아직 앳돼 보였어. 스타일로 봐서는 대학생 같아 보이던데."

"민지수와는 무슨 사이일까? 자네 말대로 대학생이라면 친구는 아닐 테고……."

"헤어질 때 보니까, 둘 다 아주 애틋한 표정이었어. 자넨 맨눈이었으니까 둘의 표정까지 볼 수는 없었을 거야. 하지만 난 이 고배율 쌍안경으로 이별을 아쉬워하는 두 여자의 표정을 또렷하게 볼 수 있었네."

그의 말은 두 여자가 동성애 관계일 것이란 뜻으로 들렸다.

"민지수와 저 여대생이 레즈비언이란 말인가? 설마!"

"그렇다면 형광등 대신에 빨간 무드등을 한 시간 동안이나 왜 켜놓았겠나? 예사로운 관계가 아닐 걸세."

"하지만 민지수는 스타인버그의 애인이었잖아. 알수록 복잡한 여자로군."

감시를 끝마치고 아래로 내려가기 위해 다시 건물 내부로 통하는 철문을 당겼을 때의 시간은 새벽 1시 5분경이었다.

영하의 추위 속에서 오랫동안 쭈그린 자세로 있었기에 관절과 다리 근육이 굳어버려 가파른 계단을 내려올 때 제법 애를 먹었다. 다시 전화방으로 내려오니, 업주가 우리를 보고는 과장된 몸짓과 표정으로 떠들었다.

"아이고, 형사님들! 이 오밤중에 참 고생이 많으십니다. 여기 따뜻한 커피를 뽑아 놨으니, 한 잔씩 드십시오. 그런데 이 동네에서 살인사건이라도 터졌습니까?"

커피가 든 종이컵을 받으며 두주가 답했다.

"사건 수사 때문에 온 건 맞는데, 이 동네에서 사람이 죽은 건 아니야. 그런데 요즘 전화방 장사가 아주 쏠쏠하다고 하던데. 어떤가?"

"아이고, 무슨. 별 재미없습니다. 거저 입에 풀칠이나 하는 정도지요. 허허…"

"여긴 문 연 지 얼마나 됐나?"

"이제 겨우 한 달밖에 안 됐습니다."

"옥상에 십자가가 세워져 있던데, 교회도 아닌데 왜 있는 건가?"

전화방 주인은 혼자 흥이 나서 수다스럽게 떠들어댔다.

"아, 그 십자가 말입니까? 건물주한테서 들었는데, 한 달 전에 제가 이곳에 전화방을 개업하기 전까지 어떤 개척교회가 들어서 있었답니다. 그런데 어느 날 야밤에 목사라는 인간이 돈 될 물건들만 챙기고선 밀린 월세를 떼먹고 날라버렸다지 뭡니까. 신도가 적어서 교회가 망했던 거지요."

업주의 대답을 듣고서 두주가 껄껄 웃으며 지껄였다.

"교회에서 전화방이라, 천국에 더 가까워졌구먼."

두주의 실없는 농담에 나도 웃음을 터트리고는 말했다.

"영 틀린 말은 아니구먼. 자, 너무 늦었으니 그만 내려가자구."

한밤중이라 시내 도로는 한산했다. 두주도 피곤했던지 운전을 하면서 연신 하품을 하였다.

"민지수가 아까 그 젊고 날씬한 여자 집에서 자고 나온 게 사실이라면 결국엔 양성애자라는 뜻인데……. 정말 놀라운 일이군."

옆에 앉은 내가 여전히 믿기지 않는다는 것처럼 말하자, 두주가 답했다.

"양성애자가 외국에만 있다고 생각하는 건 착각이야. 워낙 비밀스럽게들 만나서 그렇지 의외로 꽤 많을 걸세."

"남자와 하고 여자와도 즐길 수 있으니, 삶의 기쁨이 두 배겠군."

"기쁨이 두 배면 고민도 두 배일 테지……. 박 경위, 도착하면 내가 깨워줄 테니, 잠깐이라도 눈 좀 붙이게. 날이 밝으면, 자넨 또 서(署)에 출근해야 하잖아."

다크 디텍티브

그렇지 않아도 찬 바람 부는 상가 옥상에서 몇 시간 동안 꽃샘추위에 벌벌 떨다가 히터에서 나오는 온기를 맞으며 시트에 몸을 기대니 잠이 쏟아지려 했다. 잠깐 선잠에 빠졌다가 눈을 떠보니, 차는 벌써 두주가 사는 좁고 우중충한 골목으로 접어들고 있었다.

"이번 사건은 괴이하고 흥미로운 구석이 많아. 일단 내일 서(署)에 가면 주상복합 5층에 누가 거주하는지 알아봐 주게."

"그야 어려울 것 없지. 그런데 자네, 뭔가 짚이는 게 있나? 혹시 좀 전에 민지수와 헤어졌던 여자를 이번 사건의 용의자로 의심하는 건가?"

"아직은 아닐세. 그건 여자의 신상부터 파악하고 나서 생각해 볼 문제니까."

두주에게 수고했다는 인사를 건네고 차에서 내린 나는 근처 전봇대 뒤에 세워놓은 르망을 몰고서 늦은 귀갓길에 올랐다.

6

✦ ✦

날이 밝고 서(署)에 출근하자마자 어젯밤 민지수가 머물렀던 주상복합의 주소와 호실을 적은 메모를 이 경장에게 건네주며, 즉시 거주자의 신상을 파악하라고 지시하였다. 그리고 몇 시간이 지나 점심시간이 다 되어 갈 무렵, 취합된 신상 보고서가 나에게 제출되었다. 우리가 신촌에서 봤던 젊은 여자는 조민희라는 이름을 가진 올해 23세의 여대생이었다. 물론 전과기록은 없었다.

그녀의 정체에 대해 궁금해하고 있을 두주에게 전화를 걸었다.

"자네가 추측한 대로 대학생이 맞아. 어젯밤에 보니까, 몸매가 굉장히 늘씬하던데 그럴만한 이유가 있었어. 전공이 현대무용이더군."

"그렇다면 무용수라는 뜻인데, 예상 밖이군."

"왜 그러나? 무용을 전공하는 게 왜?"

"대학생이 맞다면 의과대에 다니는 게 아닐까, 싶었는데……. 내가 지금 그리로 갈 테니, 점심이나 같이하세. 오늘은 내가 한턱 사지."

"알겠어. 도착하면 연락하게."

정오가 다 됐을 무렵 국숫집 문을 열고 들어가 보니, 구석 테이블 의자에 앉은 두주가 신문을 뒤적이고 있었다.

"한턱 산다길래 기대했는데, 고작 국숫집인가?"

"하하핫, 그럼 나 같은 백수한테 캐비어 같은 고급 요리라도 기대했단 말인가?"

내가 의자에 앉자, 두주는 종업원에게 국수를 주문하였다. 나는 물로 목을 축이고 두주의 얼굴을 살펴보았다.

"혹시 자네는 감기 기운 없는가? 추운 데 오래 서 있었더니 난 목이 영 안 좋아졌어. 다시 겨울로 되돌아간 것 같군."

"하긴 어제 날씨가 보통은 아니었지. 그리고 보니 박 경위, 자네 안색이 안 좋아 보이는구먼. 피로가 쌓여서 그런 거겠지."

"어제저녁부터 밤늦은 시간까지 민지수란 여자의 뒤를 캐보겠다고 함께 움직였는데, 도 형사, 자네가 다시금 나를 찾아온 건 뭔가 새로운 정황이나 단서를 발견했다는 뜻인 것 같은데……. 아닌가?"

나의 물음에 두주는 껄껄거리며 웃었다.

"음, 자네 눈치도 이제 보통을 넘는군. 박 경위, 물어볼 게 있어. 경찰에서 감식까지 마쳤다던 역삼역에 있는 그 공중전화기 말인데, 그게 카드 전용 기종이었나?"

"맞아, 동전 투입은 안 되고 전화카드만 넣을 수 있는 시중에 많이 깔린 기종이야. 스텐으로 된 싸리몽땅하게 생긴 전화통일세."

내 대답에 고개를 끄덕인 두주가 잠바 주머니에서 꺼낸 것은 어젯밤에 내가 그에게 건네준 피해자의 휴대폰 통화 내역 사본과 공중전화카드 한 장이었다.

"전화카드로 뭘 어쩌자는 건가?"

"난 살인이 일어나기 세 시간 전에 공중전화로 피해자에게 전화를 걸었던 사람이 범인일 확률이 아주 높다고 보네. 설령 그 발신자가 범인이 아니라 해도 이 사건과 밀접하게 연관된 인물일 거야. 생각해 보게. 요즘 어지간한 사람은 다 휴대폰을 가지고 있어. 범인은 일부러 자신의 휴대폰을 놔두고 공중전화로 스타인버그에게 연락해서 그날 밤 우면동의 이층집을 방문하겠다는 약속을 잡은 거야. 공중전화로 걸면 범행 후에 경찰이 발신자를 추적할 수 없다는 점을 노렸을 것일세."

"우린 어제저녁에도 같은 얘기를 하지 않았던가? 누군가가 자신의 정체를 숨기려고 공중전화를 사용했을 거란 건 나도 진작부터 알고 있었네. 하지만 공중전화를 건 사람을 무슨 방법으로 찾아낸단 말인가?"

그때 쟁반을 양손으로 든 여종업원이 다가와 우리가 앉은 테이블 위에 국수를 내려놓았다. 국수를 젓가락으로 저으며 두주가 답했다.

"새벽에 신촌에서 돌아와 사건에 대해 다시 한번 곰곰이 생각해 봤는데, 범인은 의료계통에 종사하는 여자일 확률이 높다는 결론을 내렸네. 수면제야 시중에서 어떻게든 구할 수 있다지만, 근육이완제는 아무나 구할 수 있는 게 아니거든. 그리고 정맥에 주사기로 약물을 찔러 넣는 일도 일반인에겐 쉬운 일이 아니지. 그래서 민지수가 어젯밤 신촌에서 만났던 젊은 여자의 전공이 의료 쪽이 아닐까라고 추측했던 것일세."

"그렇다면 조민희라는 여대생은 혐의가 없다는 뜻인가?"

"그 여자는 무용수가 되려는 대학생이라고 했잖은가? 근육이완제하고는 아무 연관성이 없어. 번지수가 틀린 것 같아."

"그렇다면 어젯밤에 쓸데없이 헛고생만 한 게로군."

"아니지, 추워서 고생은 했지만, 우리의 미행이 무익했던 것은 아닐세."

잠시 말을 멈춘 두주가 공중전화카드를 집어 들고는 그것을 나에게 보여주었다.

"잘 보게. 마그네틱 공중전화카드에는 상단에 이렇게 일련번호가 찍혀 있다네. 이 번호는 카드가 제작된 연도와 액면금액, 발행 순번 같은 것을 표기한 것이야. 역삼역의 그 공중전화기는 동전 투입이 불가한 카드 전용이니까, 사건이 일어나기 전 스타인버그에게 전화를 걸었던 사람도 당연히 전화카드를 공중전화기 투입구에 넣었을 걸세. 그렇다면 공중전화기는 그 전화카드의 일련번호와 잔액을 인식했을 거고, 통화가 끝나도 그 데이터가 전화국 전산실 어딘가에는 저장돼 있을 거란 말이지.

내가 우선적으로 알아내고자 하는 건 그때 발신자가 사용했던 전화카드의 일련번호일세. 그것을 알아낸다면 그 전화카드의 유통경로를 역으로 추적할 수 있을 것 아닌가. 발행한 전화국에서부터 최종적으로 그 전화카드가 유통된 소매점에 찾아가서 누가 그 전화카드를 사 갔는지 알아보는 것이 바로 오늘 우리가 할 일인 것일세. 자, 국수 다 퍼지기 전에 어서 들게. 빨리 먹고 바로 전화국으로 가야 하니까."

그러나 내가 두주의 새로운 아이디어를 찬찬히 따져보니, 그다지 효과석인 방책은 아닌 것 같았다.

"내 생각엔, 전화카드를 역추적하는 건 별로 실효성 없을 것 같아. 요즘 휴대폰이 많이 보급됐다곤 하지만, 아직도 공중전화를 쓰는 사람들이 적지 않다구. 우리가 찾는 발신자에게 전화카드를 팔았던 점포를 찾는다고 해도, 거기서 카드를 구매했던 사람의 얼굴을 기억하고 있을 가능성은 굉장히 희박해."

"자네 말대로, 소매점에서 전화카드를 사간 사람을 기억하고 있을 확률이 낮은 건 사실이야. 게다가 혹여 그 카드가 판매된 지 꽤 오래된 것이라면, 발신자를 찾아내는 것은 거의 불가능에 가까운 일이지. 하지만 아예 손 놓고 있는 것보단 이렇게라도 해보는 게 낫지 않겠나?"

젓가락을 손에서 놓으며 나는 한숨을 내쉬고 씁쓸한 심정으로 대답했다.

"자네 말이 맞아. 여기서 더 진척이 없으면 수사 관할도 안기부로 넘어갈 판국이니……. 할 수 있는 건 뭐라도 해봐야겠지."

우리는 국숫집에서 나와, 전화국에서 공중전화 사업만 따로 떼 내어 만든 자회사가 위치한 용산으로 출발하였다. 공중전화 회사에 도착하여 경찰임을 밝히고, 전산 관리자에게 피해자의 통화 내역 서류를 보여주며 지난 월요일 21시 03분경 역삼역에 있는 공중전화기에 투입된 전화카드의 일련번호를 조회해 달라고 요청하였다. 우리가 의도하는 바가 뭔지 알아챈 전산 관리자가 히죽거리며 비웃는 투로 말했다.

"카드 일련번호는 바로 조회가 됩니다만, 번호를 알아낸다고 해서 무슨 소용이 있는 건지 모르겠군요. 경찰로부터 이런 엉뚱한 요청을 받는 건 이번이 처음입니다."

직원이 말하는 태도가 좀 불쾌했지만 나는 내색하지 않고 재차 부탁했다.

"그건 우리도 잘 압니다. 번거롭겠지만 협조 바랍니다."

전화카드의 일련번호를 받아 적어서 아래층에 있는 영업 부서로 내려가 물어보니, 그 일련번호는 작년 12월에 발행된 액면금액 2,000원짜리 카드에 부여된 것이며, 해당 카드는 올해 1월 중순 마포역 인근에 있는 편의점으로 유통됐다는 답변을 들었다.

"역시 예상했던 대로군. 전화카드 중에 제일 싼 게 2,000원짜리잖아. 용의자는 범행을 위해서 단지 일회용으로만 전화카드가 필요했으니까, 굳이 금액이 큰 전화카드를 살 필요가 없었던 거야."

"그건 그럴듯하군."

그리곤 마포에 있는 그 편의점으로 가기 위해 자리에서 일어서려 하는데, 두주가 우리를 응대했던 영업부 김 대리에게 질문을 던졌다.

"요즘 전화카드가 예전보다 영 안 팔리겠군요?"

김 대리는 맥없이 한숨을 내쉬었다.

"아이고, 말도 마십시오. 공중전화는 전형적인 사양 사업입니다. 작년에 비해서 매출액이 무려 반 토막 나버렸어요. 요즘은 공중전화로 전화 거는 사람은 별로 없고, 밤에 갈 곳 없는 불량한 애들이 부스 안에서 엉뚱한 짓을 하거나, 취객들이 볼일이나 보는 용도로 전락해 버렸습니다."

우리는 김 대리의 한탄을 뒤로하고 빠른 걸음으로 공중전화 운영회사에서 나왔다.

마포 방면으로 달려가는 차 안에서 차창 밖으로 지나가는 풍경에 시선을 둔 채로 나는 운전석에 앉은 두주에게 물었다.

"제작한 지 오래된 카드가 아닌 게 그나마 다행이군. 그런데 말이야.

혹시 발신자가 직접 전화카드를 구매한 것이 아니라 자기 주위의 누군가에게 빌리거나 혹은 대신 사달라고 부탁했을 수도 있지 않을까?"

"글쎄, 범인이 그 정도로까지 치밀하진 못했을 거라고 봐……. 나는 이제부터 우리가 쫓는 발신자를 스타인버그를 살해한 '여자'로 간주하고 추리를 해나가겠네. 아까 공중전화 운영회사에서 조회해 본 바로는, 지난 1월 중순에서 3월 중순 사이의 어느 시점에 마포역 인근의 편의점에서 그 전화카드가 누군가에게 팔려나갔다는 사실을 확인할 수 있었지.

이 살인사건은 깊은 원한 관계 때문이라 여겨지지만, 범인이 제대로 된 와인 오프너도 갖추지 못하고서 범행을 저지른 것으로 봐선, 최근에 생긴 어떤 급박한 사정 때문일 수도 있다는 생각이 들어. 다시 말해서, 치밀하게 계획된 살인이 아니라 시간에 쫓겨 서두른 흔적들이 보인다는 것이지. 그런 면에서 봤을 때, 범인은 사건이 일어나기 불과 하루나 이틀 전에 전화카드를 구했을 가능성이 높아."

마포로 향하는 간선도로는 토요일 오후에 쏟아져 나온 퇴근 차량 때문에 거의 속도를 낼 수 없었다. 두주가 방금 했던 말 중에 '원한'이란 단어가 내 귓가에 맴돌았다.

"혹시 이번 사건의 범행 동기에 대해서 따로 추측해 본 게 있나?"

내 질문에 두주는 바로 답하지 않고 잠시 뜸을 들인 뒤 입을 열었다.

"범인은 스타인버그에게 뼈에 사무칠 정도의 깊은 원한을 가졌던 것으로 보이네. 그래서 그를 가장 잔인하고 고통스러운 방법으로 죽임으로써 자신의 원한을 갚았던 것이겠지. 그리고 범행이 일어난 그날 밤, 범인에게는 스타인버그를 죽이는 것보다 훨씬 더 중요한 다른 목적이 있었던 게 분명해."

"사람을 죽이는 것보다 더 큰 목적이 있었단 말인가? 믿기 어렵군."

"자네도 사건 현장을 봐서 알겠지만, 범인은 무언가를 찾기 위해 필사적이었어."

"맞아, 방마다 뒤질 수 있는 곳은 다 까뒤집어 놨었지."

"하지만 범인은 그렇게 애타게 찾고자 했던 물건을 못 찾았던 것 같아. 이 방, 저 방 열심히 뒤졌지만 결국 찾아내지 못하고, 마지막으로 눈에 들어온 것이 서재에 있는 금고와 자물쇠가 걸린 책상 서랍이었네."

"둘 다 열쇠가 없어서 열 수 없으니까 불태워 버리려 했던 거로군. 자넨 범인이 찾으려 했던 물건이 무엇이라 생각하는가?"

두주는 운전석 차창을 내려 잠시 환기를 시켰다.

"그 물건이 어떤 종류의 물건인지는 불에 그을린 금고를 통해서 어느 정도는 추측 가능하다네. 전에도 말했듯이 나는 처음부터 이 사건의 범인이 여자일 거라 추정하고 있네. 그렇다면 어떤 여자에게 있어서 사람을 죽이고 방화까지 하면서 반드시 없애고자 했던 물건이 있다면, 과연 어떤 것이겠는가? 그건 자신의 사생활이나 남에게 알려져서는 안 될 약점이나 비밀 같은 걸 담고 있는 것일 테지. 내가 추정하기엔 범인이 그토록 찾아 없애고자 했던 건 필름이나 비디오테이프 같은 물건일 공산이커. 아마 이것 때문에 살인에 뒤이어 방화까지 일어났던 것으로 보이네."

말을 마친 두주가 진작부터 물어보려던 것이 있었는데 이제야 떠올랐다는 듯이 나를 흘끗 돌아보았다.

"혹시 불탄 책상 서랍 안에서 고열에 녹아버린 필름이나 비디오테이프 흔적이나 성분 같은 건 나오지 않았나?"

"아니, 화재감식 보고서를 자세히 읽어봤는데, 그런 건 없었어."

사건에 대한 두주의 추론을 듣고, 그제야 어지럽게 꼬여있던 실타래가 풀리는 것 같은 느낌이 들었지만, 그래도 쉽사리 납득이 가지 않는 부분이 남아 그에게 다시 물어보았다.

"범인이 책상 서랍에다 불을 지른 건 이해가 충분히 돼. 나무 재질이니 불에 쉽게 타버릴 테니까. 하지만 금고 안이라면 얘기가 다르지. 금고 외부 표면에 옷가지를 두르고 그걸 태운다고 해서 그 열기로써 과연 금고 안에 있는 테이프를 녹일 수 있었을까?"

"금고 표면을 가연성 물질로 두르고 점화하여 일정 시간 동안 금고 내부 온도를 섭씨 70도 이상으로 끌어올렸다면, 금고 안에 있는 필름이나 테이프를 열기로 녹일 수는 없었겠지만, 마그네틱 필름에 도포된 자성물질에다 손상을 가할 정도로는 충분했을 걸세."

금고와 비디오테이프에 대한 두주의 추론이 사실이라면, 과연 어떤 영상이 촬영돼 있을 것인지 추측해 보았다.

"그렇게 필사적으로 찾아 없애려고 했던 필름이나 테이프엔 범인 그 자신의 정사(情事) 장면이 녹화돼 있었겠군. 그렇다면 범인은 스타인버그의 또 다른 내연녀란 말인가?"

"그럴 공산이 높지만 속단할 순 없네. 어쨌든 스타인버그와 어느 정도 친분이 있던 여자일 거야."

주말이라 도로가 막힌 관계로 용산의 공중전화 운영회사에서 목적지인 마포역까지 도달하는 데는 30분이나 소요되었다.

7

✦ ✦

　문제의 전화카드를 팔았던 편의점은 마포역에서 일산 방면으로 150미터쯤 떨어진 대로변에 있었다. 매장 안으로 들어서자, 마흔 살쯤 돼보이는 여자가 계산대 뒤에 서서 우리에게 인사를 건넸다. 나는 신분증을 꺼내 들었다.

　"경찰에서 나왔습니다. 여기 업주 되십니까?"

　"명의는 남편 앞으로 돼 있어요."

　"남편분은 저녁이나 돼야 나오겠군요?"

　"네, 그런데 경찰에서 무슨 일로 오신 건가요?"

　"우리는 살인사건을 수사하는 중입니다. 그런데 용의자가 이 편의점에서 공중전화카드를 구매했다는 사실을 확인하고서 바로 여기로 달려온 겁니다. 일주일 전쯤 여기서 2,000원짜리 공중전화카드를 사 갔던사람에 대해서 기억나는 것이 없습니까?"

　편의점 여주인은 잠시 기억을 더듬는 것 같더니 고개를 갸웃거리며답했다.

　"글쎄요. 이곳은 역 주변이라 대부분 낯선 손님들이라서……. 누가 전화카드를 사 갔는지 잘 떠오르지 않네요."

옆에 서서 담배 진열장을 구경하며 문답을 듣고 있던 두주가 입을 떼었다.

"요즘도 공중전화카드를 찾는 손님들이 꽤 있는가 보군요?"

"그럼요. 예전보단 많이 줄었지만 그래도 찾는 사람들이 제법 있어요. 휴대폰에 비해서 통화료가 싸게 치니까, 통신비를 절약하려는 알뜰한 사람들이 사 가지요."

"그런 알뜰족들은 싸다고 해서 2,000원짜리 전화카드를 사지는 않을 겁니다. 왜냐면 판매가 3,000원 넘는 카드를 사야 단돈 몇백 원이라도 추가 포인트가 붙으니까요."

"그렇긴 하죠."

두주는 주머니에서 공중전화카드 한 장을 꺼냈다.

"전화카드에도 이렇게 바코드가 새겨져 있으니, 판매할 때 여기 있는 바코드 리더기로 스캔했을 것이고 그렇다면 매출 기록이 컴퓨터에 남아 있겠군요. 3월 초일부터 16일까지 2,000원짜리 공중전화카드가 판매된 내역을 조회해 보세요."

"그러죠. 잠시 기다려 주시겠어요."

매출 전산 기록을 조회해 본 결과, 그 시점에서 가장 최근에 2,000원짜리 전화카드가 판매된 일시는 3월 16일 저녁 8시경이었다. 다음으로 최근에 판매된 일시는 3월 3일, 오후 5시경이었다. 둘 다 결제는 현금이었다.

"16일 저녁 8시라면 용의자가 공중전화를 걸기까지 불과 한 시간 전이잖아. 자네의 추측이 맞아가고 있어."

내 말에 가볍게 고개를 끄덕인 두주가 여점주 쪽으로 한 발짝 가까이 다가서며 물었다.

"저녁 8시면 야간이니까, 아주머니가 아니라 남편분이 그 전화카드를 팔았겠군요?"

"아니에요. 8시라면 제가 있었던 시간이에요. 월요일 날도 평소처럼 밤 9시까지 카운터를 지키다가 남편하고 교대했으니까요."

"그런데도 기억이 안 나는 걸 보니, 여기 단골은 아니었나 보군요?"

"네. 여러 번 온 손님이라면, 얼굴을 대충이라도 기억할 겁니다."

그렇게 말하고 나서 잠시 후, 여점주는 지난 월요일 저녁 무렵의 기억이 어렴풋이 떠올랐는지 조금 환해진 표정으로 바뀌었다.

"맞아요! 이제 기억나네요. 월요일 날 저녁에 어떤 젊은 여자가 와서 전화카드 중에 제일 싼 걸 하나 달라고 했어요."

"그 여자, 얼굴은 어떻게 생겼던가요?"

"까만 야구모자를 눌러쓰고 왔었기 때문에 얼굴이 잘 안 보였어요."

그때 나는 외투 주머니에서 파출부의 몽타주를 꺼내 여점주에게 보여 주었다.

"혹시 이렇게 생긴 여자 아니었나요?"

"글쎄요. 이 그림하고는 좀 날랐던 것 같아요."

팔짱을 낀 채로 잠시 생각에 빠져있던 두주는 담배 한 갑을 고르고는 나를 보며 말했다.

"여기서는 더 이상 나올 게 없을 것 같으니, 이제 밖으로 나가보세.

지금부터는 제법 발품을 팔아야 할 거야."

"그게 무슨 소린가?"

내 말에 답하는 대신 두주는 카운터 쪽을 보며 물었다.

"아주머니, 이 근처에 세탁소가 몇 군데나 됩니까?"

"글쎄요. 근방에 아파트 단지도 있으니까, 적어도 대여섯 군데는 될 거예요."

담뱃값을 치른 두주는 여점주에게 고마움을 표하고 문쪽으로 걸음을 옮겼다.

밖으로 나오자, 갑자기 밀려온 먹구름 때문에 아직 낮인데도 주변이 어둑하였다. 두주가 앞장서 걸으며 나에게 말했다.

"이제부터 이 근처에 있는 세탁소들을 둘러볼 참이야. 근데 솔직히 얘기하자면, 이 탐문조사에 그리 큰 기대를 거는 건 아닐세. 어쨌든 이곳까지 내친걸음이니까 한번 훑어보자고."

"자넨 범인이 와인병에서 코르크를 뺄 때 쏟은 와인이 범인의 옷에도 묻었을 거라 생각하는 거로군."

"그렇다네. 적포도주가 튀어서 옷에 묻은 붉은 얼룩을 집에서 지우기는 쉽지 않았을 거야. 용의자가 와인 얼룩 묻은 옷을 따로 처분하지 않았다면, 여기서 가까운 세탁소에 맡겼으리라 보네. 내 생각엔 범인이 사는 곳이 전화카드를 구매했던 편의점에서 그리 멀지는 않을 것 같아. 용의자는 범행 후 경찰의 수사를 피하려고 일부러 사는 곳과 멀리 떨어져 있으면서 스타인버그의 집과는 가까운 역삼동에 있는 공중전화기를 이용했지만, 자신이 구입했던 공중전화카드가 역추적될 수 있다는 생각은 못 했을 걸세."

"그렇다면 조사 범위가 꽤 넓어질 수도 있겠는데, 우리 두 사람만으로 버겁지 않을까? 김 반장에게 전화해서 강력반원들을 데리고 여기로 오라고 하겠네."

"아닐세. 형사들이 몰려와서 이 일대 세탁소들을 휘젓고 다니면 바로 동네 전체에 소문이 퍼질 것이고 그러면 범인에게 경계심만 주게 될 거야. 그렇게 되면 일이 더 어렵게 꼬이는 거라구.

자네 말대로, 이 근방에 있는 세탁소를 다 돌아다니며 발품을 팔면 시간이 너무 지체될 것 같군. 그래서 내가 다른 방도를 찾아봤는데, 여기서 가까운 세탁소에 가면 이 동네에 있는 세탁소 상호와 위치 정도는 알 수 있을 테지. 그중에 여기서 반경 1km 안에 있는 세탁소에 전화를 걸어 탐문한다면 그리 오래 걸리진 않을 거야. 전화번호부를 펼쳐놓고 세탁업소에 일일이 거는 것보단 이편이 훨씬 효율적이고 정확도도 높을 걸세."

편의점 길 건너편에 있는 H 아파트 단지 상가동 2층에서 영업 중이던 세탁소에 들어가니, 50대 중반쯤으로 보이는 부부가 분주하게 일을 하고 있었다.

"경찰에서 나왔습니다. 요 며칠 사이에 적포도주 얼룩 묻은 옷을 맡기러 온 사람 없었습니까?"

내가 묻자, 와이셔츠를 옷걸이에 걸던 여자가 답했다.

"적포도주? 와인 말인가요? 아니요, 그런 옷은 받은 게 없는데요."

그러자 세탁소 안쪽에서 다림질을 하던 여자의 남편이 끼어들었다.

"한국 사람 중에 와인을 마시는 사람이 얼마나 되겠수? 대부분 소주 아니면 맥주잖아요. 내가 세탁소 일을 20년 넘게 했지만, 와인 얼룩 묻은 옷을 가져온 손님은 손에 꼽을 정도밖에 안 됩니다."

"이 지역 세탁업 협회 회원명부 가지고 있습니까? 아니면 이 근방에 있는 세탁소 상호와 연락처 적어 놓은 것도 괜찮습니다."

세탁소 주인은 하던 다림질을 잠시 멈추고 책상 쪽으로 걸어가 서랍 안에서 구겨진 인쇄물 한 장 꺼내 나에게 내밀었다.

"경찰에서 와인 묻은 옷을 왜 찾는지 모르겠군요? 피 묻은 옷이라면 또 몰라도."

한창 바빠 일할 시간에 경찰이 찾아온 게 못마땅했는지, 그의 말투에 불만스러움이 섞여 있었다. 그러자 두주가 퉁명스럽게 대꾸했다.

"그럴듯한 지적입니다. 피가 묻어 있을 가능성도 있어요."

세탁소 주인의 협조를 받아 이 지역의 세탁소들 가운데 편의점과의 거리를 감안하여 다섯 군데로 탐문조사 대상을 좁혔다. 두주와 나는 전화를 걸어 최근에 와인 얼룩 묻은 옷을 맡은 게 있는지 물어보았으나, 그런 옷을 맡았다는 세탁소는 한 군데도 나오지 않았다.

"일이 생각대로 안 풀리는군."

상가건물 2층에서 아래로 내려오면서 내가 한숨을 쉬며 푸념하자, 두주가 쓴웃음을 지으며 자신의 추리가 빗나갔음을 인정했다.

"그래, 내가 범인을 너무 쉽게 생각한 것 같아."

밖으로 나와 보니, 이슬비가 내리고 있었다.

"비도 오는데 그만 돌아가자구. 더 있으면 곧 저녁이야."

내 말에 두주가 고개를 끄덕이며 주머니에서 차 키를 꺼내어 나에게 내밀었다.

"박 경위, 나 대신에 운전을 좀 해주게. 자네가 운전하는 동안, 조수석에 앉아서 이 사건을 처음부터 다시 되짚어 보려고 하네."

"그러지. 차는 내가 몰 테니, 좀 쉬게나."

날이 어두워지자, 황금 같은 토요일 저녁을 즐기려고 도심으로 나온 차들 때문에 도로가 붐볐다. 한강을 건널 때까지도 두주는 팔짱을 낀 채 눈을 감고서 미동도 하지 않았다. 옆에서 얼핏 보면 마치 명상에 잠긴 것처럼 고요해 보였지만, 그의 머릿속은 사건의 정황과 증거들에 대한 치열한 분석이 끊임없이 이어지고 있음을 옆에서 어렴풋이 느낄 수 있었다. 차가 서(署)에 도착할 때까지 두주는 그 자세 그대로 앉아 있었다.

"이보게, 이제 다 왔어."

내가 깨우자, 한참 동안 감고 있던 눈을 뜬 두주가 말했다.

"고마워. 자네 덕분에 이번 사건을 심도 있게 다시 짚어볼 수 있었어. 오늘 우린 범인의 소재를 찾기 위해 서울 시내를 사방팔방으로 돌아다녔지만, 구체적인 성과 없이 빈손으로 놀아올 수밖에 없었지. 그렇다면 이제 발상의 전환을 통해서 새로운 시도를 한번 해보세. 우리가 범인을 찾아내는 것이 아니라, 반대로 범인이 제 발로 찾아오게끔 만드는 것이지."

그 순간 두주의 얼굴에는 회심의 미소 같은 것이 스쳐 지나갔다. 하지만 나는 두주의 말뜻을 이해할 수 없었다.

"도대체 범인을 무슨 수로 불러들인단 말인가?"

"사건 현장, 그러니까 피해자가 거주했던 이층집의 1층 방들 말일세. 원래는 잠겨 있었던 것으로 기억하는데, 열고 들어가 보니 어떻던가?"

"문을 따고 들어가 보니, 단서가 될 만한 것들은 없더군. 아예 빈방이거나 안 쓰는 물건들만 보관돼 있을 뿐이었지."

"그랬군. 난 범인에게 미끼를 한 번 던져볼 생각이야. 일단 지금 즉시 자네가 잘 아는 방송국 기자에게 연락해서 촬영기사를 데리고 우면동 이층집으로 오라고 하게. 특종 기사가 될 만한 게 있다고 말하면, 주말이라도 총알같이 튀어나올 거야."

기자를 부르란 말에 나는 깜짝 놀라 언성을 높였다.

"이봐! 자넨 내가 했던 당부를 벌써 잊었나? 이 사건은 기밀 사항이니까, 외부에 알려지게 해선 안 된다고 했잖아."

두주는 두 손바닥을 살짝 펴들어 나에게 진정하라는 제스처를 보냈다.

"물론 기자에게 피해자가 CIA 비밀 요원이었다는 사실까지 말해줄 생각은 없네. 그냥 어떤 외국기업 주재원이 자신의 침실에서 잔인하게 살해당했고 옆방에서 방화까지 일어났다는 정도로만 흘리면 되는 걸세. 스타인버그의 죽음 자체만 가지고는 비밀이라고 할 수 없는 거잖아. 그의 사망 사실은 워싱턴 컨설팅사(社) 직원들이나 미국에 있는 유가족들의 입을 통해서 이미 외부에 알려졌을 테니까."

"방송국 쪽에 아는 기자가 있긴 하네만……, 기자로 하여금 사건에 관한 방송 기사를 만들게 해서 그걸 뉴스로 내보낸다고, 뭐가 달라진다는 건가?"

"물론 범인이 우리가 던진 미끼를 문다고 장담은 못 해. 하지만 교묘하게 설정 해놓는다면 '그 여자'를 강하게 끌어들일 수 있는 꽤 근사한 미끼를 만들 수 있을 걸세. 난 낚시 준비물을 사러 용산에 다녀와야겠어. 두 시간 정도 걸릴 것 같군. 그동안 자넨 署(서)에 들어가서 일을 하게나. 내가 연락하면 바로 나와야 해."

운전석에서 내려 차를 두주에게 넘겨주고 나는 지갑에서 SBC 방송국 사회부 정용호 기자의 명함을 꺼냈다. 그는 아직 경력이 얼마 안 되는 신참에 속했지만, 저널리즘에 대한 자신만의 확고한 철학을 가진 의욕적인 언론인이었다. 정 기자가 경찰에 출입하던 수습 시절, 나는 그를 좋게 보고 호의적으로 대했으므로 그와 자연스레 친해지게 되었다. 그 후로도 가끔 연락하여 서로에게 유용한 정보를 주고받으며 계속 교류를 이어오고 있었다. 토요일인 데다가 벌써 어둠이 깔리기 시작했으므로 방송국 직원들도 거의 퇴근했으리라 생각하며 휴대폰 번호를 눌렀다.

"정 기자, 나 박성일이야. 자네, 토요일 저녁인데도 방송국에 죽치고 앉아 있는 겐가?"

"아! 박 경위님, 오랜만입니다. 애인도 없는데 일찍 퇴근해 봐야 뭐 하겠어요. 근데 어쩐 일이십니까?"

"잘 됐군. 특종이 될 만한 게 있으니, 촬영기사를 데리고 당장 우면동으로 내려오게. 양재 IC 지나기 전에 우측으로 빠져나오면 나한테 전화를 걸어줘. 그럼 내가 자네를 취재 현장으로 데려다주겠네."

"강력계 형사가 특종이라 한다면 살인사건이겠군요?"

"그래, 아주 엽기적인 살인사건이지. 전화기 붙들고 이렇게 떠드는 건 시간 낭비니까, 준비되는 대로 와주게. 8시까지는 도착할 수 있겠지? 취재 전에 정 기자한테 당부해 둘 게 있어. 절대로 내가 취재원이라고 밝히면 안 되네. 데스크에는 익명의 민간인한테서 받은 제보라고 해두게. 절대 출처가 경찰이라고 하면 안 돼."

"박 형사님, 정용호를 그렇게 못 믿습니까? 데스크는 제가 알아서 할 테니, 염려할 거 없습니다."

"좋아, 그렇다면 지금 당장 출발하게."

휴대폰 플립을 닫고 사무실로 들어가니, 소파에 편한 자세로 앉아 담배를 피우고 있던 김 반장이 나를 보며 힐난조로 물었다.

"박 경위, 점심때부터 계속 안 보이던데 어딜 갔었나?"

"어디 짱박혀서 놀고 온 게 아닙니다. 발바닥에 땀 나도록 탐문수사 하고 이제 복귀하는 겁니다."

"아직도 그 미국인 살해 사건에 매달려 있는가? 경찰만의 힘으론 무리야. 우린 충분히 할 만큼 했으니까 그만하면 됐어."

"반장님, 어쩌면 이 사건의 범인은 우리가 생각했던 것과는 전혀 다른 의외의 인물로 밝혀질 수도 있습니다. 조금만 더 시간을 주십시오."

"박 경위, 그게 무슨 소린가? 자네가 다른 용의자를 찾기라도 했단 말인가? 그게 대체 누군지 말해보게."

스타인버그가 살해되기 세 시간 전에 그에게 공중전화를 건 사람이 누구인지 알아내기 위해 용산과 마포에 갔다 왔던 일을 보고하니, 반장은 꽤 흥미 있어 하였다.

"음, 나름 괜찮은 시도였어. 하지만 세탁소에서는 허탕을 쳤구먼. 결국 용의자가 마포에 연고가 있는 젊은 여자라는 사실까지만 밝혀내고 돌아온 거로군. 어찌 됐든 토요일 저녁까지 탐문수사 한다고 수고 많았네. 오늘은 그만 들어가 쉬도록 하게."

"저도 퇴근하고 싶습니다만 아직 할 일이 남았습니다."

내 책상으로 돌아와 미뤄놓은 일을 마무리하려 했지만, 갑자기 피로가 몰려와 꺼내놓은 서류를 놔두고 의자에 등을 기댄 채로 잠시 눈을 붙였다. 그리고 얼마간의 시간이 지난 후, 갑자기 울린 휴대폰 벨 소리가 나의 단잠을 흩트려 놓았다. 수화기에서 두주의 걸걸한 목소리가 흘러나왔다.

"박 경위, 낚시 준비가 다 됐으니, 어서 나오게!"

8

✦ ✦

내가 시동이 걸린 채로 서 있는 에스페로 조수석에 올라타자, 두주는 사건 현장이 있는 우면산 방면으로 차를 몰았다. 차창 밖을 내다보니 밤하늘 먼 곳에 반달이 떠올라 있었다. 늦은 오후부터 생기던 시장기가 점점 더 심해지고 있었다.

"자넨 배 안 고픈가? 그러고 보니, 12시에 국수 한 그릇 먹고는 지금까지 아무것도 못 먹었군."

"왜 안 그렇겠나. 배고파서 현기증이 날 지경이야. 그래서 이럴 때를 대비해서 차에 비상식량을 넣어뒀는데 먹을 텐가?"

"비상식량이라면 컵라면 같은 거겠군?"

"컵라면은 뜨거운 물이 있어야 하니까 비상식량이라 할 수 없지. 트렁크에 스팸 캔이 몇 개 들어 있으니, 그거라도 따 먹게. 염분을 보충하기엔 스팸만한 게 없다구."

"배가 고파도 소금에 절인 돼지비계만은 사양하겠어. 자네나 실컷 먹게."

"아직 배가 덜 고픈 모양이구먼. 하하핫!"

이미 정 기자를 현장으로 오라고 불러놓은 상황이라 차를 세우고 식당으로 가기엔 시간이 애매했기 때문에 배고픔을 그냥 참기로 하였다. 우리가 탄 에스페로가 우면산 자락의 언덕길로 접어들었을 때는 밤 8시가 다 되어 있었다.

사건 현장에 도착하여 차 안에서 이층집을 바라보니, 노란 폴리스 라인이 쳐진 대문 앞을 순경 한 명이 지키고 서 있었다. 두주는 방송국 기자가 도착하기 전에 경계근무 중인 순경을 다른 데로 보내는 게 좋겠다고 말했다. 차에서 내려 대문 앞으로 다가가자, 순경이 나를 알아보고 절도있게 경례하였다.

"강 순경, 수고가 많구면. 여길 오가며 수상쩍게 살펴보는 사람은 없었나?"

"근무 중에 특이 사항은 없었습니다. 경위님."

"그런가? 난 사건 현장에 확인할 게 생겨서 왔어. 교대 시간까지 내가 있을 테니, 자넨 집에 가서 좀 쉬도록 해."

내 말을 듣고서 강 순경이 반가운 기색을 드러냈지만 이내 곤혹스러운 표정으로 바뀌었다.

"말씀은 감사합니다만, 별도 지시가 있을 때까지 계속 경계를 서라고 명령을 받았습니다. 허락 없이 근무지를 이탈했다가는 징계를 받을 수도 있습니다."

"그럴 리 없겠지만 이 일로 해서 자네한테 곤란한 일이 생긴다면, 내가 책임질 테니까 걱정하지 말게. 그리고 보니 자넨 아직 신혼이잖아. 여긴 내가 지킬 테니까 집에 들어가서 좀 쉬도록 해. 추운 날씨에 여러 사람 고생할 필요가 뭐 있겠나?"

강 순경의 어깨를 두드리며 내가 선심 쓰는 척 하자, 그는 못 이기는 척하며 언덕길을 내려갔다. 대문을 지키던 초병이 사라지자, 차에서 내린 두주가 트렁크를 열어젖혔다. 에스페로의 널찍한 트렁크 안에는 시커먼 소니 VTR 한 대와 합판으로 조립된 작은 TV 받침대 그리고 한쪽 구석에 스팸 박스가 실려 있었다.

"이걸 구하러 용산까지 갔다 온 건가?"

"맞아, 내가 말했던 낚시도구들이지. 내가 이걸 들 테니, 자넨 TV 다이를 집안까지 좀 옮겨주게."

폴리스 라인을 걷어 올리고 대문 안으로 들어가 건물 상층부를 올려다보니, 화재의 열기로 깨진 2층 창문의 형상이 어둠 속에서도 뚜렷하게 보였다. 현관문은 잠겨 있지 않아서 바로 건물 안으로 들어갈 수 있었다. 두주는 VTR을 거실 바닥에 내려놓고 주머니에서 손전등을 꺼내 서쪽 방문을 비추었다.

"TV 다이는 여기다 내려놓게. 내가 이 물건들을 저 방에서 세팅하는 동안, 2층 거실에 있는 TV를 들고 내려와 줘. 자네가 힘을 좀 써줘야겠어."

2층으로 올라가 보니, 탄내가 그대로 남아 있었지만 불과 나흘 만에 다시 찾은 그곳이 왠지 생경하게 느껴졌다. 전원플러그와 유선방송 케이블을 뽑고서 제법 무게가 나가는 20인치 TV를 두주가 지정한 아래층 빈방까지 옮겨 놓았다.

TV를 받침대 위에 놓고 나자, 휴대폰 벨이 울렸다.

정 기자가 양재 IC 근처까지 왔다는 연락이었다. 그에게 대략적인 위치를 가르쳐 주고 좀 있다가 내가 밖으로 나가겠다고 말한 뒤 통화를 끊었다.

"음, 드디어 범인에게 던질 낚싯대 노릇을 해줄 방송국 카메라가 당도한 것 같군."

두주는 가죽 잠바 안주머니에서 담뱃갑보다 조금 더 커 보이는 검정 색상의 테이프를 꺼내며 말했다.

"그건 뭔가? 카세트 테이프처럼 보이는데?"

"이건 오디오 테이프가 아니라, 8 미리 비디오테이프야. 녹화용 캠코더에 들어가는 것이지. 처음에는 요 테이프만으로 어떻게 해볼 요량이었는데, 그렇게 하면 너무 어실픈 티가 날 것 같아서 좀 더 공을 들여 이렇게 VTR에 TV 다이까지 구해온 걸세."

"8 미리 테이프? 비디오테이프라면 대여점에 있는 도시락만 한 것만 있는 줄 알았는데. 난 이런 쪽으로는 문외한이라서 말이야."

"대여점에서 빌리는 테이프는 VHS 방식이지. 이 VTR은 그런 보급형이 아니라 8 미리 전용 플레이어라네. 여기 삽입구에 Video 8이라고 적혀 있는 게 보이지? 시중에 그리 흔치 않은 물건이라서 용산 전자상가까지 가서 구해온 거라네."

"흔한 물건이 아니라면, 제법 비싸게 줬겠는데?"

"아냐, 돈은 거의 안 들었어. 저 VTR은 겉은 멀쩡해 보이지만 핵심부품인 헤드가 맛이 가버린 폐품이거든. 그래서 소줏값만 주고 가져온 거야."

이제 정 기자를 마중하러 갈 시간이 됐기 때문에 나는 밖으로 나갈 채비를 했다.

"지금쯤이면 정 기자가 이 근처까지 왔을 것 같은데, 나하고 같이 나가 볼 텐가?"

"아니, 자네가 가서 데리고 오게. 나는 그동안 해야 할 일이 있어. 이 방을 좀 더 그럴싸하게 꾸며놔야 하거든."

밖으로 나와 잠시 기다리니, 아래쪽에서 방송국 로고가 그려진 밴 차량 한 대가 라이트를 밝히며 언덕길을 올라오고 있었다. 나는 팔을 크게 흔들어 이쪽으로 올라오라는 수신호를 보냈다. 차에서 내린 정 기자가 함께 온 카메라맨을 나에게 소개하였다. 나는 그들과 악수를 한 뒤, 곧바로 대문에 처진 폴리스 라인을 들어 올려 그들을 마당 안으로 들어가게 했다.

"그런데 이렇게 현장 안으로 들어가서 촬영해도 문제없는 겁니까?"

정 기자의 물음에 나는 굳은 표정을 짓고서 진지한 톤으로 답했다.

"당연히 안 될 일이지. 아까 전화상으로도 말했듯이, 오늘 SBC에서 이곳을 취재하는 건 경찰인 내가 들어가게 해준 게 아니라, 자네가 임의로 들어와서 취재를 시도한 걸로 해야만 하네. 위법인 줄 알면서도 불굴의 기자정신을 발휘한 것으로 말이야. 알겠나?"

정 기자는 내 말을 듣고서 기가 막힌다는 표정으로 언성을 높였다.

"박 경위님, 도대체 무슨 사건이길래 이렇게 몸을 사리는 겁니까?"

"지금 여기서 사정 설명을 하는 건 시간 낭빌세……. 자네도 특종을 잡으려면 이 정도 모험은 감수해야지."

정 기자에게 속사정을 얘기할 수 없었으므로 적당히 얼버무려 버릴 수밖에 없었다.

이층에서 정 기자 일행과 통성명을 한 두주가 그들에게 이번 사건의 개요를 짤막하게 정리해 주었다. 물론 피해자가 스파이 신분이었다는 사실과 근육이완제나 비디오테이프에 관해서는 일절 말하지 않았다.

"…… 그래서 경찰은 행방을 감춘 파출부가 금전 문제나 혹은 치정으로 생긴 원한 때문에 자신을 고용한 미국인을 살해하고 도주한 것으로 추정하고 있습니다."

두주의 설명을 듣고서 정 기자가 고개를 끄덕였다.

"듣고 보니, 평범한 살인사건은 아닌 것 같군요. 피해자가 외국인이고, 살해수법이 극도로 잔인한 데다가 방화까지 저질렀으니 말입니다."

"상식적으로 납득이 안 되는 잔인한 범행 수법으로 봤을 때, 범인은 특수한 정신 병력이 있는 사람일 가능성이 높습니다."

두주는 정 기자를 상대로 약간의 과장과 거짓을 섞어서 능청스러운 연기를 펼쳤다.

"그런 것 같군요. 그런데 도 형사님, 파출부의 행방이 완전히 오리무중이라면 지명수배를 내리는 게 낫지 않을까요?"

"지명수배하려면 최소한 용의자의 대략적인 신원 정도는 파악이 돼야 하는데, 그게 안 되고 있어요. 이번 사건은 희한하게도 용의자의 신원을 추적할 만한 단서가 전무하다는 겁니다. 한심하게 들리겠지만, 수사 당국은 아직 사라진 파출부의 이름조차도 파악하지 못하고 있는 실정입니다. 우리도 여태까지 이런 황당한 경우는 처음입니다. 이렇게 비공식적으로 취재를 의뢰하는 건 SBC 뉴스를 통해 이 사건을 외부에 공개함으로써 시민들로부터 용의자에 대한 일말의 제보라도 얻어낼 수 있지 않을까 하는 기대 때문입니다."

"잘 알겠습니다. 어쨌든 이 살인사건은 뉴스로서의 가치는 충분하다고 봅니다. 지금 바로 현장 녹화에 들어가겠습니다."

마이크를 꺼내는 정 기자에게 내가 물었다.

"지금 취재해서 가면 방송은 언제쯤 탈 수 있겠나?"

"아마 내일 저녁 뉴스에는 나갈 수 있을 겁니다. 다른 초대형 사건만 터지지 않는다면 말이죠. 안 그렇습니까? 선배."

정 기자의 물음에 가방에서 촬영 장비를 꺼내던 카메라맨이 고개를 들며 말했다.

"원래부터 주말에는 평일보다 뉴스거리가 없는 편이니까, 내일 저녁 메인 뉴스에 내보낼 수 있을 거야."

침실 쪽을 손가락으로 가리키며 정 기자가 카메라맨에게 말했다.

"자, 먼저 피해자가 살해당했던 침실부터 찍고 나서, 방화가 일어난 서재로 옮겨서 마무리합시다."

방송국에서 온 두 사람이 방을 옮겨가며 현장을 취재하는 동안, 두 주와 나는 카메라에서 멀찍이 떨어져서 그들의 뉴스 제작을 지켜보았다. 30분 정도 지났을 무렵, 이제 작업을 다 마쳤는지 카메라맨이 촬영 장비를 접으려고 할 때 두주가 정 기자에게 다가서며 말했다.

"아직 한 군데 더 찍을 데가 남아 있습니다. 보시다시피 이 집 주인이 었던 미국인은 아래층은 놔두고 여기 2층에서만 거주했습니다. 그래서 부엌을 제외한 아래층은 거의 비워진 상태지요. 그런데 아래층의 방들 가운데 하나는 누군가가 계속 쓰고 있었던 걸로 보입니다. 그 방으로 한 번 가봅시다."

아래층으로 내려가 서쪽 구석 방문을 열고 들어가 보니, 내가 정 기자를 마중하러 가기 전보다 조금 더 꾸며져 있었다. 좀 전까지 없었던 1인용 소파가 방 한쪽 구석을 차지하고 있었고 내가 위층에서 옮겨놓은 TV 위에는 크리넥스 한 통이 올려져 있었다. 벽에는 앞치마와 달력이 걸려 있었다.

"이 방은 용의자인 파출부가 일하던 중에 잠깐씩 TV를 보거나 쉬는 용도로 썼던 것으로 여겨집니다. 하지만 아쉽게도 이 방에서도 용의자의 신원을 특정할 수 있는 단서는 찾지 못했습니다……."

그런데 뒤에서 두주의 설명을 듣고 있던 카메라맨이 TV 받침대 아래의 VTR을 유심히 보고서는 의아한 표정으로 말했다.

"이건 8미리 전용이잖아. 가정집에 8미리 플레이어가 있다니 별일이군. 대부분 VHS를 쓰는데."

카메라맨이 VTR을 만지려 하자, 두주가 그의 팔을 잡으며 제지했다.

"기사 양반, 사건 현장에 있는 물건을 함부로 만지면 곤란합니다."

카메라맨에게 주의를 준 뒤 두주가 말을 이었다.

"물론 8미리 VTR을 파출부가 가져다 놨을 리는 없겠죠. 생전의 피해자가 이 방에다 놔둔 것일 겝니다. 어쨌든 이 방도 촬영해서 뉴스에 나오도록 부탁합니다."

정 기자는 두주의 부탁을 선뜻 수락하였다.

"어려울 것 없지요. 선배, 여기서도 한 컷 찍읍시다."

좀 전 이층 현장에서 촬영할 때는 멀리 떨어져서 무관심하게 구경만 했던 두주였지만, 이 작고 구석진 방으로 내려와서는 카메라 뒤에 붙어서서 기사에게 촬영 각도와 거리에 대해서 짜증이 날 정도로 간섭을 해 댔다.

아래층 구석방까지 촬영을 끝마친 정 기자와 카메라맨은 자신들이 타고 온 방송국 승합차를 타고 언덕길 아래로 사라졌다.

정 기자 일행을 배웅하고 앞마당으로 돌아와서 두주에게 물었다.

"자넨 테이프를 회수하기 위해 혈안이 돼 있을 범인이 내일 송출될 뉴스에서 8 미리 VTR 장면을 보고서 다시 이곳으로 찾아올 거라 기대하는 것 같군. 하지만 뉴스가 내일 방영된다고 해도, 범인이 그 뉴스를 반드시 시청한다고 장담할 수는 없는 거잖아?"

내가 의문을 제기하자, 두주는 피우던 담배꽁초를 구둣발로 비벼 끄고서 자신의 생각을 제시했다.

"어떤 여자가 몰래 살인을 저질렀다고 가정을 해보세. 그 여자가 사람 죽이는 걸 예삿일로 여기는 살인귀가 아니고서야 짧아도 보름 동안은 다른 일 다 제쳐놓고 방송뉴스나 신문 사회면을 꼬박꼬박 챙겨볼 것일세. 자신의 범행 사실이 뉴스나 신문에 나오나 싶어 신경을 곤두세우는 것은 지극히 당연한 일이니까. 범인이 스타인버그를 죽인 지 이제 겨우 닷새밖에 지나지 않았어. 더군다나 휴일 저녁이라면 평일보다 뉴스를 볼 확률이 더 높다고 보네. 어느 정도 승산이 있는 게임이야."

"게임? 자네한테는 재미있는 게임일지 모르겠지만, 나한테는 위험천

만한 도박일세. 일이 잘못돼 꼬이게 되면 파면을 각오해야 할지도 몰라. 8미리 VTR을 미끼로 범인을 유인해 낸다는 자네의 시도에 내가 반대는 하지 않았지만, 범인이 뉴스를 아예 못 보거나 보고도 아무 반응도 하지 않을 수도 있는 것이야. 그리고 아무리 정 기자가 입을 다문다고 해도, 내가 언론에 사건 정보를 흘렸다는 게 드러나는 건 결국 시간문제란 말일세!"

내가 격하게 반응하자, 두주는 자신의 말실수를 인정했다.

"방금 게임이라고 말한 건 내가 실언한 걸세. 예상이 빗나가서 기대했던 결과가 나오지 않고, 자네가 문책당하고 책임져야 하는 상황이 닥칠 수도 있겠지. 박 경위, 자네도 알겠지만, 획기적인 성과를 내기 위해서는 어느 정도의 희생은 불가피한 것 아니겠는가? 경찰에서 쫓겨났던 2년 전으로 다시 돌아간다고 해도 나는 그때와 똑같은 선택을 할 걸세. 우린 자리 보전에만 연연해하는 족속들하고는 달라야 하지 않겠나?"

흥분을 어느 정도 가라앉힌 내가 두주에게 말했다.

"그래, 일은 이미 저질러 버렸으니, 이젠 밀고 나가는 수밖에 없겠지. 나중에 불거질 일은 그때 가서 생각하기로 하고⋯⋯. 도 형사, 우린 이제 뭘 해야 하나?"

두주는 배를 움켜잡으며 맥 빠진 목소리로 중얼거렸다.

"일단 저녁부터 먹고 생각해 보자구."

시계를 보니, 밤 10시가 다 돼 있었다. 원래 밤 10시까지 경계근무를 서야 했을 강 순경과 교대하기 위해 벽돌집에 당도한 신입 순경에게 현장을 인계하고, 우리는 굶주린 배를 채우기 위해 시내 쪽으로 내려왔다.

늦게까지 문을 연 감자탕집에 신발을 벗고 들어가서 주문 후에 지친 몸을 벽에 기댔다. 전날 밤부터 새벽까지 민지수를 미행하고 감시하느라 잠이 부족했던 데다가, 그날도 서울 여기저기를 돌아다니느라 몸은 녹초가 되어 있었다. 밥을 허겁지겁 먹고 주린 배가 채워지자, 졸음이 급속도로 밀려왔다.

"오늘 할 게 더 남았나?"

졸린 목소리로 두주에게 물었다.

"아니. 이제 일과를 마쳐야지. 여기서 커피 한 잔 마시고 각자의 집으로 돌아가서 푹 쉬도록 하세. 내일은 낮잠을 좀 자둬야 할 거야. 밤에는 철야 잠복근무가 기다리고 있을 테니까."

"자넨 범인이 즉각 반응할 거라 보는 것 같군?"

"확실히 장담은 못 하겠지만, 범인은 테이프 때문에 아주 절박한 심정일 테니 내일 저녁에 뉴스를 본다면 오래 머뭇거리지는 않을 거라고 봐. 내일 늦은 밤이나 모레 새벽에 올 가능성이 높다고 보네."

식사를 끝내고 우리 두 사람은 밖으로 나왔다. 차를 몰아 나를 서(署) 앞에 내려준 두주가 내 등에다 대고 말했다.

"내일 밤 9시에 사건 현장에서 다시 만나세. 아! 그리고 김 반장과 함께 오도록 하게. 이번에도 반장을 따돌린다면, 범인을 체포하더라도 자네 입장이 아주 곤란해질 것 같으니."

"그렇게 하지."

강력반 사무실로 돌아와 보니, 김 반장은 이미 퇴근한 후였다. 전화로 보고하려고 수화기를 들었다가, 이미 밤늦은 시간이었고, 나 역시 너무 지쳐있었으므로 반장에게 방송뉴스에 대한 자초지종을 알리는 건 다음 날로 미뤘다.

군데군데 형광등이 꺼져 있었기 때문에 안 그래도 칙칙한 강력반 사무실이 그날따라 더 황량하게 느껴졌다. 상부의 승낙도 받지 않고 맘대로 벌여놓은 일을 반장에게 납득시켜야 하는 어려운 숙제를 떠안은 채로 나는 집을 향해 무거운 발걸음을 내디뎠다.

9

✦ ✦

집에서 충분한 휴식을 취하고 일요일인 이튿날 늦은 오후, 나는 김 반장에게 전화를 걸어 스타인버그 사건과 관련하여 급히 보고할 게 있으니, 저녁에 서(署)에서 보자고 하였다.

일요일 저녁 7시, 경찰서 본관 뒤편 야외 흡연실로 쓰이는 정자에서 어젯밤 사건 현장에서 두주와 내가 벌인 일에 대해 보고하자, 반장은 아연실색하였다.

"나한테 허락도 안 받고 그런 일을 벌이다니! 박 경위, 지금 제정신인가?"

"반장님, 일이 잘못되면 모든 책임은 제가 지겠습니다."

"자네 하나만 다치는 걸로 끝날 성싶은가? 불똥은 나뿐만 아니라, 온 사방으로 다 튈 거야! 자넨 감당 못 할 일을 저지른 거라구."

"오늘 저녁에 방영될 뉴스를 지금은 막을 방법이 없습니다. 이미 화살은 활시위를 떠났단 말입니다. 일이 이렇게 된 이상, 잠시 후에 뉴스가 나오는 걸 보고, 사건 현장으로 가서 범인이 나타나기를 기다리는 것이 최선입니다."

내가 숙이고 들어가기는커녕 오히려 뻗대며 나오자, 좀 전까지 분개하며 고함치던 반장은 어이없어하는 표정으로 바뀌었다.

"이제 얼마 안 있으면 뉴스가 나옵니다. 반장님, 일이 예상대로 풀린다면, 내일 해 뜨기 전에 스타인버그를 살해한 범인을 잡을 수도 있습니다."

반장이 깊은 한숨을 내쉬고는 힘없는 목소리로 말했다.

"그래, 자네 말대로 사태를 원상태로 되돌리기엔 이미 늦은 것 같군. 일단은 사무실로 들어가서 뉴스를 보고 다시 얘기해 보세."

전날 정 기자가 우면동 사건 현장에서 취재해 간 뉴스는 SBC 저녁 종합뉴스 헤드라인에서 세 번째로 방영되었다. 사건의 개요에 관한 남자 앵커의 짤막한 멘트에 이어, 붉은 이층 벽돌집을 배경으로 정 기자의 카랑카랑한 목소리가 TV 스피커에서 흘러나왔다.

'지난 17일 이른 새벽, 우면산 인근에 있는 단독주택 2층 침실에서 미국인 남성이 칼에 찔려 숨진 채 발견됐습니다. 피해자는 국내에 진출한 모(某) 외국계 기업의 고위 임원으로서 재작년 9월에 입국했습니다. 범인은 범행을 저지르고 증거인멸을 위하여 건물에 불까지 지르고 달아났습니다. 경찰은 피해자의 주변 인물에 대한 수사를 통하여 용의자의 행방을 추석하고 있습니다. 사건 현장에서 SBC 뉴스 정용훕니다.'

뉴스 영상의 말미에 아래층 방에 갖다 놓은 TV와 VTR이 두주의 의도대로 비교적 또렷하게 화면에 잡혔다. 리모컨으로 TV 전원을 끄며 반장이 말했다.

"8 미리 VTR을 방송뉴스에 잠깐 비치게 하려고 이런 난리를 피웠단 말이군. 그런데 과연 범인이 방금 나온 뉴스를 봤을까?"

"저도 장담은 못 하겠습니다. 그건 운에 맡겨야죠. 반장님, 곧 사건 현장으로 출발해야 합니다. 아마도 오늘 밤은 무척이나 길 것 같습니다."

뉴스가 방영되고 5분도 지나지 않아서 깜짝 놀란 상관들로부터 전화가 빗발쳤다. 반장과 나는 언론사에 사건 정보를 흘린 게 누군지 파악해서 즉각 보고하겠다며 얼버무려 버리고 사건 현장인 우면동을 향해 출발하였다.

내가 반장을 태우고 사건 현장에 도착한 시각은 밤 8시 50분경이었다. 차에서 먼저 내린 반장이 대문 앞을 지키고 있던 순경을 철수시켰다. 서울이라고 해도, 산자락 아래 한적한 주택가인 데다 일요일 밤이어서 인적은 뜸하였다. 9시가 되자, 언덕 아래에서 남색 에스페로가 전조등을 밝히며 올라오는 것이 보였다. 반장이 차에서 내리는 두주를 보고서 비꼬는 투로 말했다.

"명탐정께서 납시었구먼! 사건 현장에서 자넬 보는 게 이번이 마지막이었으면 좋겠군."

"누군 좋아서 이러는 줄 아십니까? 강력반에서 잘만 한다면야, 제가 이렇게 설치고 다닐 이유가 없겠지요."

두 사람 사이의 신경전이 커지기 전에 내가 중간에 끼어들었다.

"반장님, 밖에서 이럴 게 아니라 일단 안으로 들어갑시다. 두주, 자네도 적당히 하게."

전등이 꺼진 가옥 내부는 캄캄했으나 밖에서 들어오는 약간의 불빛 덕분에 사물을 식별할 정도는 되었다. 시간이 어느 정도 흐르자, 눈이 어둠에 점차 익숙해졌다.

"어느 위치에서 잠복하는 게 좋겠나? 그냥 VTR을 갖다 놓은 방에서 기다릴까?"

나의 물음에 두주는 고개를 저었다.

"아닐세. 현관과 거실을 감시할 수 있는 부엌이 좋겠어. 용의자가 빨리 움직인다 해도 자정은 넘어야 올 것 같으니, 그때까지는 편하게 있자구."

우리 세 사람은 부엌에 있는 식탁 의자에 걸터앉았다. 반장은 두주를 쏘아보며 못마땅한 투로 말했다.

"새벽까지 범인이 안 나타나면, 우린 자네 때문에 헛고생하는 것이겠군."

"반장님, 마치 신참처럼 말씀하시는군요. 잠복이란 게 그렇게 간단하고 쉬운 일이 아니란 걸 잘 아시지 않습니까?"

시간이 좀 더 흘러 밤 11시가 되자, 우리는 간간이 하던 대화도 멈추었다. 부엌 싱크대 뒤에 몸을 숨기고 현관 쪽만 주시하며 범인이 나타나기를 기다렸다. 잠복근무를 설 때마다 느끼는 것이지만 시간은 생각보다 아주 더디게 흘러갔다.

자정이 지났지만, 바깥에서는 아무런 인기척도 들리지 않았다. 계속 시간만 흘러가자, 두주가 꾸민 유인책이 결국 실패로 귀결될 것 같다는 비관적인 예감이 점점 더 강해졌다.

새벽이 되자, 피로에 추위와 배고픔이 더해져 몸이 고달파 왔다. 잠복에 대비해서 미리 낮잠까지 자고 왔음에도 눈꺼풀이 조금씩 무거워져 눈을 덮으려 할 때, 현관 밖에서 희미한 그림자가 움직이는 것이 감지됐다. 얼마 후 잠기지 않은 현관문이 서서히 열렸다. 그때가 새벽 2시 55분 경이었다. 기대했던 상황이 일어나자, 졸음이 순식간에 달아났고 긴장감이 고조되었다. 나를 비롯한 세 사람은 숨을 죽이고 현관을 노려보았다. 현관문을 조심스레 열고서 운동화를 신은 채로 들어온 침입자는 손전등을 꺼내 집안 이곳저곳을 비춰보고 나서야 서쪽 구석방을 향해 천천히 걸어갔다.

반장과 나를 향해 수신호(手信號)를 보낸 두주가 먼저 몸을 일으켰다. 우리는 최대한 발소리를 내지 않고 침입자가 들어간 방으로 다가갔다. 두주가 벽면 위 스위치에 손을 뻗어 전등을 밝히니, 검은색 외투를 입은 여자가 VTR 앞에 쭈그리고 앉아 있는 모습이 드러났다. 여자의 손에는 두주가 미리 VTR에 넣어둔 공테이프가 쥐어져 있었다. 갑자기 켜진 불빛에 놀란 여자가 어깨를 꿈틀하더니 고개를 뒤로 돌렸다. 그녀와 눈이 마주친 나는 반사적으로 소리쳤다.

"꼼짝 마! 데이비드 스타인버그를 살해한 혐의로 당신을 체포한다!"

그 순간 여자의 얼굴에는 당황스러움과 절망감이 교차하였다. 나이는 아직 서른이 안 돼 보였고 남색 야구 모자 아래로 삐져나온 단발머리와 화장기 없는 맨얼굴이 중성적인 느낌을 주었다. 수갑을 채우기 위해 내가 여자의 팔을 붙잡자, 반장이 그녀의 손에서 테이프를 빼앗았다. 도망치는 것이 불가능하단 걸 알았는지 여자는 별다른 저항 없이 체포에 응하였다.

"일단 서(署)까지 동행해 줘야겠어. 우린 당신한테 물어볼 게 아주 많으니까!"

내가 망연자실한 듯한 여자를 향해 말했다.

체포한 용의자를 방 밖으로 끌고 나가려는데, 문 앞에서 두주가 한쪽 손을 살며시 들어 올렸다.

"잠깐, 데려가기 전에 한 가지 물어볼 게 있네."

뜬금없는 두주의 요구에 반장이 나를 대신하여 답했다.

"뭔가? 여기서 오래 지체할 수 없으니, 짧게 끝내게."

수갑을 찬 유력 용의자 앞으로 다가온 두주가 그녀의 눈을 주시하며 물었다.

"민지수의 부탁을 받고 범행을 저지른 것인가?"

"······."

여자는 놀란 눈으로 두주를 노려보았다. 얼마나 놀랐는지 그녀의 입술은 가늘게 떨렸고 표정은 일그러졌다.

"영상 전문가한테 보여줬더니, 이 테이프는 원본이 아니라 복사본이라 하더군."

여자는 훨씬 더 강한 충격을 받은 듯, 한동안 넋을 잃은 표정으로 멍하게 서 있었다.

"묵비권을 행사하는 용의자에게 더 이상 캐물어 봐야 소용이 없겠군요. 이제 됐으니, 연행해 가십시오. 반장님."

반장은 두주에게 손을 내밀어 악수를 청했다.

"도 형사, 아직 솜씨가 녹슬지 않았군. 자네한테 신세를 졌어."

"별말씀을요. 다소 무리수였던 오늘의 검거 작전을 반장님이 통 크게 추인하셨기에 용의자를 체포할 수 있었습니다."

"무리한 시도였지만 결과는 나쁘지 않군. 박 경위, 용의자를 빨리 압송하세."

반장이 용의자를 뒷좌석 안쪽으로 밀어 넣은 후 자신도 그 옆에 타고서는 차 문을 닫았다. 가속기에 발을 올릴 때 룸미러를 올려다보니, 어둠 속에서 담배를 입에 문 두주의 모습이 흐릿하게 비쳤다. 그는 내가 모는 차가 멀어져 안 보일 때까지 그 자리에 계속 서 있었다.

스타인버그 피살 사건의 유력한 용의자를 범행 현장에서 체포했다고 상부에 보고하자, 워낙 중대한 사건인지라, 아직 이른 새벽임에도 서장이 출근하여 용의자에 대한 취조 과정을 옆방에서 지켜보았다.

용의자로 체포된 채수현은 당시 28세였으며, 서울에 소재한 대학병원에서 외과 레지던트로 일하고 있었다. 그녀는 마포 한강 변에 있는 아파트에서 독신으로 거주하고 있었는데, 그곳은 공중전화카드를 추적하기 위해 방문했었던 편의점과 약 300미터 정도 떨어진 거리에 있었다. 그녀는 자신의 신상에 대해서는 밝혔으나 범행 사실인정을 비롯한 알리바이와 피해자와의 관계에 대해서는 진술을 거부하였다. 그날 새벽에 사건 현장인 우면동 저택에 왜 들어왔는지 이유를 물어도, 채수현은 묵비권으로 일관하여 나를 비롯한 수사팀을 곤란하게 하였다.

길고 길었던 월요일 하루가 저물어 갈 무렵, 두주한테서 주차장으로 잠깐 내려와 달라는 휴대폰 문자 메시지를 받고서 현관 밖으로 나와 두주를 만났다.

"지나가던 길에 잠시 들렀네. 채수현은 여전히 묵비권인가?"

"그래, 정말 어렵게 붙잡았는데……, 진술을 일절 거부하고 있어."

"수색영장은?"

"그게 빨리 나와야 일이 진행되는데 말이야. 오늘은 글렀고 내일이나 돼야 받을 수 있을 거 같아. 그건 그렇고 도 형사, 새벽에 붙잡힌 용의자한테 민지수 이름을 들먹이고, 복사본이 어쩌고 하면서 물어본 건 무슨 의도였나?"

"오늘 새벽, 체포 현장에서 나는 그동안 감춰져 있던 중요한 두 가지 사실을 알게 되었네. 첫 번째는 테이프를 손에 넣기 위해 그토록 필사적이었던 채수현이 정작 그 테이프에 대해서 별로 아는 게 없더라는 것일세. 자네도 봤다시피, 채수현은 VTR에 들어있던 8 미리 공테이프를 자신이 찾고자 했던 '진짜'라고 생각한 것 같더군. 이 사실을 가벼이 넘겨서는 안 되네. 왜냐하면 캠코더로 동영상을 찍은 건 용의자 채수현이 아닌 다른 사람이라는 방증이기 때문이지."

나는 사건의 이면에 숨겨진 어떤 심오한 비밀 같은 것을 알아냈을 거라 기대했는데, 막상 두주의 설명을 듣고 보니 별 게 아니란 생각이 들었다.

"그야 당연히 스타인버그의 짓이겠지. 보통은 남자들이 그런 걸 찍기 좋아하니까."

라디오 스위치를 끄고서 두주가 고개를 저었다.

"물론 나도 어제까지는 그렇게 생각했었네. 하지만 틀렸어. 왜냐하면 채수현은 레즈비언이기 때문이지."

레즈비언이라는 말을 듣고 나는 깜짝 놀랐다.

"도대체 무슨 근거로 그렇게 단정하는 건가? 짧은 헤어스타일 때문에?"

"단발머리나 심플한 옷차림만 가지고서 레즈비언인지를 판별해 내는 건 무리지. 새벽에 붙잡힌 채수현의 손톱을 보니까, 짧게 다듬어져 있더군."

"손톱이 짧은 게 어때서?"

내가 의아한 표정으로 되묻자, 두주가 픽 웃었다.

"다 알면서 모르는 척하는 건가?"

"그렇다면 비디오의 등장인물은 스타인버그와 채수현이 아니란 말인가?"

"레즈비언인 채수현이 스타인버그와 관계를 가졌을 가능성은 사실상 제로라고 봐야겠지."

"일단 그렇다 치고, 자네가 새벽에 채수현한테서 알아냈다는 다른 한 가지 사실은 뭔가?"

"자네도 옆에서 봐서 알겠지만, 내가 민지수의 부탁을 받고 범행을 저지른 것이냐고 물었을 때, 채수현은 아무 대답도 하지 않았네. 하지만 '민지수'라는 이름을 듣고서 놀란 표정까지 감추지는 못했지. 모르거나 별로 상관없는 이름이었다면 그렇게 반응할 까닭이 없었을 거야. 그것은 두 여자가 무관한 사이가 아니기 때문일세."

"그러고 보니, 둘은 스물여덟, 동갑이로군. 그렇다면 자네 말뜻은 민지수가 스타인버그와의 정사 장면이 찍힌 비디오테이프를 없애버리려는 목적으로 채수현에게 범행을 사주했다는 것인가?"

"그것도 틀렸네. 채수현에게 그런 엽기적인 범행을 저지르게 할 만한 동기가 생기지 않기 때문이지. 자신의 삶을 송두리째 날려버릴지도 모를 그런 위험천만한 범행을 저지를 땐 뭔가 절박한 이유가 있었기 때문일 테지. 그리고 그 경우라면, 애초에 민지수가 그러한 부탁을 채수현에게 할 생각조차 못 했을 걸세.

내 추정대로 채수현이 레즈비언이라고 본다면, 8 미리 테이프에 대한 앞의 두 가지 가설은 모두 틀린 것이 되네. 그렇다면 남는 경우의 수는 하나뿐이야. 채수현이 스타인버그를 잔혹하게 살해하고 나서 서재에 불까지 지르며 없애버리려고 했던 건 민지수와 사신 간의 동성애 장면이 촬영된 8 미리 테이프였을 걸세."

두주가 새로 내놓은 추론을 듣고서 처음에는 너무 비약하는 게 아닌가 싶었지만, 그렇다고 그가 내세운 논거들이 터무니없는 것이라 할 수도 없었다.

"그런 테이프가 어떻게 스타인버그의 손에 들어갔을까? 쉽게 납득이 안 되는군."

"바로 그 점이 미스테리야! 민지수가 일부러 보여줬을 리는 없겠고 ……. 아마 스타인버그가 민지수의 집에서 몰래 가져왔거나 했겠지. 어쨌든 현재로선 채수현의 입을 열게 하는 게 급선무로군."

그렇게 말한 후, 갑자기 무슨 생각이 떠올랐는지 두주는 시계를 흘끗 보고는 말했다.

"급히 가볼 데가 생겼어. 다시 연락하겠네."

온 김에 저녁이나 먹고 가라고 권했으나, 두주는 뒤도 돌아보지 않고 황급히 차를 몰고 밖으로 가 버렸다.

10

✦ ✦

판사가 발부한 수색영장은 다음 날 늦은 오후에서야 받을 수 있었다. 채수현이 살던 아파트부터 먼저 수색하기로 정하고, 강력반원들은 차량 두 대에 나눠 타고 한강을 건넜다. 신축된 지 얼마 되지 않은 25평짜리 아파트 내부는 비교적 깨끗이 정돈되어 있었다. 베란다 커튼을 옆으로 걷으니, 강변북로 너머로 푸른 한강의 전경이 펼쳐졌다.

수색을 시작하기 전에 김 반장이 반원들에게 짤막하게 지침을 내렸다.

"다른 것보다 범행도구인 주사기와 약물 용기를 최우선으로 찾도록!"

반원 여섯 명이 아파트 곳곳을 샅샅이 뒤졌는데도 범행을 입증할 결정적인 증거물은 나오지 않았다. 싱크대 안에 칼 두 자루가 들어 있었지만, 어느 가정집에나 있는 흔한 부엌칼과 과도일 뿐이었다. 나는 와인병을 찾기 위해 베란다와 다용도실을 살펴보고, 와인 얼룩 묻은 옷이 아직 집안 어딘가에 있는가 싶어 세탁기 주변과 옷장을 뒤져봤으나 아무것도 발견할 수 없었다.

그렇다고 그날의 가택 수색이 아무 성과도 없었던 것은 아니었다. 북쪽으로 면한 작은 방에 있던 책상 서랍 안에서 액면가 2,000원짜리 공중전화카드를 발견했는데, 그 전화카드 상단에 찍힌 일련번호와 공중전화 회사에서 조회하여 메모해 둔 번호를 대조해 보니, 정확하게 일치하였다. 그리고 싱크대 서랍 속에서 다른 주방용 잡화들과 뒤섞여 있던 조그마한 T자형 스크루를 찾아냈다.

침실 안으로 들어가 보니, 탁자 위에 작은 사진 액자가 하나 놓여 있었다. 사진틀 안에는 풋풋했던 시절의 채수현과 민지수가 다정하게 웃으며 포즈를 취하고 있었다. 책장에 꽂혀있던 앨범을 꺼내 펼치니, 고등학생 때부터 대학생 시절까지 둘이 같이 찍은 사진들이 여러 장 끼워져 있었다. 이것으로 보아 두 여자가 동성애 관계일 거라는 두주의 추정을 사실이라 속단할 순 없었지만, 적어도 둘이 매우 친밀한 사이임에는 분명하였다.

증거품이 될 만한 것들을 간추려서 차에 실은 뒤, 수사반은 체포되기 전까지 채수현이 외과 레지던트로 근무했던 대학병원을 향해 출발하였다.

대학병원은 채수현의 아파트에서 차로 15분 거리에 있었다. 영장을 제시하고 곧장 마취과 약품실로 들어가 근육이완제 재고량을 세어보니, 약품 수불대장에 적힌 것보다 한 병이 모자란 것으로 나왔다. 나는 의약품 재고관리를 담당하는 간호사에게 근육이완제가 없어진 이유에 대해서 추궁하였고 위압감을 느낀 그녀는 약제를 몰래 꺼내간 것으로 의심이 가는 사람이 있다고 실토하였다. 살인이 발생하기 불과 열 시간 전인 지난주 월요일 점심시간 무렵에 외과 레지던트 채수현이 약품 보관실에서 주변을 살피며 걸어 나오는 것을 목격했다는 진술을 담당 간호사에게

서 받아냈다.

"근육이완제가 한 병 부족하다는 사실은 언제 인지했습니까?"

내가 묻자, 간호사가 잔뜩 위축된 목소리로 답했다.

"바로는 아니고 이틀인가 지나서 정기 수량 점검 때 알게 됐어요."

"약이 없어진 사실을 상급자에게 보고는 했겠지요?"

"아니요. 아직……."

더 난감해진 간호사가 잔뜩 움츠러든 목소리로 대답했다.

근육이완제 약병을 담고 있던 상자와 약품 저장고에 묻은 지문을 채취하여 감식하였으나, 장갑을 끼고 약병을 꺼냈기 때문인지 채수현의 지문은 나오지 않았다. 그렇지만 이날 병원에 대한 압수수색을 통하여 비로소 채수현의 혐의를 구체적으로 입증해 줄 증인 진술을 확보하는 성과를 거두게 되었다.

며칠간 구체적인 증거를 제시하며 범행을 시인하라고 종용하였으나, 채수현은 계속 묵묵부답이었다.

"이봐, 계속 말 안 하고 버티면 당신한테 좋을 게 없어. 죄를 부정하고 뉘우치지 않으면 형량만 늘어난다고!"

"……."

채수현을 취조실에 앉혀놓고 반장이 다그쳤으나, 그녀는 여전히 냉소적으로 웃기만 할 뿐 아무런 대답도 하지 않았다.

"정말 독한 여자군. 이대로 검찰에 송치하는 수밖에 없겠어."

"혐의를 인정 안 하는 상태에서 검찰에 넘기면 우리 체면이 구겨질 텐데요?"

"그걸 누가 몰라서 그러나! 하지만 방법이 없잖아."

내가 다시 뭐라고 대꾸하려는 순간, 벨트에 끼운 가죽 케이스에 들어 있던 휴대폰이 부르르 떨렸다. 취조실 밖으로 나와서 받아보니, 도두주였다.

"어떤가? 수사는 진척이 있는가?"

"아니, 그냥 이대로 송검(送檢)해야 할 판이야."

"사건 수사에 도움이 될 만한 걸 갖고 왔으니, 지금 바로 나와 보게."

주차장으로 나가보니, 시동이 걸린 에스페로에 앉은 두주가 차창 밖으로 담뱃재를 털어내고 있었다.

"도움이 될 만한 게 뭔가?"

"꽉 닫힌 채수현의 입을 열게 해줄 열쇠지."

그렇게 말하고는 사진이 든 봉투를 나에게 건넸다. 봉투에서 사진을 꺼내 훑어보니, 두 장은 민지수와 한지석이 모텔에서 나오는 모습을 찍은 것이었고, 나머지 두 장은 민지수가 무용과 학생 조민희와 시내 번화가에서 웃으며 걷고 있는 모습을 찍은 것이었다.

"이걸 보여주면 채수현의 마음이 움직일 수도 있어. 난 원래 이런 염탐꾼 짓을 좋아하진 않네만, 어쩌겠는가? 현실에서 탐정 일의 대부분은 이런 잡스러운 것들이지."

"자넨 민지수가 이번 사건의 배후에서 모종의 역할을 했다고 생각하는 모양이군."

"범인과 스타인버그 사이의 연결고리는 민지수니까……. 이 사진들은 티 안 나게 넌지시 보여줘야 하네. 자네가 더 잘 알겠지만 이건 적법한 방식은 아니니까."

사진 봉투를 주머니에 챙겨 넣으며 두주에게 말했다.

"내가 알아서 할 테니, 걱정하지 말게. 자네의 수고가 헛되지 않았으면 좋겠군."

요지부동인 채수현의 심경을 바꾸기 위해 두주가 찍은 사진을 그녀에게 보여주었다. 그리고 두어 시간이 흘러 저녁 어둠이 깔릴 무렵, 다시 그녀를 취조실로 불러냈다.

"계속 버티는 건 무모한 짓이야. 이제 범행을 인정하는 게 어때?"

멍한 눈빛으로 한 곳만 바라보던 채수현은 허탈한 표정으로 힘겹게 입을 열었다.

"맞아요. 내가 그놈을 죽이고 방에 불을 질렀어요."

"범행동기가 뭔가? 왜 그런 짓을 했어?"

"그 비열한 인간이 내 인생을 완전히 망가뜨리려 했기 때문이에요. 나 자신을 지키기 위해서 어쩔 수가 없었어요."

"인생을 망가뜨리려 했다고? 무슨 의미인지 잘 모르겠군. 당신은 피해자 스타인버그와 무슨 관계였나?"

"작년 연말에 우연히 만났어요. 송각 근처에서 친구와 저녁을 먹고 있었는데, 친구의 직장 상사였던 그가 친구를 알아보고 우리 테이블로 와서 합석하게 되면서 스타인버그를 알게 됐던 거예요."

"그 친구라는 사람은 민지수겠군?"

채수현은 대답 대신 고개만 가볍게 끄덕였다.

그 시점부터 나는 피의자를 체포했던 날 저녁 무렵 두주한테서 들었던 비디오테이프에 관한 그의 추론에 근거하여 채수현을 신문(訊問)해 나갔다.

"8 미리 비디오테이프를 녹여버리려고 불을 질렀다는 것까지는 우리도 이미 파악하고 있어. 그 테이프는 민지수가 촬영한 게 맞지?"

이번에도 채수현은 대답 대신에 고개만 한 번 끄덕였다.

"그 비디오테이프를 틀어 본 적이 있나?"

채수현은 고개를 저었다.

"아니요. 사실 난 지수가 그런 걸 찍었는지도 몰랐어요. 한참 후에야 알게 됐어요."

대답을 마친 채수현의 눈빛은 심적인 고통에 휩싸인 듯 불안정해 보였지만, 나는 질문을 이어 나갔다.

"민지수가 스타인버그의 우면동 집에 그 테이프가 있다고 당신한테 알려줬었나?"

그 순간, 채수현은 날카로운 비명 같은 고함을 질렀다.

"그만! 됐으니까 제발 혼자 있게 해주세요!"

괴로움에 몸서리치던 여자는 탁자 위에 두 팔을 포개고 그 위에 얼굴을 파묻었다.

"말로 하기가 거북하다면 자술서를 적고 날인하는 방법도 있어. 내 생각엔 그편이 나을 것 같군. 시간을 줄 테니, 잘 생각해 봐."

취조실을 나가기 전에 뒤를 돌아보니, 참담한 심경 때문에 고통스러

위하는 여자의 절절함이 느껴졌다. 하지만 용서받기엔 그녀는 너무나 큰 죄를 저질러 버렸다. 취조실 구석 자리에 앉아 참관하던 여경(女警)이 채수현 곁으로 다가와 고통스러워하는 그녀를 진정시키려 애썼다.

피의자 채수현이 자신의 범행에 대하여 작성한 자술서의 내용을 옮기면 대략 이러하다.

채수현과 민지수는 지방 모 광역시 출신이며, 고등학교 때 서로를 알게 되었고 곧 친밀한 사이로 발전하였다. 둘 다 서울 소재의 대학에 진학하여 졸업 전까지 자취생활을 함께 하였다. 지난 10년 동안 친구 이상의 특별한 관계를 이어오고 있었지만, 스타인버그가 그들 사이에 나타난 후부터 두 여자의 관계는 흔들리기 시작했다. 그해 2월 하순의 어느 야심한 밤에 채수현은 민지수로부터 매우 황급한 전화 한 통을 받게 되었다. 민지수는 겁에 질려 떨리는 목소리로 다음과 같은 충격적인 사연을 채수현에게 털어놓았다.

지난 여름 어느 무더운 날, 민지수는 스타인버그를 포함한 회사 동료 몇 사람을 자기 아파트로 초대하여 저녁 식사를 대접했던 일이 있었다. 그리고 며칠 후, 책상 안 캠코더에 꽂혀 있던 8 미리 비디오테이프가 없어졌다는 사실을 알게 됐는데, 그 테이프는 민지수가 채수현 몰래 두 사람의 동성애 장면을 장난삼아 찍어놨던 것이라고 했다. 테이프를 몰래 꺼내 간 사람은 바로 스타인버그였다. 얼마 후 그는 자기가 원하는 것을 들어주지 않으면, 테이프 복사본을 만들어 외부에 유출하겠다고 협박했으므로 민지수는 어쩔 수 없이 스타인버그의 요구를 받아들일 수밖에 없었다고 하였다.

스타인버그는 시간이 지날수록 점점 변태적이고 가학적으로 바뀌었다고 했다. 이에 견디기 힘들어진 민지수는 차라리 죽었으면 죽었지 더 이상 스타인버그의 성노예로 살지 않겠다고 결심하고서, 테이프의 또 다른 당사자인 채수현에게 8 미리 테이프에 관한 일들을 고백하고 자기 잘못과 실수에 대하여 용서를 구하였다.

민지수는 화가 치밀어 오른 스타인버그가 자신에 대한 보복으로 비디오테이프를 외부에 퍼트릴지도 모른다며 걱정하였다. 그러니 어떻게든 그에게서 테이프를 되찾아 와야 한다고 말하며 불안감과 심적 고통을 채수현에게 호소하였다.

하지만 민지수는 어떠한 경우라도, 이 일을 경찰에 알리지는 말아 달라고 채수현에게 부탁하였다. 만약에 경찰에 신고한다면, 자신은 자살해 버리겠다고 말할 정도였다. 신고받은 경찰이 수사에 나서 스타인버그를 체포하고 테이프가 밖으로 유출되는 걸 막는다손 치더라도, 압수한 테이프를 틀어 볼 것이 분명하므로 절대로 경찰이 개입돼서는 안 된다고 당부하였다. 채수현도 그 점에 대해서는 이견이 없었다.

민지수의 전화를 받고서부터 채수현은 이전과 같은 일상적인 삶을 영위할 수 없었다. 테이프가 외부로 유출되어 레즈비언이라는 소문이 퍼질 경우, 그녀는 병원을 그만둬야 할 뿐만이 아니라, 가족이나 동료들로부터 외면받게 될 것을 두려워하였다. 그리고 동시에 친구이자 연인이었던 민지수를 자신으로부터 빼앗아 가고 성적인 학대까지 일삼았던 스타인버그에 대한 증오심 또한 점점 깊어져 갔다.

번민을 거듭하던 끝에 채수현은 자신이 직접 스타인버그를 처단하고 테이프를 찾아오기 위하여 범행을 결심하였다. 그녀는 지난 연말 무렵에 스타인버그와 합석했던 적이 있었으므로 그와 면식이 있었고, 그때 그로부터 받아 놓은 명함도 가지고 있었다. 채수현은 3월 16일 밤 9시경 역삼역에 있는 공중전화기를 이용하여 스타인버그의 휴대폰으로 전화를 걸었다. 가까운 곳에서 만나자고 그를 유혹하였고, 결국 채수현은 밤 깊은 시간에 이층집에서 엽기적인 살인과 방화를 저지르고 말았다.

11

◆ ◆

채수현으로부터 자술서를 받아낸 다음 날 오전, 민지수를 조사하기 위해 나는 반장과 두주를 태우고 그녀의 아파트가 있는 잠실 방면으로 차를 몰았다.

"이봐! 도 형사, 별로 안 내키지만, 오늘 자넬 끼워주는 건 이번 사건 해결에 일정 부분 기여한 점을 특별히 인정하기 때문인 걸세."

"반장님께서 그렇게 말씀해 주시니, 너무나 감격스럽군요."

두주가 비딱하게 대꾸하자, 반장이 발끈하였다.

"흥! 칭찬을 해주면, 좀 공손해져 보게. 그냥 고맙다고 하면 죽기라도 하나?"

두 사람의 신경전이 더 커지지 않도록 나는 화제를 돌렸다.

"반장님, 이제 다 와 갑니다. 그런데 민지수가 어떻게 나올 거라 보십니까?"

"자네도 만나봐서 알겠지만, 그 여자는 결코 만만한 상대가 아닐세. 사실대로 말할 거라 기대하는 건 순진한 생각이야."

뒷좌석에 다리를 꼬고 앉은 두주가 말을 받았다.

"나도 반장님과 같은 생각일세. 민지수라는 여자를 빨리 만나보고 싶군. 아주 기대돼."

초인종을 누르고 얼마 지나지 않아, 안에서 현관문을 열어주었다. 민지수는 청바지와 몸매가 드러나는 흰 티셔츠를 입고 있었다. 화장기 없는 얼굴이었음에도 그녀의 빛나는 미모는 여전히 남자의 마음을 설레게 하였다.

"경찰입니다. 우리 얼굴을 벌써 잊어버린 건 아니겠지요?"

반장이 친한 척 말을 걸자, 민지수는 웃는 얼굴로 응대했다.

"그럴 리가 있겠어요. 안으로 들어오세요."

최신 고급 아파트답게 내부도 밝고 산뜻한 느낌을 주었다. 거실 곳곳에 놓인 세련된 장식품과 벽에 걸린 추상화들이 집주인의 고상한 취향을 드러내 주었다.

"평일인데 출근을 안 했군요? 회사에 경찰이 찾아오는 게 부담스러워서 일부러 휴가를 낸 건가요?"

나의 물음에 민지수는 어이없다는 듯 키득거리며 웃었다.

"천만에요. 아무 잘못도 없는데 왜 경찰을 피하겠어요? 오늘은 원래부터 쉬려고 했을 뿐이에요."

두주가 민지수 앞으로 다가와 그녀에게 실문하였다.

"당신은 스타인버그를 죽인 범인이 채수현이라는 사실을 처음부터 알고 있었습니다. 그렇죠?"

일순간 민지수의 얼굴이 얼음장처럼 바뀌었으나 곧 표정을 풀고 역으로 우리에게 질문을 던졌다.

"그런데 이분은 누구시죠? 지난번 회사에 방문 조사하러 오셨을 땐 없었던 분 같은데?"

그녀로부터 뜻밖의 질문을 받고서 나뿐만 아니라 반장도 어떻게 답을 해야 할지 난감했는데, 순발력 넘치는 전직 형사는 능청스러운 거짓말로 상황을 가뿐히 모면하였다.

"나는 범죄 심리전문가로서 특별수사반을 지원해달라는 상부 기관의 촉탁을 받고서 여기 동행한 겁니다. 통상적인 살인사건과 달리, 이번 사건은 워낙 복잡하고 난해해서 경찰 자체의 역량만으론 해결이 어려웠나 봅니다."

"그렇다면 잘못 찾아오신 거네요. 난 이번 사건과 아무 관련이 없으니까요."

그러자 두주는 굳은 표정을 하고서 엄중하게 힐문했다.

"당신이 범행과 무관치 않다는 건 당신 스스로가 더 잘 알 텐데?"

두주가 압박을 가하였으나, 민지수는 주눅 들지 않고 여유로운 태도로 답했다.

"난 아무 죄가 없어요."

"아무 죄가 없으시다? 좋소! 그럼 좀 더 구체적인 질문을 해보지. 스타인버그에게 도난당하기 전에 8미리 테이프는 어디에 보관하고 있었나요?"

"저기 작은 방에 있는 수납장에 들어 있었어요. 캠코더 본체에 장착된 채로요. 작년 8월 중순쯤 회사 동료 네 사람을 집으로 저녁 초대했는데, 그 중엔 저의 상사였던 스타인버그도 포함돼 있었어요. 거실에서 일행들과 식사하던 중, 그 인간이 저 방에 들어갔다가 캠코더를 발견하고 테이프를 훔쳤던 거예요. 저는 손님들한테 요리와 음료를 대접하느라 경황이 없어서 도난당하는 걸 알아차리지 못했어요."

"안에서 테이프만 빼갔단 거로군. 그렇다면 캠코더는 아직 그대로 있겠군요? 그걸 좀 꺼내봐 주겠소?"

두주의 요구에 민지수는 고개를 저으며 단호하게 말했다.

"없어요. 버린 지 한참 됐어요."

"왜 버린 겁니까? 갑자기 고장이 나지는 않았을 텐데."

"캠코더만 보면 그와 연관되어 악몽 같았던 일들이 자꾸 떠올라서 그랬어요."

"정말 아쉬운 일이군요. 캠코더가 아직 그대로 있고, 거기서 스타인버그의 지문이 검출된다면, 당신이 하는 진술이 훨씬 신빙성을 얻을 수 있을 텐데 말입니다."

나는 여기 도착하기 전부터 물어보고 싶었던 질문을 민지수에게 던졌다.

"신고만 일찍 했다면, 이런 끔찍한 비극은 벌어지지 않았을 겁니다. 왜 진작에 스타인버그의 절도 행위에 대해서 신고하지 않았나요?"

"경찰에 신고하는 순간, 나와 수현이의 관계가 온 세상에 다 퍼지게 될 텐데. 어떻게 신고할 수 있겠어요. 어차피 지금은 그렇게 돼 버리고 말았지만……"

민지수의 대답을 듣고 반장이 발끈하며 불쾌한 어조로 소리쳤다.

"경찰을 그렇게 못 믿다니! 도무지 이해할 수가 없군."

"경찰이든 누구든 제삼자가 알게 되는 순간, 그건 더 이상 비밀일 수가 없기 때문이죠."

소파에서 일어난 두주가 벽에 등을 기대고 잠시 생각에 잠겼다. 그는 민지수의 눈을 응시하며 감정 없이 초연한 투로 말을 시작했다.

"사건 현장에서 8 미리 테이프가 하나 발견됐는데, 그걸 틀어 보니, 민지수 당신과 붙잡혀 있는 당신 친구가 제대로 황홀경에 빠져있는 모습이 꽤 볼만하더군."

두주가 한 말을 듣고 민지수는 갑자기 터져 나오는 웃음을 참지 못했다.

"하하하……."

"왜 웃는 거지?"

"이봐요! 당신 정말 경찰 맞아요?"

"범죄 심리전문가라 했지, 경찰이라고 한 적 없어. 당신이 왜 미친 듯이 웃어댔는지 이유를 말해줄까?"

민지수의 눈은 표독스럽게 변해 있었다.

"당신이 웃음을 참지 못한 건, 이 살인사건의 원인이 됐던 8 미리 테이프란 게 처음부터 존재하지 않았기 때문이야. 그런데 방금 내가 그 테이프를 찾아서 틀어봤다고 하니까, 기가 막혀서 웃음을 못 참았던 것이지. 당신은 교묘한 거짓말로 테이프가 실제로 있는 것처럼 채수현을 속였던 거야. 비밀스러운 사생활이 세상에 알려지게 되는 것에 대한 두려움과 스타인버그에 대한 복수심을 불러일으키게 하여 채수현이 그를 죽이도록 충동질했던 게 아닌가?"

겨우 정리되어 가던 사건이 테이프의 존재가 거짓이라는 두주의 말로 인해 다시 복잡하게 꼬이는 것 같아서 내 머릿속은 혼란스러워졌다.

"그게 무슨 소린가? 테이프의 존재가 거짓이라니?"

"다 이 여자가 꾸며낸 말일세."

자신이 채수현을 거짓말로 속이고 살인을 범하도록 유도했다는 말을 듣게 되자, 민지수는 그때까지의 여유 만만한 태도에서 돌변하여 감추고 있던 분노를 여과 없이 드러내기 시작했다.

"별 미친 사람을 다 보는군! 아무 증거도 없으면서 무고한 사람을 죄인 취급하다니, 이건 명백한 인권침해야! 절대 용서 못 해."

분개한 민지수의 얼굴을 본 두주가 지긋이 웃으며 말했다.

"이제야 본색을 드러내시는군. 그게 바로 당신의 진짜 모습이겠지."

나는 두주에게 그 정도로 해두고 일단 돌아가자며 그의 팔을 당겼다. 떠나기 전에 반장이 민지수에게 말했다.

"우린 조만간 민지수 씨한테 정식으로 출석요구서를 보낼 겁니다. 그때 꼭 나오세요. 피의자와의 대질신문과 거짓말 탐지기가 당신을 기다리고 있으니까요. 오늘은 이만, 경찰서에서 다시 봅시다."

너무 흥분하여 거친 숨을 몰아쉬는 민지수를 남겨놓고 우리는 아파트에서 내려왔다. 서(署)로 돌아가는 길에 반장이 고개를 돌려 뒤에 앉은 두주에게 물었다.

"민지수를 잡아넣을 수 있을까?"

"쉽지 않을 겁니다. 테이프가 실제로 존재했는지 확인해 줄 수 있는 사람은 스타인버그가 유일합니다. 하지만 그는 이미 죽었고, 죽은 자는 말이 없으니까요."

"스타인버그만 불쌍하게 됐군. 무고한 사람이었는데, 독한 여자들 때문에 그런 비참한 죽임을 당하고 말았으니……."

"맘에 든다고 아무 여자나 막 건드리다가 신세 조진 거지요."

정지 신호에 차가 잠시 멈춰 섰을 때, 내가 두주에게 물었다.

"민지수는 왜 그런 엄청난 거짓말을 지어내서 스타인버그를 살해하려 했을까?"

"그 이유는 오직 민지수 자신만이 알겠지. 하지만 그 여자로부터 진실을 들을 순 없을 걸세……. 아마 이랬을 수도 있지 않을까 싶어. 내연 관계였던 스타인버그에게 이미 애정이 식어버렸는데, 그가 계속 자신에게 미련을 갖고 집착하는 게 싫어서 그런 음모를 꾸몄을 수도 있을 거야. 민지수 같은 여자는 남한테 구속당하는 걸 못 견뎌 하니까. 이건 단지 내 개인적인 추측일 뿐이니까 듣고 흘려버리게."

두주의 말을 듣고 반장이 낄낄거리며 웃었다.

"자네, 정말 심리전문가인 것처럼 말하는군. 그런데 민지수는 왜 하필 자신의 동성 애인이었던 채수현으로 하여금 스타인버그를 살해하게 했을까? 난 이해가 잘 안 되는데, 이에 관해서도 설명할 수 있겠나?"

"스타인버그의 경우와 마찬가지일 거라 봅니다. 민지수는 너무 오랫동안 사귀어서 채수현에 대한 감정이 무뎌졌고 그래서 새로운 상대를 만나고 싶었을 겁니다. 채수현이 자신을 향해 쏟는 집착의 에너지를 스타인버그에 대한 증오심으로 변환시켜 그를 죽이도록 유도했던 것이겠지요. 즉 민지수는 손에 피 한 방울 안 묻히고 자신에게 집착하던 두 사람을 동시에 정리해 버린 겁니다."

"도 형사, 자네 추측이 얼마나 맞는지는 모르겠지만, 제법 그럴듯하게 들리는군. 아귀가 맞아 들어가는 것 같아."

아직 평일 낮이라 도로 소통이 원활하여 서(署)까지 금방 도착하였다. 먼저 차에서 내린 두주가 짧은 인사말을 남기고 자신의 에스페로를 타고 서쪽으로 사라져 버렸다.

민지수의 아파트에서 돌아오고 나서 한 시간쯤 지났을 때, 반장이 급하게 나를 불렀다.

"서장님이 우릴 찾으시네. 지금 바로 올라오라는군."

서장실 문을 열고 들어가 보니, 낯선 외국인 두 명이 소파에 앉아 서장과 차를 마시고 있었다.

"어서들 오게. 여기 계신 분은 미국대사관에서 나오신 제임스 파커 참사관이시네. 이번 사건을 담당했던 자네들을 치하하기 위해서 일부러 여기까지 오신 것일세."

정장을 입고 콧수염을 기른 오십 대쯤으로 보이는 중년의 미국인은 유창한 한국말로 우리에게 진정으로 고마움을 표했다.

"두 분이 이번 사건을 해결하는데, 큰 역할을 했다고 들었습니다. 대사님을 대신해서 감사의 인사를 전하러 왔습니다. 참혹한 사건이었지만, 범인이 빨리 잡힌 건 그나마 다행스러운 일입니다. 만약에 사건이 계속 미해결 상태로 남게 됐다면, 우린 범행의 배후를 오판하게 되어 자칫 특정 국가와 큰 마찰을 일으킬 뻔했으니까요."

반장이 흐뭇한 표정으로 답했다.

"별말씀을요. 저희는 수사관으로서의 직분을 다 했을 뿐입니다. 그런데 한국말을 정말 잘하시는군요."

"한국인 아내한테 배운 겁니다. 와이프와 15년 동안 살면서 틈틈이 익혔지요. 그건 그렇고, 내가 듣기론 수사에 참여한 형사가 한 명 더 있었다던데……. 가죽 잠바를 입고 머리를 기른 형사는 어디 있습니까?"

우쭐해 있던 반장은 이내 당황한 얼굴로 변해 버렸다. 두주가 사건 수사에 개입했다는 사실을 서장에게 들킬까 두려워 좌불안석이 된 반장을 대신하여 내가 느긋한 표정을 지으며 대답했다.

"CIA가 세계 각지에서 현지 정보원들을 운용하고 있듯이, 우리에게도 민간의 조력자가 있습니다."

내 말을 듣고서, 참사관은 대충 알겠다는 뜻으로 싱긋 웃기만 했다. 서장이 의심스러운 눈빛으로 잠시 나를 쏘아보기는 했지만, 더 이상 캐묻지는 않았다.

서장실에서 내려와 창밖을 보니, 봄비치고는 제법 굵은 빗줄기가 쏟아지고 있었다. 나는 사무실 밖으로 나와 한동안 끊었던 담배를 다시 물었다. 몇 달 만에 다시 피우는 담배였지만 조금도 거북하지 않았다. 진한 담배 연기가 지친 나를 위무해 주었다.

지금까지도 스타인버그 살해사건의 배후와 진상은 명쾌하게 밝혀지지 않고 있다. 살인을 부추겼던 걸로 의심되는 민지수에 대한 심판은 다른 이들의 몫이었으므로 나의 역할은 거기까지였다. 민지수는 소환되기는 했지만, 무슨 이유에선지 담당 검사는 제대로 된 조사도 하지 않고 증거불충분을 이유로 불기소처분을 내렸다. 그렇지만 사건의 여파와 그로 인한 갖가지 추문 때문에 더 이상 회사를 계속 다닐 수 없게 된 민지수는 자취를 감추었다. 유죄가 확정된 채수현은 무기징역을 선고받고 기나긴 수감생활을 이어가고 있다.

비정상적인 애욕(愛慾)과 집착, 그리고 거짓말이 난무했던 엽기적인 살인사건은 언젠가부터 내 기억 속에서 조금씩 잊혀 갔다.

3
백악 산장의 괴사건

1

✦ ✦

태양의 열기가 유난히 뜨거웠던 그해 5월이 지나가고 6월에 접어들자, 언제 그랬냐는 듯 흐리고 선선한 날들이 계속 이어졌다. 모처럼 휴일을 맞아 오랫동안 미뤄왔던 등산을 가기 위해 배낭을 꾸리던 중 휴대폰 벨이 울렸다. 받아보니 이제 삼십 대 후반쯤 될 것 같은 낯선 여자의 음성이 수화기 너머에서 들려왔다.

"박 형사님, 맞으시죠? 혹시 강인한 사장을 기억하시나요? 저는 그이의 안사람, 윤정숙이라고 합니다."

몹시 초조했는지 여자의 목소리는 떨리고 불안정했다.

"강인한…… . 강인한 사장이라면 강남역 근처에서 맥줏집을 운영하던 분으로 기억합니다만?"

"예, 맞아요…… . 그런데 지금, 저희 남편은 존속살해 혐의로 구치소에 갇혀 있습니다. 정말 너무 억울합니다! 그이는 절대로 그런 짓을 저지를 사람이 아니라구요."

여자는 감정에 북받친 나머지 말을 조리 있게 이어가지 못했다.

"부인, 알겠으니 일단 좀 진정하세요. 그러니까 남편분이 살인 혐의로 구속돼 있다는 것이로군요. 강인한 사장에게 무슨 일이 일어났는지 차분히 말해보세요."

강인한이라는 사람은 강남역 인근의 번화가에서 제법 규모가 큰 맥주 홀을 경영하던 사람이었다. 그때로부터 일 년 전, 자신의 영업장 안에서 발생했던 폭행 사건의 피의자로 지목된 그는 관할 서(署)로 연행되어 담당 형사였던 나에게 조사받았던 전적이 있었다.

그날 강인한의 아내가 전화상으로 나에게 전한 사연을 요약하면 대략 이러하다.

그녀가 나에게 전화를 건 날로부터 엿새 전, 강인한 부친의 생일을 맞아 충북 괴산에 있는 별장에 가족들이 모여 저녁 식사를 함께 했다고 한다. 강인한이 서울로 귀가하고 그 이튿날 초저녁 무렵, 갑자기 집으로 들이닥친 형사들이 강인한을 체포하여 괴산으로 압송해 갔는데, 그가 경찰로부터 받는 혐의는 독극물을 이용하여 아버지와 계모를 살해하고 계모의 남동생을 중태에 빠트렸다는 것이었다.

"그렇군요. 어떤 용건인지 대충 알겠습니다. 하지만 오늘은 일요일인데다가 전화상으로는 도와드리는 데는 한계가 있으니, 일단 여기서 통화를 마쳐야겠습니다. 내일 오후 5시에 서울시경 앞으로 와서 이 번호로 다시 걸어 주기를 바랍니다."

통화를 마치고 나는 강인한이라는 인물에 대하여 기억을 더듬어 보았다. 짙은 눈썹에 부리부리한 눈, 곰처럼 넓은 어깨를 가졌던 그는 인상적인 모습으로 내 기억 속에 남아 있었다. 잠시 빠졌던 상념에서 나와 시계를 보니, 벌써 11시 30분을 지나고 있었다. 나는 서둘러 배낭을 묶고 집에서 나와 관악산으로 향했다.

　　등산을 마치고 집에 돌아오니, 저녁 7시가 다 되어 있었다. 산에서 내려오는 동안 윤정숙이 전화상으로 알려온 괴산에서 벌어졌다는 사건에 대해 나는 곰곰이 생각해 보았다. 아마도 살인 혐의로 구속된 강인한이 그의 아내를 시켜 나에게 전화를 걸게 했을 것으로 짐작되었다. 그것이 의미하는 바는 강인한이 일 년 전에 있었던 폭행 사건의 담당 형사로서 피의자인 자신을 수사했었던 나를 상당히 신뢰하고 있으며, 더 나아가 나에게 도움을 청하고자 하는 것으로 이해되었다. 내가 경찰 신분이긴 하지만 그를 도울 방도는 거의 없었다. 관할구역 밖의 사건에 대해서 이 래저래 들쑤시고 다니는 것은 아주 볼썽사나운 일이기 때문이다. 그러다 자연스레 머릿속에 '도두주'라는 이름 세 글자가 떠올랐다. 바로 그의 휴대폰으로 전화를 걸었다.

　　"일요일 저녁에 어쩐 일인가?"

　　잠에서 막 깬 것 같은 두주의 목소리가 수화기에서 흘러나왔다.

　　"부탁할 게 있어서 그러네. 낮에 나한테 사적으로 도움을 청하는 전화가 걸려 왔어. 구치소에 수감된 살인 피의자의 아내로부터 온 것일세. 그런데 지방에서 일어난 사건이라 내가 직접 나서긴 곤란하네. 사건의 구체적인 내용에 대해선 나도 잘 몰라. 내일 저녁에 의뢰인을 데리고 자네한테 가려고 하는데 괜찮겠나?"

두주는 잠시의 망설임도 없이 답했다.

"데려오게. 몇 시에 올 텐가?"

"내일 저녁 여섯 시쯤 자네 집으로 데려가겠네. 사건에 대한 자세한 내막은 내일 의뢰인한테서 같이 들어보자구."

통화를 마친 나는 다소 가벼워진 마음으로 낡고 색바랜 소파에 몸을 눕혔다.

2

✦ ✦

약한 빗방울이 흩날리던 월요일 늦은 오후, 어제 나에게 전화를 걸었던 강인한의 아내, 윤정숙을 태우고 두주의 집으로 차를 몰았다. 그리 멀지 않은 거리였지만 쏟아져나오는 퇴근 차량 때문에 두주의 집까지 도착하는데 40분 이상 소요되었다.

방문은 이미 열려 있었고 나의 인기척 소리를 들은 두주가 우리 일행을 맞이하였다. 그에게 여자 의뢰인을 데려온다고 예고했기 때문인지 몰라도 평소보다 방이 훨씬 청결했으며, 환기까지 된 상태라 방에 밴 담배 냄새도 그리 불쾌할 정도는 아니었다.

"자, 이쪽으로 앉으세요. 어려운 걸음을 해주셨군요. 바깥분이 구치소에서 고초를 겪고 있다는 얘기는 이미 들었습니다. 일주일 전에 괴산에서 일어났던 사건에 대해 있는 그대로 진술해 주세요. 설령 남편분에게 불리한 내용이라고 해도 그것을 빼먹으면 안 됩니다."

윤정숙은 고개를 끄덕이고서 잠시 후 입술을 떼었다.

"저희 가정에 이런 끔찍한 일들이 벌어지다니……. 도무지 믿기지 않아요. 시부모님과 남편 사이에 갈등이 있었던 건 사실이지만 그이는 절대로 살인을 저지를 사람이 아닙니다.

괴산은 시아버님이 젊은 시절에 서울로 올라오시기 전까지 시댁이 집안 대대로 살았던 고향입니다. 몇 년 전부터 건강이 안 좋아진 아버님은 요양을 위해 고향 산자락에 별장을 지었고 가끔 서울에서 그곳으로 내려와 머무르시곤 하셨지요. 그 별장에서 생신날인 6월 8일에 가족들이 모여 저녁 식사를 했습니다."

의뢰인의 얘기를 듣고 있던 두주가 말했다.

"생일날 저녁 식사 자리에 참석했던 사람들에 대해서 얘기해 보세요."

"원래 시어머님은 남편이 중학교 다닐 때 병으로 일찍 돌아가셨습니다. 아버님은 오랫동안 홀로 지내시다가 삼 년 전에 지금의 어머님을 만나 재혼하셨어요. 아버님 부부 내외분과 남편과 저, 괴산 읍내에 사시는 시당숙 그리고 어머님의 남동생분이 별장에서 저녁을 같이 먹기 위해 모였습니다.

아버님은 서울에서 부동산 임대와 유통체인 사업으로 큰 재산을 모으셨어요. 그런데 돈에 대해서는 아주 인색한 편이었고, 어쩌다 화가 나면 불처럼 변하는 성격이셨죠. 남편과는 재산증여 문제 때문에 몇 달 전부터 감정의 골이 점점 깊어 가고 있었습니다.

저녁 식사가 끝나갈 즈음 남편이 말했습니다.

'아버지, 어차피 나중에 상속받게 될 거를 사업자금이 절실히 필요한 지금, 먼저 당겨 받자는 것일 뿐입니다. 그러니까 제 상속분에서 일부만 미리 증여해 주시라는 겁니다.'

'또 돈타령을 하는 게냐? 여태껏 니가 사업한답시고 내 돈을 얼마나

많이 갖다 썼는지 아느냐? 니가 해왔던 사업 중에 제대로 된 게 하나라
도 있느냔 말이다!'

'사업을 하다 보면 시행착오를 겪게 된다는 건 아버지도 잘 아시잖아
요. 이번 고비만 잘 넘기면 자리를 잡을 겁니다. 제발 한 번만 더 도와
주십시오.'

그이가 운영하는 강남의 맥주 홀을 비롯한 몇몇 사업체가 IMF 불경
기 때문에 자금 사정이 점점 어려워지고 있었어요. 그래서 나중에 아버
님이 돌아가시면 받게 될 상속재산 중 일부를 사업자금이 긴요한 지금
증여해 주실 것을 아버님께 계속 요청했던 것이지요. 그런데 아버님 옆
자리에 앉아서 듣고 있던 어머님이 끼어들었습니다.

'아버지 생신날에 와서 상속 얘기를 꺼내는 건 예의가 아니지 않니?
그리고 네가 여태까지 집에서 받아가서 날린 재산이 얼마나 되는 줄은
아니?'

그 말을 듣고 비위가 상한 남편이 거친 목소리로 맞받았습니다.

'뭐? 날렸다고! 이 여자가 어디서 함부로 지껄이는 거야!'

'여보, 그만 하세요. 참아요!'

남편을 말리려 했지만 때는 이미 늦어 버렸습니다. 아들이 자신의 면
전에서 계모에게 반말로 대드는 것을 보게 된 아버님은 들고 있던 숟가
락을 남편의 얼굴을 향해 던져버렸습니다. 화가 난 아버님의 얼굴은 붉
게 달아올라 있었습니다.

'야, 이놈아! 그게 무슨 말버릇이냐! 꼴 보기 싫으니 당장 나가거라.
다시는 내 앞에 얼씬거리지 말거라!'

숟가락을 이마에 얻어맞고서 화가 치민 그이는 밥상에 놓인 그릇들을 옆으로 밀어 엎어트리며 소리 질렀습니다.

'이런 빌어먹을 집구석, 내 더럽고 구차해서 다시는 안 옵니다! 여보, 어서 일어나.'

남편은 식사 자리에서 일어나 저를 데리고 곧장 서울로 돌아갔습니다. 서울로 돌아오는 동안에도 분을 삭이지 못했는지 고속도로에서 남편의 운전이 좀 불안했어요. 다행히 사고는 안 났지만요."

두주가 말을 끊고 끼어들었다.

"시모분도 이번 사건으로 같이 사망하셨다고 들었는데, 시아버님과 나이 차가 얼마나 됩니까?"

"아버님하고는 무려 스물세 살이나 차이가 납니다. 제 남편보다도 겨우 한 살밖에 많지 않아요."

"남편분은 형제자매가 없는 독자입니까?"

"아닙니다. 시동생이 한 명 있는데 2년 전에 캐나다로 이주했어요. 아버님과는 원래부터 사이가 아주 나빴고 지금은 사실상 의절한 상태입니다. 캐나다로 간 후론 연락이 없어요."

"그렇군요. 이제 서울로 돌아온 후에 있었던 일들에 대해서 말해보세요."

"다음 날 조저녁 무렵, 괴산에서 올라온 형사들이 집으로 찾아와서는 영장을 제시하며 온 집안과 자동차를 수색했어요. 그런데 놀랍게도 남편의 차 센터 콘솔 안에서 청산가리 통이 발견됐지 뭐예요! 이 때문에 그이는 그 자리에서 긴급체포 되어 지금 구치소에서 재판을 기다리고 있…습니다."

감옥에 붙잡혀 있는 남편이 안쓰러웠는지 윤정숙은 말을 제대로 잇지 못하고 눈물을 떨구고 말았다. 나는 티슈 한 장을 뽑아 여자에게 건네며 물었다.

"그렇다면 시부모님은 청산가리를 탄 음료를 마시고 사망한 것이겠군요?"

눈물을 닦아낸 의뢰인은 전혀 예상 밖의 대답을 했다.

"아니요. 벌 때문입니다."

잘못 들은 것 같아 내가 되물었다.

"벌, 벌이라니? 날아다니는 벌 말인가요?"

"네. 경찰이 하는 설명에 따르면 말벌들에게 쏘여서 발생한 쇼크가 사망에 이른 주요 원인이라고 합니다."

"도무지 이해가 안 되는군요. 청산가리와 말벌이 무슨 상관이 있다는 겁니까?"

의뢰인의 상황설명이 너무 뜬금없이 들려서 내가 다그치자, 벽에 기댄 채로 듣고 있던 두주가 나를 말렸다.

"그렇게 재촉하지 말고 얘기를 좀 더 들어보세나. 급하지 않으니, 편하게 얘기하세요. 부인."

"제가 너무 두서없이 말씀드린 것 같네요. 별장에 있는 벽난로에 대해서 먼저 말씀드렸어야 했는데."

"별장에 벽난로가 있다고요?"

나의 물음에 의뢰인이 답했다.

"네, 거실 구석에다 놓는 흔한 철제 난로가 아니라, 외국영화에 나오는 것처럼 벽면에 매립된 진짜 벽난로예요. 경찰은 저희 남편이 부모를 살해할 목적으로 속에 청산가리가 들어있는 나무 장작을 벽난로 옆에 갖다 놨을 거라 단정 짓고 있어요. 그날 저녁에 자신은 서울로 일찍 떠난 뒤, 별장에 남은 가족들이 밤이 되어 추워진 별장을 데우기 위해 벽난로에 불을 피울 것을 예상하고서 꾸민 계획적인 범행이라는 거예요. 벽난로에 들어간 장작 속의 청산가리가 불에 타면서 발생한 독가스를 부모님이 흡입하게 하여 살해하려 했다는 겁니다. 그런데……."

그때, 이제 대충 알겠다는 표정으로 두주가 의뢰인의 말을 끊고 나섰다.

"벽난로에 나무 장작을 태우자, 말벌들이 벽난로를 통해 별장 거실 내부로 침입했다는 것이군요?"

"맞아요! 나중에 듣게 된 사실이지만, 지붕 위 굴뚝 거의 꼭대기 부분에 커다란 말벌 집이 있었다고 합니다. 어찌 된 일인지 벌들이 굴뚝에서 벽난로 쪽으로 내려와 거실에 있던 세 사람을 공격했다고 해요. 그로 인해 아버님과 어머님은 돌아가셨고 남은 한 분도 의식불명 상태에 빠졌다고 합니다. 제가 너무 경황이 없어서 제대로 전해드렸는지 모르겠지만, 여기까지가 저희 가족에게 닥쳤던 끔찍한 일들의 전말입니다."

"여태껏 별의별 사건을 들어보고 직접 겪어도 봤지만, 이 사건은 성발이지 기괴하군. 그렇지 않나?"

나의 소감에 대해 두주도 이견이 없다는 뜻으로 고개를 끄덕였다.

"맞아. 확실히 특이점이 많은 사건인 건 분명해."

그렇게 답하고는 윤정숙에게 조만간 연락하겠다고 말하며 그녀를 문 밖으로 배웅하였다.

"이 사건의뢰를 맡아볼 텐가?"

"물론이지. 우선 사건 현장부터 봐야겠어. 진작에 유력 용의자를 체포했으니, 경찰의 현장보존도 해제됐을 거야. 되도록 빨리 괴산 별장으로 내려가 보자구."

"마침 내일은 비번이니 나와 같이 내려 가보세. 아, 난 지금 선약이 있어서 그만 나가봐야겠어."

"가기 전에 아까 왔었던 여자의 연락처 있으면, 좀 주게."

윤정숙의 연락처를 적은 메모지를 두주에게 건네주고 밖으로 나와 보니 흩날리던 비는 멎어 있었다.

3

✦ ✦

다음 날 정오 무렵, 나는 괴산으로 향하는 차에 타고 있었다. 고속도로를 타고 남쪽으로 내려가는 도중에 비가 내리고 그치기를 반복하였다. 윤정숙에게는 우리의 도착 예정 시간 전까지 별장에 가 있으라고 미리 일러두었다.

"어제 의뢰인한테서 사건의 경과를 들어보니, 강인한에게 충분한 혐의점이 있는 것 같더군. 무엇보다 차 안에서 결정적인 증거인 청산가리 통이 나와버렸잖아."

내 말에 두주가 답했다.

"그게 여자의 남편에게 불리한 증거인 것은 분명하지만, 사건 당시의 정황을 따져봤을 때, 뭔가 앞뒤가 안 맞는 구석이 있는 것 같단 말이야. 그런데 윤정숙이란 여자와는 어떻게 아는 사인가?"

"아니. 실은 나도 어제저녁에서야 처음 만났던 걸세. 그 여사의 남편인 강인한과 짧은 인연이 있었던 게지.

작년 여름 강남역 인근의 백 평 가까이 되는 큰 맥줏집에서 폭력 사건이 발생했었다네. 주말에 외박 나온 주한미군 병사 둘이 옆 테이블에 있던 젊은 한국 여자들에게 수작을 걸었다가 거절당하게 되자, 취기에 그 여자들을 강제로 추행하려고 했던 게 사건의 발단이었어. 소란이 일자, 업주인 강인한이 달려와 미군들을 여자들에게서 떼어내고 술집에서 당장 나가라고 요구하였지. 그러자 화가 난 미군들이 강인한한테 달려들었고 얼마간의 격투 끝에 병사 둘은 그에게 완전히 제압당하고 말았다네. 내가 현장에 도착해서 보니, 강인한은 가벼운 찰과상만 입었고 백인 병사 둘은 코피를 흘리고 입술이 터져 있었지. 사고를 친 병사 둘은 미군 헌병이 인계해서 데려갔고, 강인한은 경찰에 연행되어 유치장 신세를 지게 되었어. 폭력의 정도가 가볍지는 않았으나, 당시 상황에 대한 정상참작과 여러 사람의 탄원서 덕택에 집행유예로 감형되는 대신 무거운 벌금을 무는 것으로 사건은 종결되었지."

"듣고 보니 강인한이라는 자, 보통 인물은 아닌 것 같군."

두주의 말에 내가 고개를 끄덕였다.

"전형적인 다혈질 사나이지. 내가 당시에 강인한의 폭행 사건을 조사하면서 알게 됐는데, 그 이전에도 폭력 전과가 한 건 있더군. 그가 고등학교 재학 중이던 시절, 후배들을 지속적으로 괴롭히고 금전 갈취까지 일삼던 3학년 선배에게 격분하여 그 선배를 전치 5주 상태로 만들어버렸더군."

"불의를 보고는 못 참는 성격이구먼."

"맞아. 그랬던 강인한이 모략을 써서 자기 부모를 죽인 혐의로 체포됐다고 하니, 나로선 좀 뜻밖의 일이야."

청주를 지나 동쪽으로 갈수록 고도가 높아지며 도로가 곡선구간으로 이어졌다. 사건이 일어났던 별장은 괴산 읍내를 지나 내륙방향으로 한참 더 들어가야 했으며, 문경새재와 그리 멀지 않은 산골짜기 초입에 서 있었다. 산악지형인 한반도 어딜 가나 산이 안 보이는 곳이 없을 테지만, 끝없이 이어진 백악산(百岳山)의 거친 산줄기는 내게 위압감마저 주었다. 별장 앞에 도착하여 차에서 내리자, 이미 6월 중순이었음에도 제법 스산한 기운이 느껴졌다.

단층이었지만 견고하게 잘 지어진 별장이었다. 지붕 한쪽에 적갈색 벽돌로 쌓아 올린 굴뚝이 눈에 띄었다. 벨을 누르자, 윤정숙이 안에서 나와 현관문을 열어주었다.

"어제 전화상으로 일러준 대로 했겠지요. 부인?"

두주가 묻자, 윤정숙이 답했다.

"네. 청소나 정리는 놔두고 원래 있던 상태 그대로 두었어요."

나는 별장 거실 내부로 시선을 돌리고서 말했다.

"저게 바로 문제의 벽난로군. 음, 제법 그럴듯한데."

우리는 벽난로 쪽으로 다가갔다. 사각형 모양의 벽난로 안에는 타다 남은 장작 일부가 남아 있었다. 가까이 다가가서 자세히 들여다보니, 불에 타 죽은 벌레 몇 마리가 화실 바닥에 널브러져 있었다. 두주는 무릎을 꿇고 앉아 꺼멓게 탄 벌레 한 마리를 손으로 집어 들었다. 돋보기를 꺼내 벌레를 유심히 살핀 그는 갑자기 소리를 내질렀다.

"아니, 이건 그냥 말벌이 아니라 장수말벌이잖아!"

옆에서 지켜보던 나도 놀라지 않을 수 없었다.

"무슨 놈의 벌이 이렇게 클 수가 있나?"

"벌 중에서 가장 큰 놈이지. 영어로는 자이언트 호넷(Asian Giant Hornet)이라고 한다네. 장수말벌 한 놈이 꿀벌 수백 마리를 모조리 학살해 버릴 정도로 무시무시한 것들이지."

돋보기로 확대해서 본 거대한 말벌의 날개는 불에 반 이상 녹아버린 상태였고, 타다 남은 유해는 손바닥 위에서 힘없이 바스러졌다.

"그런데 벌들이 왜 여기서 타죽은 걸까? 연기가 올라와 자신들의 벌집을 덮친 것 때문이라면, 굴뚝 위로 날아가 빠져나가면 됐을 텐데 말이야."

"그게 간단치가 않아. 벌은 어두운 곳에서는 제대로 날 수가 없다네. 그저 다리로만 천천히 움직일 뿐이지. 다른 날벌레들처럼 말벌 역시 주광성(走光性)을 가지기 때문에 빛에 이끌리고 밝고 따뜻한 환경에서 활동력을 얻을 수 있다네. 연기와 독가스가 벌집으로 들이치자, 아마 대다수의 말벌은 벌집 안에서 가스를 흡입하고 그대로 죽어버렸을 테고, 유독 가스에 일찍 반응하여 민첩하게 벌집에서 나온 놈들은 본능적으로 빛과 온기가 있는 벽난로 화실 방향으로 날아갔을 거야. 날벌레들이 강한 불빛을 보게 되면, 실제 위치보다 멀리 있는 것으로 인식하고서 불빛이 있는 방향으로 날아들지. 죽게 될 거란 사실도 모르고 말이야. 그중에 상당수는 장작불에 날개가 녹아버려 화실에서 이렇게 타 죽어버렸고, 용케 불길을 피한 몇몇 놈들이 별장 거실로 들어와 거기에 남아 있던 세 사람을 공격했었던 것이지."

말을 마친 두주가 우리 뒤에 서 있던 윤정숙에게로 고개를 돌렸다.

"그런데 전부터 궁금했던 게 한 가지 있습니다. 벽난로는 열효율이 낮은 데다 사용하기 번거롭다는 이유로 요즘엔 본고장인 유럽에서도 거의 인테리어 용도로만 쓰이는데, 적잖은 돈을 들여서 벽난로를 설치한 특별한 이유라도 있습니까?"

"돌아가신 아버님은 과시용이나 장식 같은 데에다 돈을 쓸 분이 아닙니다. 아버님은 오래전부터 류마티스 관절염을 앓아 오셨는데, 최근 몇 해 동안 증세가 계속 나빠졌습니다. 특히 흐린 날씨일 때면 손가락, 발가락 관절에서 생기는 통증으로 많이 힘들어하셨어요. 약물 치료로는 한계가 있었기 때문에 벽난로 앞에서 불을 쬐어 통증을 줄이는 대중요법을 택했던 것이지요. 실제로 효능이 꽤 괜찮다고 하셨어요. 그리고 벽난로를 쓰는 게 꼭 류마티스 때문만은 아닙니다. 별장의 위치가 완전 산골짜기다 보니 도시가스는커녕 읍내 주유소에서 난방유를 공급받는 것도 그리 녹록한 일은 아니지요. 하지만 나무 땔감은 주변이 전부 산이다 보니, 언제든 쉽게 구할 수 있으니까요."

설명을 듣고 고개를 끄덕인 두주가 질물을 이어 나갔다.

"류마티스라? 그런 사연이 있었군요. 굴뚝에 있던 벌집은 어떻게 됐습니까?"

"경찰 감식반이 떼어내 가져갔다고 들었어요."

"지붕에 한 번 올라가 봐야겠는데, 사다리는 창고에 있습니까?"

"네. 바깥 창고에 있을 거예요."

우리는 밖으로 나가 창고 문을 열고 사나리를 꺼내어 굴뚝과 가까운 벽에다 댔다.

두주와 나는 별장 지붕 위로 올라가 굴뚝 앞에 섰다. 굴뚝 상단은 빗물을 막기 위해 벽돌로 막혀 있었고 양옆으로 배기 구멍이 나 있었다.

손전등을 비춰 굴뚝 내부를 살펴보니, 벌집을 떼어내고 남은 회색 잔해물이 굴뚝 내벽에 달라붙어 있었다. 지붕 위에 서서 주변을 빙 둘러보고서 두주가 말했다.

"박 경감, 저길 보게. 제법 넓은 포도밭이 있군. 여긴 내륙 한복판이라 과일 맛은 좋겠어. 이곳은 말벌이 서식하기엔 아주 괜찮은 장소야. 말벌 애벌레는 성충이 가져다주는 썬 고기를 받아먹지만, 성충은 애벌레가 토해낸 말벌 주스와 밖에서는 과즙이나 수액 같은 걸 먹고 살지. 특히 포도는 말벌이 가장 좋아하는 자양분이야. 그리고 벌들은 비를 싫어하는데, 이 굴뚝은 구조상 빗물을 잘 막아 주게 생겼군."

"자네, 그새 벌에 대해서 박사가 다 됐구먼."

"우리 외삼촌이 젊을 때 촌에서 양봉 일을 했었는데, 그때 주워들은 게 좀 있어서. 대충 본 것 같으니 이제 내려가세나."

두주는 구치소에 있는 강인한에게 가서 물어볼 것이 몇 가지 있으니, 가급적 이른 시일에 면회 일정을 잡으라고 윤정숙에게 일렀다. 우리는 어두워지기 전에 서울로 돌아가기 위해 서둘러 차에 올라탔다.

4

✦ ✦

괴산 별장을 다녀간 날로부터 이틀이 지난 목요일 오전, 두주와 나는 청주교도소 미결수 면회실에서 강인한을 기다리고 있었다. 잠시 후 투명 아크릴판 너머에 있는 문이 열리고 젊은 교도관이 중년에 접어든 사내를 데리고 들어왔다. 짙은 눈썹과 선 굵은 생김새는 진과 다를 바 없었지만, 불과 일 년 사이에 그의 얼굴은 많이 늙고 초췌해져 있었다. 강인한은 나를 알아보고 겸연쩍은 표정으로 입을 열었다.

"박 형사님, 저를 위해 이곳까지 와주셔서 정말 고맙습니다. 이런 차림을 하고서 뵙게 되어 면목이 없습니다."

"그렇군요. 이런 데서 보게 되어 유감입니다. 아, 이쪽은 나의 오랜 동료입니다. 강형을 돕기 위해서 같이 온 겁니다."

두주와 강인한은 서로 통성명하며 인사를 나누었다.

"박 형사님을 찾아가 서의 억울한 사정을 얘기해 보라고 제가 처에게 시켰습니다. 감옥에 갇히고 나서 생각해 보니, 저를 도와줄 만한 사람은 형사님 밖에는 없더군요. 변호사라는 인간은 수임료만 챙기고는 내가 하는 말을 도통 믿어주질 않습니다."

"여태까지 있었던 사건의 경위에 대해서는 부인한테서 들어서 대충 알고 있습니다. 구속영장이 발부한 걸로 봐선 판사도 강형에게 혐의점이 있다고 보는 것 같군요."

내 말을 듣고서 강인한은 잠시 눈을 지그시 감았다 뜨며 말했다.

"거두절미하고 결론부터 말씀드리겠습니다. 저는 결단코 아버지와 계모를 살해하지 않았습니다. 이때까지 그런 상상조차도 해본 적 없습니다. 이것은 누군가가 제게 누명을 뒤집어씌운 것입니다!"

그는 속에서 끓어오르는 울분을 억누르려 노력했지만, 목소리에는 격정이 섞여 있었다. 짧은 시간 동안 정적이 면회실을 채웠고, 내가 담담한 어조로 말했다.

"별장에서 있었던 사건의 전말을 듣고서 뭔가 석연찮은 부분이 있다고 느꼈기 때문에 여기까지 찾아온 겁니다. 내가 겪어본 바로, 강형은 그야말로 직선적인 성정을 가진 사람으로 알고 있소. 그러한 강형이 음흉한 수법으로 살인을 기도했다는 게 뭔가 좀 부자연스럽게 느껴진단 말입니다. 이번 사망사건에서 살해 도구로 쓰인 나무 장작에 대해서 뭐라도 아는 게 있으면 말해보시오."

나의 물음에 강인한은 고개를 가로저으며 답했다.

"전혀요. 그날 저녁 벽난로 근처에 장작이 있었는지 없었는지조차도 기억이 없습니다. 이제 곧 본격적인 여름철인데 벽난로나 장작에 신경을 쓸 이유가 없잖습니까?"

옆에 서서 강인한의 표정과 태도를 주의 깊게 살피던 두주가 말했다.

"굴뚝에 말벌 집이 있다는 사실을 몰랐습니까?"

"당연히 몰랐습니다. 사건이 일어난 후에 체포되고 나서야 수사관한 테서 벌집 얘기를 듣게 됐습니다."

"아까 누명을 뒤집어썼다고 말했는데, 누가 강 선생에게 누명을 씌웠는지 짐작 가는 사람이 있습니까?"

"아, 그게요……. 그럴 가능성이 있는 사람은 저의 당숙입니다. 괴산에서 계속 살아온 사람인데, 아버지와는 문중 땅 처분 문제 때문에 한동안 분쟁 관계에 있었습니다. 자신이 관리하고 경작해 오던 문중 전답을 개발업자에게 절대로 매각할 수 없다고 고집부렸었지요. 그 일로 저하고도 몇 차례 언성을 높인 적이 있었습니다. 그리고 별장과 가까운 곳에서 오래 살아왔기 때문에 그곳의 지리나 주변 여건에 대해서도 훤히 알고 있을 테고요."

"단지 문중 땅 처분 문제 때문이라 그리 생각하는 겁니까?"

"그뿐만이 아닙니다. 그날 저녁, 가족 식사 자리에서 아버지와 말다툼이 생겨서 저는 아내를 데리고 일찍 서울로 돌아와 버렸습니다. 그후, 별장에 남은 네 사람 중에 청산가리 장작불로 인해 발생한 독가스와 말벌 공격으로 죽거나 다치지 않고 온전한 상태인 사람은 당숙이 유일하기 때문입니다."

그 말을 듣고 나는 뭔가 짚이는 게 있어 강인한에게 물었다.

"캐나다에 살고 있는 동생과는 연락이 됩니까?"

"아니요. 제 동생은 이미 오래전부터 아버지와 사실상 의절한 상태이고 작년부터는 저의 연락조차도 피하는 것 같습니다."

나는 강인한의 동생과 당숙이 이번 사건에 연루돼 있을지 모른다는 예감이 들었으므로 그곳에서 가까운 곳에 사는 당숙부터 찾아가 봐야겠다고 생각했다.

"조만간 그 당숙이라는 사람을 만나봐야겠군."

두주가 내 말에 고개를 끄덕이고는 강인한에게 다시 질문을 던졌다.

"별장에서 일어난 변사 사건의 피의자로서 강 선생이 체포되고 구속된 주된 이유는 경찰의 압수수색 과정에서 이 사건에서 핵심적인 살해 도구라 할 수 있는 청산가리 통이 선생의 차 안에서 발견됐기 때문입니다. 그에 관해서 할 얘기가 있습니까?"

"제가 기억하기로 마지막으로 센터 콘솔을 열어본 게 사건이 일어나기 이틀 전이었을 겁니다. 아마 라이터를 꺼내려고 열었던 것 같습니다. 적어도 그때는 그런 약통이 없었다고 확신할 수 있습니다. 나에게 혐의를 뒤집어씌우기 위해 범인이 내 차에다가 몰래 넣어둔 거라고밖에는 생각할 수 없습니다."

"부친의 생신날, 별장에 도착하고 차에서 내린 후에 차 문을 확실히 잠갔습니까?"

"예. 잠갔을 겁니다."

"아버지 소유의 별장 바로 앞이고, 게다가 인적도 없는 깊은 산중이라 그냥 문만 닫았을 수도 있잖겠소?"

"그랬을 수도 있지만 웬만하면 도어를 잠그는 게 제 습관입니다."

두주는 가볍게 고개를 끄덕이고 다음 질문을 이어가려 했으나, 건너편 책상에 앉아서 뭔가를 적고 있던 교도관이 접견 시간이 종료됐음을 우리 일행과 강인한에게 사무적인 말투로 고지하였다.

"마지막으로 한 가지만 더, 그날 저녁 이후부터 강 선생의 차가 이전과 달라진 점은 없었나요?"

그 말에 강인한은 잠시 기억을 더듬어 보더니 뭔가가 생각난 듯한 표정을 지었다.

"그러고 보니까 서울로 돌아오는 고속도로를 주행할 때, 전에는 안 들리던 잡소리가 약하게 나는 것 같았습니다."

이제 그만하고 돌아가라는 신호를 우리에게 보내려는 듯 교도관은 검은 장부책을 '쿵' 소리가 나게 덮었다. 그러고는 강인한을 이끌고 들어왔던 문을 열고 면회실을 나갔다.

5

◆ ◆

십여 분간의 짧은 면회를 마치고 우리는 구치소 밖으로 나왔다. 아직 시간이 꽤 남아 있었으므로 내친김에 여기서 그리 멀지 않은 곳에 산다는 강인한의 당숙이란 사람을 찾아가 보기로 하였다. 그의 이름은 강영필이며, 강인한의 아버지 강영균의 사촌 동생인 그는 괴산에서 태어나 환갑이 넘어서까지 고향에 계속 남아 있었다. 두주는 별장에 다시 들러서 확인해 볼 것이 생겼다며 윤정숙한테서 별장 열쇠를 넘겨받고는 그녀를 먼저 서울로 돌려보냈다. 두주와 나는 괴산 읍내에 거주하는 강영필이란 사람을 만나보기 위해 차에 올라탔다. 운전석에 앉은 두주에게 내가 물었다.

"강인한을 직접 만나본 소감이 어떤가? 그가 범인 같아 보이던가?"

담배 연기를 한 모금 내뱉고 나서 두주가 자신의 의견을 피력하였다.

"벽난로에다 독가스를 피워 아버지를 비롯한 가족들을 살해할 흉계를 품은 자가 사건이 일어나기 불과 몇 시간 전에 아버지와 재산증여 문제로 여러 사람이 보는 앞에서 심하게 다투고 자리를 박차고 나갔다는 건 너무나 비상식적인 일이야. 그가 정말로 살인을 계획했다면, 그런 트러블을 안 일으키고 조용히 자리를 뜨는 게 상책이었을 테지. 범죄자는 본능적으로 자신에게 향하게 될 의심이나 혐의를 최소화하려고 하기 때문이지. 강인한의 범행이라고 단정하기엔 그의 앞뒤 행동 간에 상당한 괴리가 있어 보이는군."

"맞아. 나 역시 자네와 같은 생각일세."

괴산 읍내에서 그리 멀지 않은 한적한 마을에 도착한 우리는 길에서 만난 마을 사람에게 강영필의 집을 물어서 찾아갔다. 녹슨 철 대문은 열려 있었고 촌집이라 초인종도 없었으므로 우리는 곧바로 집 안으로 들어갔다. 마당의 시멘트 포장이 상당 부분 뜯겨 있어서 발걸음을 디딜 때마다 구두 바닥에 진흙이 달라붙어 질척거렸다. 본채는 낡고 관리가 제대로 안 돼 있었으며, 기와지붕 틈 사이에는 잡초가 곳곳에서 자라나고 있었다. 반쯤 열린 미닫이문 사이로 볕에 그을리고 주름진 얼굴을 가진 초로의 사내가 혼자서 소주잔을 기울이고 있는 모습이 보였다.

"강영필 씨 되십니까?"

내가 묻자, 노인이 언짢은 표정을 하고선 경계하는 투로 되물었다.

"댁들은 누구요?"

나는 주머니에서 신분증을 꺼냈다.

"경찰입니다. 열흘 선 백악산 자락에 있는 벌장에서 일어난 변사 사건에 관해서 알아볼 게 있어서 왔습니다."

"조사, 받을 만큼 받았는데 또 무슨 놈의 조사! 근데 내가 여기 형사들 얼굴은 어지간하면 다 아는 데, 당신들은 낯설구먼. 충북경찰청에서 온 거요?"

두주가 강영필의 말을 받았다.

"별장에서 일어난 사건이 우리가 맡고 있는 내사(內査) 사건과 서로 연관이 있어서 괴산에 내려온 거요. 몇 가지 물어보고 갈 테니, 좋게 말로 할 때 협조하시오."

두주의 위압적인 말을 듣고서 술이 좀 깼는지 강영필이 약간 움찔하였다. 곧이어 내가 그에게 질문하였다.

"강영필 씨, 당신은 별장에서 자신의 생일날 참변을 당한 강영균 씨와 그의 장남 강인한, 이 두 사람과 문중 토지 처분 문제를 놓고 심하게 다툰 적이 있었습니다. 그래서 그들과 사이가 안 좋았다고 들었는데, 그날 저녁에 별장엔 왜 갔던 겁니까?"

내 말을 듣고서 비위가 상했는지 강영필은 다 비운 소주잔을 술상 위에 '탁' 소리 나게 내려놓았다.

"문중 땅 매각 시기와 수익금 배분율을 놓고 영균 형님과 의견이 달랐던 건 사실이오. 하지만 2년 동안 매각을 유예하는 대신 수익금 배분에서 내가 양보하는 것으로 이미 합의가 됐었소. 그날 저녁에 내가 별장에 갔던 건 영균 형님이 자신의 생일날 저녁을 먹으러 오라고 직접 얘기했기 때문이외다."

"어떤 점에서 의견이 안 맞았습니까?"

"여태까지 아무도 신경 안 쓰던 방치된 땅을 내가 지난 수십 년간 지키고 가꾸어 왔지요. 그런데 작년 연말 무렵, 청주에서 온 개발업자가 골프장을 짓겠다고 문중 땅을 팔라고 하니, 문중 사람들이 숟가락을 들이미는 겁니다. 사람 머릿수대로 땅 매각 대금을 나누자고 말입니다. 여태까지 조상이 물려준 땅을 보존하는 데 아무런 기여도 안 했던 문중 계원들이 나와 똑같은 비율로 이익을 나누자고 하는 데, 이 얼마나 고약한 심보냔 말이오!"

문중 땅 생각에 화가 치밀었는지 강영필은 다시 소주잔을 채웠다.

"그날 저녁, 별장에서 몇 시쯤 나왔으며, 나와서는 어디로 갔습니까?"

내가 알리바이에 관해 묻자, 노인이 답했다.

"형님과 인한이 사이에 볼썽사나운 다툼이 생기는 바람에 식사도 덜 한 상태에서 곧장 집으로 돌아와 버렸지. 아마 일곱 시쯤이었을 거요. 그런 상황에서 더 앉아 있을 수 없잖소. 서로 민망하니 내가 자리를 피해줬던 게지."

"그날 저녁부터 계속 집에 있었다는 걸 증명해 줄 사람이 있습니까?"

"지금처럼 이 방에서 혼자 앉아서 취할 때까지 술을 마셨소이다. 마누라는 짐 싸서 나간 지가 벌써 꽤 됐고……."

이번엔 두주가 강영필에게 질문하였다.

"사건이 일어났던 그날 밤, 난방이 필요할 정도로 기온이 낮았습니까?"

"여긴 내륙 산간이라 다른 데보다 일교차가 크다오. 밤엔 좀 선선한 감이 있었지. 오후부터 날씨도 잔뜩 흐렸고."

"강 선생이 그날 서녁 별장에서 나가기 전, 벽난로 안이나 근처에 장작이 놓여 있는 걸 봤습니까?"

"글쎄올시다. 눈여겨보지 않아서 기억이 안 나는데……."

"우리가 별장 본채와 창고까지 다 조사해 봤지만, 벽난로에서 태워진 것 외에 다른 장작더미는 발견하지 못했습니다. 그날 밤, 누가 나무 장작을 벽난로에 가져다 놨는지에 대해 짐작 가는 게 없습니까?"

그러자 강영필은 헛웃음 소리를 냈다.

"형사 양반, 싱거운 소릴 하시는구면. 인한이 그놈이 벌인 짓이니깐 지금 감옥에 붙잡혀 있는 것 아니겠소."

"강인한이 범행을 준비하거나 의심스럽게 행동하는 것을 목격했습니까?"

"내가 직접 본 건 아니오. 하지만 경찰이 그놈의 차 안에서 청산가리 통을 찾아냈다고 들었소만."

"괴산 일대에 나무 장작 파는 곳이 있습니까?"

"목재소가 몇 군데 있긴 한데 장작까지 취급하는지는 모르겠소. 요즘은 시골도 거의 다 기름보일러를 때니까요. 그리고 촌사람들은 땔나무가 필요하면 산에 올라가서 직접 나무를 해 갖고 와서 쓰지, 돈 주고 장작을 사다 쓰는 집은 거의 없을 거요."

두주가 연달아 질문했다.

"별장에서 참사가 일어난 다음 날, 선생이 사건 현장을 제일 먼저 발견하고 경찰에 신고했다고 들었는데, 다음날 무슨 용건이 있어서 다시 별장에 갔던 겁니까?"

"문중 땅에 대해서 영균 형님과 추가로 상의할 게 생겨서 갔는데, 놀랍게도 형님 내외가 참변을 당한 걸 보게 된 것이요."

"굴뚝에 벌집이 있었던 사실을 사전에 몰랐습니까?"

"나도 일이 벌어진 후에야 알게 됐수다."

"거실에 쓰러져 있던 시신의 피부 색깔은 어땠습니까?"

"워낙 경황이 없어 자세히 기억나진 않지만, 형님 부부 내외는 좀 불그스름했던 거 같고, 겨우 목숨을 건진 형님의 처남은 상태가 그나마 나았던 것 같소."

두 사람의 문답을 듣고 있던 내가 강영필에게 물었다.

"단도직입적으로 묻겠습니다. 당신은 강인한이 정말로 자신의 아버지와 계모를 살해하는 패륜을 저질렀다고 생각합니까?"

강영필은 내 물음에 즉답하지 않고 담배에 불을 붙인 뒤 한참 있다가 담담한 어조로 말문을 열었다.

"나로서도 정말 놀랍고 믿기 어려운 일이긴 하지만, 겉만 보고서 사람의 속까지 알 수는 없는 거 아니겠소?"

두주와 나는 퇴락하고 너저분한 강영필의 집에서 나왔다. 서울로 돌아가기 전에 마을주민 몇 사람을 만나 강씨 집안 사람들에 대해서 탐문을 해보았다. 고향에 계속 남은 강영필이 문중 땅을 관리해 오기는 했으나, 농사를 직접 지은 것은 아니고 전답을 빌려주고 받은 소작료를 받아먹고 산다고 알려주었다. 또 술과 도박을 좋아하고 협잡꾼같이 음흉한 면이 있다는 둥, 그에 대해서 마을 사람들로부터 좋은 이야기는 별로 들을 수 없었다. 내가 두주에게 말했다.

"낮에 구치소에서 강인한이 말했던 것처럼 나는 좀 선에 만났던 강영필이 좀 의심스러워. 그리고 캐나다에 살고 있다는 강인한의 동생도 계속 마음에 걸려. 아버지와 사실상 의절했다고는 하지만 호적에서 파버린 건 아니니까 법적으로 상속권은 아직 유효한 거잖아. 자네 생각은 어떤가?"

나의 추론을 듣고서 두주가 천천히 입을 열었다.

"그러니까 캐나다에 있는 강무한이 괴산에 사는 당숙 강영필을 사주하여 아버지와 계모를 죽이고 거기에다 증거를 조작하게 해서 친형에게 누명까지 씌웠다는 것이로군."

"맞아. 강영필은 문중 토지를 놓고 다투었던 강영균 부자에게 악감정이 남았을 것이고, 강무한의 경우엔 의절할 정도로 아버지를 싫어했고 형과도 사이가 그다지 좋지 않으니 말일세. 이들의 공모가 계획했던 대로 이루어지면, 강무한이 귀국하여 아버지의 재산을 상속한 후에 당숙 강영필에게 상당한 대가를 주기로 서로 내락(內諾)이 돼 있을 수도 있다고 보는데, 자네 생각은 어떤가?"

"그럴 가능성을 완전히 배제할 순 없겠지만, 캐나다에서 범행을 구상한 강무한이 국내에 있는 강영필을 사주하고 조종하여 그에게 범행을 실행케 하는 게 말처럼 그리 쉬운 일은 아닐 것 같은데?"

"강영필이 대포폰이나 공중전화로 강무한과 연락을 주고받았다면 경찰의 수사망을 피할 수 있었을 거라고 봐. 어쩌면 강무한 그자가 사건이 일어나기 얼마 전에 국내에 들어와 있었거나, 그게 아니면 캐나다가 아닌 다른 나라에 체류하면서 강영필에게 범행을 지시했을 수도 있지 않겠는가?"

"자네 말 대로라 한다면, 두 사람의 출입국 기록이나 통화 내역만 가지고는 혐의점을 잡아내기가 어렵겠는데……. 일단 별장에 잠시 들렀다가 서울로 돌아가세."

두주가 모는 에스페로가 좁은 마을길을 벗어나 국도에 다다랐을 즈음엔 제법 굵어진 빗줄기가 차 유리창을 두드렸다.

6

✦ ✦

직선거리로는 불과 20km 떨어진 곳이었지만, 구불구불하게 이어진 산악도로에 비까지 내려 별장까지 도착하는 데는 40분이 넘게 걸렸다. 차가 별장에 가까워졌을 무렵 내가 두주에게 말했다.

"조금 전에도 말했지만, 이 사건에 관해 알게 된 사실들을 종합해 봤을 때, 나는 강영균의 차남과 사촌동생이 공모하여 벌인 범행이라고 생각하네. 여태까지의 경험에 의하면 부유한 자산가를 노린 중대범죄의 경우, 그 범죄행위의 결과로 가장 큰 이득을 보는 사람이 범인인 경우가 많았지. 별장에서 발생한 사건으로 아버지와 계모가 죽었고, 존속살해 혐의가 법원에서 인정되면 그의 친형은 무기징역형과 더불어 민법에 따라 상속권까지 잃게 되네. 그러면 강무한은 아버지가 남긴 모든 재산의 유일한 상속자가 되는 것일세. 그자는 오래전부터 외국에 나가 있었기 때문에 처음부터 경찰의 용의선상에서 빠져있었을 거야.

강영필의 경우, 우리한테는 강인한 부자와 이미 화해했었다고 말했지만, 어쩌면 종질인 강무한과 범행을 공모하고부터 문중 땅에 대해서 자신이 양보하며 갈등을 봉합하는 척했을 수도 있다고 봐.

다크 디텍티브

관할인 괴산서(署) 입장에서는 기분 나쁜 일이겠지만, 어떻게 해서든 이 두 사람에 대한 재수사가 이뤄지도록 해야만 하네."

내 말을 다 듣고서 두주가 고개를 끄덕이며 답했다.

"자네의 추론을 듣고 보니, 그 두 사람에 대한 보강수사가 이뤄져야 할 필요성이 있는 것 같군."

우리가 탄 차는 가파른 산악도로를 벗어나 마침내 별장 경내로 진입하였다. 짙은 안개가 별장 뒷산을 휘감은 정경이 우리의 눈을 사로잡았다. 별장 본채 쪽으로 걸어가면서 내가 두주에게 물었다.

"그런데 여긴 이틀 전에 다녀갔었는데 오늘 다시 찾아온 이유가 뭔가?"

"음, 그게 말이야⋯⋯. 안에 들어가서 설명하는 게 낫겠군."

윤정숙한테서 받아 놓은 열쇠를 꺼낸 두주가 별장 현관문을 열었다. 거실 조명을 밝히고 우리는 벽난로 앞으로 발걸음을 옮겼다.

"월요일 오후에 여기 처음 왔을 때는 불에 익어버린 장수말벌에만 너무 신경을 쏟아버린 나머지 정작 벽난로에 대해서는 제대로 된 조사를 못 하고 나와버렸어. 그때 내가 간과하고 제대로 살피지 못한 것들이 있는 것 같아서 다시 온 걸세."

손전등을 꺼낸 두주는 시커먼 검댕이 옷에 묻는 것 따위는 신경 쓰지 않는다는 듯 벽난로 안으로 기어들어가 좁은 내부를 유심히 살폈다. 얼마 동안 소사를 마친 두주가 벽난로에서 빠져나오며 말했다.

"내부를 살펴보니, 관리상태가 영 안 좋군. 건조가 덜 된 장작을 태울 때 발생하는 크레오소트라는 퇴적물이 연도에 잔뜩 끼어 있어. 여태까지 굴뚝 청소라고는 한 번도 안 한 것 같아."

나는 이전부터 궁금했던 게 떠올라 두주에게 물었다.

"그런데 말이야. 커다란 말벌들이 굴뚝 근처에서 날아다니는 소리가 거실에서도 들렸을 법한데, 왜 벌집이 있다는 사실을 아무도 몰랐을까?"

"음, 그건 벽난로 상부에 있는 댐퍼라고 하는 공기조절 장치 때문일 거야. 벽난로를 안 쓸 때 댐퍼를 닫아 놓았다면 굴뚝 위에서 나는 말벌들의 날갯짓 소리가 많이 줄어들었을 걸세."

두주는 벽난로 옆 칸에 남겨진 마른 장작 중에서 하나를 집어 들고서 유심히 살펴본 후 냄새까지 맡아보고서는 그것을 나에게 내밀었다.

"이건 히노끼, 편백이로군. 자, 향을 맡아보게."

나는 눈살을 찌푸렸다.

"안에 독가루가 들어있는 건 아니겠지?"

"이건 괜찮아. 청산가리가 들어있는 건 감식반이 가져갔을 거야."

코를 장작에 대보니 편백 특유의 은은한 향이 적게나마 아직 남아 있었다.

"그런데 이게 무슨 문제라도 되나? 편백도 나문데 땔감으로 쓰지 못할 이유는 없잖은가?"

"물론 장작으로 땔 수야 있지. 하지만 값싸고 화력도 좋은 참나무가 사방에 널렸는데, 굳이 비싸고 빨리 타버리는 편백을 쓸 이유가 없다는 것일세. 편백은 일본이 원산지야. 습하고 따뜻한 기후에서 잘 자라지. 한국의 겨울 날씨는 삼나무나 편백이 제대로 자라기엔 너무 춥고 건조하다네. 그렇기에 제주도와 남해안 일부 지역에만 간헐적으로 식재돼 있을 뿐이지……."

두주가 편백 장작에 관해서 설명을 마치기도 전에 갑자기 뒤에서 현관문이 거칠게 열리는 소리가 들렸고, 양복바지에 잠바를 걸친 사내 둘이 별장 안으로 들어왔다. 그들이 누구인지 구태여 물어볼 필요가 없었다. 왜냐면 두 불청객의 행색과 눈빛만 보고도 그들이 나와 같은 직업에 종사하는 자들이라는 사실을 단번에 알아차릴 수 있었기 때문이었다. 밖에 내리던 빗줄기가 굵어졌는지 두 사람의 머리와 옷은 흥건히 젖어 있었다. 둘 중에 나이가 많아 보이는 형사가 우리를 번갈아 쳐다보며 언짢은 투로 말했다.

"서울 형사들이 내려와서 여기저기 들쑤시고 다닌다는 소문을 들었는디, 그게 바로 당신들이구먼. 남의 관할 사건에 간섭하는 건 도대체 무슨 경우유?"

예상치 못한 순간에 들이닥친 괴산서 형사들에게 나는 신분증을 꺼내 보여주고서 별일 아니라는 듯 덤덤한 어조로 말했다.

"서울청 소속 박성일입니다. 뭔가 오해가 있는 것 같군요. 서울에서 한 달 전부터 우리가 내사(內査) 진행 중인 건이 있었는데, 그 피내사자가 여기서 일어난 변사 사건에 연루되었다는 첩보를 입수하고서 사건 현장을 보기 위해서 잠시 내려온 겁니다."

나의 해명을 듣고 괴산서(署) 고참 형사가 맞받아쳤다.

"그렇다 하더라노 미리 우리 서(署)에 협소를 구해놓고서 내려와야제, 촌놈이라고 우릴 무시하는 거유?"

"그럴 리가요. 이미 유력 용의자가 체포됐고 현장보존도 해제됐다는 얘길 듣고서 잠시 와서 보고 가려 했던 겁니다."

옆에서 듣고 있던 두주가 거들었다.

"괜히 번거롭게 만들고 싶지 않아서 그리된 것입니다. 어쨌든 결례를 범하게 됐군요. 그런데 한 가지 궁금한 게 있는데, 별장 주인인 강영균과 그의 후처 설선화, 이 두 사람의 직접적인 사인(死因)은 무엇입니까?"

두주의 물음에 이번에는 괴산서 신참 형사가 답했다.

"변사자들에 대해서 정밀부검을 시행했지만, 사인을 명확하게 특정할 수는 없었습니다. 사체검안서에는 '벌 독침에 두경부를 수 차례 쏘여 발생한 벌독 알레르기 쇼크와 장작 속에서 방출된 사이안화 수소가스 흡입으로 인한 중독, 이 두 가지 요인이 복합적으로 작용하여 피해자들이 사망에 이르게 됐을 거라 추정됨'이라고 기술돼 있습니다."

"강씨 부부는 사망했지만, 다른 한 사람은 의식을 잃고도 용케 살아남았다고 들었는데 그 생존자의 용태는 어떻습니까?"

"아, 부산에서 대학교수로 있다는 사람 말이로군요. 매형과 누나보다는 젊어서인지 이튿날 발견됐을 때 숨이 붙어 있었습니다. 구급차로 청주 시내에 있는 충청대학 병원으로 옮겨져 중환자실에서 치료를 받아오다가 다행히 차도가 있어서 어제 오후 무렵에 일반병실로 옮겨 갔다고 합니다."

"생존자는 부산에서 온 사람이군요. 그 명줄 긴 사람 이름이 뭡니까?"

"그 사람 이름이 뭐였더라……."

젊은 형사가 주머니에서 수첩을 꺼내 뒤적였다.

"설영욱이라는 사람입니다. 남편과 함께 숨진 설선화 씨의 남동생이더군요."

나는 전부터 의문스러웠던 점을 괴산서 형사들을 만난 김에 물어
보았다.

"이곳에서 생긴 참변으로 가장 큰 이득을 얻는 사람은 별장주 강영균
의 차남 강무한일 것입니다. 캐나다에 이주해 있다고 들었는데, 그에게
는 혐의점이 나온 게 없었습니까?"

괴산서 고참 형사가 내가 한 질문을 받았다.

"당연히 우리도 알아볼 건 다 알아봤시유. 강무한이의 출입국 기록
을 조회해 보니, 최근 2년 동안 국내에 입국한 기록이 없었슈."

그러자 두주가 질문을 보탰다.

"캐나다 현지 경찰에도 알아봤습니까?"

"당연히 했지유. 주 캐나다 대사관에 파견 나가 있는 경찰 주재관 앞
으로 공문을 보내서 강무한이한테 혐의점이 없는지 알아봐 달라고 요
청을 해 놨는디, 얼마 전에 회신이 왔었슈, 캐나다 지방정부와 경찰 당
국한테서 협조받아 알아봤다는디, 별다른 특이 사항은 발견 못 했다고
하던디유."

"그렇다면 별장주의 사촌 동생인 강영필에게 뭔가 수상한 점은 없었습
니까? 문중 땅 때문에 강영균 부자와 분쟁을 겪었다고 들었습니다만."

내 질문에 신참 형사가 답했다.

"문중 땅 때문에 강 씨 사람들끼리 나툼이 있었나는 선 사선이 일어
나기 전부터 진작에 파악하고 있었습니다. 그래서 강영필도 용의선상에
올려놓고 그의 휴대폰, 집 전화는 물론이고 괴산 읍내에 있는 공중전
화까지 몽땅 싸그리 뒤졌는데도 캐나다는커녕 국제전화 수발신 내역은

한 건도 나오지 않았습니다. 강영필과 가까운 사람이나 이웃 주민을 상대로 탐문수사를 벌였는데 그 사람이 독약이나 나무 땔감을 구하러 다닌 정황도 나타나지 않았습니다."

두 형사의 설명을 들어보니, 강무한과 강영필에 대한 괴산서의 수사에 문제가 있다고 생각하긴 어려웠다.

"덕분에 많은 도움이 됐습니다. 다른 데도 볼일이 있어서 이제 가봐야겠군요. 그런데 왠지 우리는 조만간 다시 보게 될 것 같습니다."

다시 보게 될 것 같다는 두주의 말에 어리둥절한 표정을 짓는 괴산서 형사들을 놔두고 우리는 서둘러 별장을 빠져나갔다.

7

◆ ◆

다시 청주가 있는 서쪽을 향하여 차를 몰아갔다.

"서울로 돌아가기 전에 충청대학병원에 잠깐 들렀다 가세. 강영균의 처남이라는 자에게 물어볼 게 몇 가지 있거든."

"그러세. 어차피 서울로 가는 경로에 병원이 있으니."

병동 담당 간호사에게 경찰임을 알리고 설영욱이 입원해 있는 병실 호수를 조회하여 8층으로 올라갔다. 1인실에 누운 채로 우리를 맞이한 환자는 이마와 코에 독침을 맞아 생긴 부기가 아직 덜 빠진 상태로 남아 있었기 때문에 흉측하고 우스꽝스러운 얼굴을 하고 있었다. 둥그스름한 얼굴형이었지만 강단이 있어 보이는 생김새였고, 부어오른 코 왼쪽에 나 있는 굵은 점에 자꾸 시선이 끌렸다. 내가 먼저 질문을 시작하였다.

"아직 회복이 덜 된 상태인 듯하니, 몇 가지만 간단히 묻겠습니다. 이번 사건으로 참변을 낭한 세 사람 가운데 누님과 매형은 안타깝게 숨을 거두었지만, 교수님은 다행히도 목숨을 건졌습니다. 비록 중간에 의식은 잃었지만, 그날 밤에 일어났던 사건의 경과에 대해서 가장 잘 알고 있는 분이라 생각합니다. 우리가 여기까지 찾아온 이유도 그것 때문입니다."

설영욱 교수는 병상의 기울기를 절반쯤 들어 올려 상반신을 일으킨 후에 부산 억양이 섞인 서울말로 답했다.

"그날 밤에 있었던 사건 때문에 오셨군요. 나방만큼 큰 말벌들한테 얼굴과 머리를 여러 방 쏘이고서 이렇게 죽는구나 싶었습니다……. 제가 아는 대로 말씀드리겠습니다."

설 교수는 우리에게 협조적이었다. 내가 먼저 그에게 질문을 시작하였다.

"그런데 사건이 일어난 6월 8일은 월요일이었습니다. 6월 초라면 대학이라고 해도 아직 종강 전일 텐데 말입니다. 주말도 아닌 평일에 그렇게 먼 길을 갔던 특별한 이유라도 있습니까? 단지 매형의 생일을 축하하기 위해서 부산에서 괴산까지 올라갔다는 게 그리 흔한 일은 아닌 것 같아서요."

"매형 생일이기도 했지만, 누님이 저와 상의할 게 좀 있다고 해서 겸사겸사 올라갔었던 겁니다."

"저녁 식사 자리에 함께 있었던 매형의 사촌 동생인 강영필 씨한테서 뭔가 수상한 점은 못 느꼈습니까?"

"글쎄요. 잘 모르겠습니다. 그분은 저녁도 다 못 드시고 중간에 나가셨으니깐요."

옆에서 유심히 듣고 있던 두주가 설영욱에게 질문을 하였다.

"벽난로에 불을 지핀 사람은 누구였습니까? 그 시간은 대략 언제쯤입니까?"

"불은 매형이 지폈어요. 아마 8시쯤이었을 걸로 기억합니다."

"불을 지필 때 매형 옆에 같이 있었습니까?"

"아닙니다. 누님과 부엌에서 잠시 얘기하던 중이었는데, 별안간 매형의 비명이 들려왔습니다. 저와 누님은 무슨 일인가 싶어 바로 거실로 나갔지요. 거실에 발을 딛는 순간, 여태껏 본 적도 없는 커다란 말벌들이 우리에게 달려들어 머리와 얼굴을 사정없이 찌르고 물어뜯더군요. 그 이후로는 머릿속에 아무런 기억이 없습니다. 병원에서 깨어나 보니 나는 이 모양이 돼버렸고, 누님과 매형은 이미 이 세상 사람이 아니었던 것입니다."

두주가 질문을 계속 이어 나갔다.

"비명을 듣고 거실로 나갔을 때, 나무 타는 냄새 말고, 화학약품이 불에 타는 것 같은 냄새는 맡지 못했습니까?

"글쎄요. 워낙 경황이 없어서 기억이 잘……."

"설 선생은 그날 밤 별장에서 일어난 참변이 매형의 큰아들 강인한이 꾸민 짓이라 생각합니까?"

"물론입니다. 그놈은 부모를 독가스로 살해하고서 일산화탄소 질식 사고로 위장하려고 했을 것입니다. 그리곤 아버지 소유의 많은 재산을 상속하려고 했겠지요. 그놈만 생각하면 아직도 분해서 치가 떨립니다. 제 누이가 너무 불쌍합니다."

그렇게 말하는 교수의 두 눈에 눈물이 고였다.

"일산화탄소 질식이라, 흥미로운 말이로군요……. 단지 유산 욕심 때문에 부모를 살해했을까요?"

"돈 욕심이 제일 크겠지만 강인한은 우리 누님을 원래부터 싫어했어요. 나중에 들은 얘긴데, 매형이 누님을 후처로 들이려 할 때도 굉장히 반대했다고 하더군요."

"굴뚝 근처에 말벌 집이 있다는 걸 강인한은 미리 알고 있었을까요? 물론 그는 몰랐다고 주장하고 있습니다만."

"그거사 내가 알 도리가 없지만서도……. 어쩌면 그 처죽여도 시원찮을 놈이 벌집을 몰래 갖다 놨을지도 모르는 일이지요."

교수의 대답을 듣고서 고개를 끄덕인 두주가 한결 가벼운 톤으로 물었다.

"선생의 억양을 들어보니 고향이 부산 쪽인 것 같군요?"

"거제도에서 나고 자랐지만, 학교 때부터는 부산에서 살았지요. 그러잖아도 여긴 집에서 너무 멀어서 부산 쪽에 있는 병원으로 옮길 생각을 하고 있습니다."

"그렇겠군요……. 강인한이 살해 피의자로서 체포된 주된 이유는 경찰 압수수색에서 범행에 사용하고 남은 것으로 추정되는 청산가리 통이 그의 차 안에서 발견됐기 때문입니다.

그런데 사실, 나는 이 부분이 잘 납득이 안 됩니다. 강인한이 범행 후에 약통을 없애버리지 않고 왜 차 안에 놔뒀는지가 말입니다. 그렇게 교묘한 수법으로 범행을 기도했던 자가 기본적인 증거인멸을 하지 않았다는 것이 좀 이상하지 않습니까? 혹시 다른 누군가가 강인한에게 살해 혐의를 뒤집어씌울 목적으로 문제의 약통을 그의 차 안에다 몰래 넣어뒀을 가능성에 대해서 설 선생은 어떻게 생각합니까?"

두주가 의혹을 제기하자, 설 교수의 얼굴은 약간 붉게 달아올랐고 이마에는 땀방울이 맺혔다. 그는 말을 약간 더듬으며 대답했다.

"글쎄요. 잠… 잠겨 있는 차 문을 무슨 수로 연단 말입니까?"

이 말에 두주가 눈을 번쩍이며 되물었다.

"설 선생은 차 문이 잠겨 있었을 거라 단정하는군요. 마치 무슨 근거를 가지고 말하는 것처럼 들립니다. 거긴 부친의 별장 앞인 데다가 깊은 산중이라 차 안의 비품을 도둑맞을 염려도 없었을 텐데, 구태여 강인한이 차 문을 잠글 필요가 있었을까요?"

"글쎄요……. 경찰에서 다 알아서 수사하지 않았을까요?"

설 교수는 두주의 시선이 부담스러웠는지 사방을 두리번 거렸다. 병실에 잠시 적막이 흐르는가 싶더니 문밖에서 노크 소리가 들렸다. 위생복 입은 나이 든 여자가 환자의 저녁밥이 담긴 식판을 들고 안으로 들어왔다. 나는 시계를 보며 말했다.

"아, 벌써 저녁 식사 시간이 됐군요. 협조해 주셔서 고맙습니다."

"아, 예. 그럼 수고하십시오."

인사를 하며 교수의 얼굴을 보니, 우리가 병실에 들어왔을 때보다 표정이 좀 더 어두워진 것 같았다. 병실에서 나와 주차장으로 가는 도중에 두주가 내게 말했다.

"일단 서울로 돌아가 사네를 내려주고 나는 내일 아침 일찍 아니, 늦더라도 오늘 밤 당장 부산으로 내려가 볼 작정일세. 내일이면 벌써 금요일이야. 이번 주 안으로 이 사건을 매듭지으려고 하네. 자넨 계속 자릴 비울 수 없는 처지이니, 부산은 나 혼자 가도록 하지."

나는 걸음을 멈추고 두주에게 말했다.

"자넨 방금 만났던 설영욱 교수를 의심하는 것 같군. 그 자가 범인일 가능성은 매우 희박해 보여. 왜냐면 그는 별장에서 거의 죽다가 살아난 피해자이기 때문이지. 그런 사람을 자넨 어째서 계속 의심하는 겐가?"

내가 반론을 제기하자, 두주는 고개를 가로저으며 말했다.

"그 이유를 설명해 주지. 내가 이 사건에 있어서 중요하게 생각하는 증거물은 별장에 남겨진 편백나무 장작일세. 이미 구속되어 재판을 기다리고 있는 강인한과 자네가 의심하고 있는 강영필, 이들 중 한 명이 편백나무 장작을 가져왔다고 보긴 어려워. 강인한의 집이 있는 서울이나 강영필이 살고 있는 괴산, 두 곳 모두 겨울엔 영하 10도 아래로 떨어지는 추운 곳이라 편백 나무가 도저히 자랄 수 없는 곳일세. 애써 심어봤자 얼마 못 가서 말라 죽어버릴 테지. 그렇게 본다면, 사건이 벌어진 날 편백 장작을 별장에 가지고 온 사람은 따뜻한 남해안 지역에 연고가 있는 자일 가능성이 높다는 것일세."

"외국에서 수입된 편백 나무라면 중부권에서도 유통이 될 테니, 쉽게 구할 수 있지 않겠나?"

"그럴 리는 없어. 일본에서 수입된 편백 원목은 건축자재나 가구, 히노끼 욕조 등으로 가공되는데 원목의 굵기가 상당하다네. 등급에 따라 차이가 있겠지만 못해도 직경 30cm 이상은 될 거라고 보네. 그런데 별장에 남아 있는 장작들을 살펴보니 지름이 고작 10cm 정도밖에 안 돼 보였어. 그런 상업적으로 쓸모없는 목재를 일본에서 수입할 이유가 없지. 결론적으로 말하자면 벽난로에서 태워진 장작은 국내에서 벌목된 편백 나무란 뜻일세."

"자넨 이 사건에서 편백 장작에 너무 치중하는 것 같은데……. 좋아, 이왕 내지른 거 같이 가보세. 괜히 시간 아깝게 서울로 갈 거 없이 여기서 바로 부산으로 내려가자구."

"역시, 자네다워! 오늘 밤은 부산에서 묵어야겠구먼."

두주와 나는 병원 근처 식당에서 저녁을 때우고 동남쪽 땅끝을 향해 출발하였다.

8

✦ ✦

부산 톨게이트를 통과하고 보니, 밤 10시가 다 돼 있었다. 뭔가를 하기엔 너무 늦은 시간이었기에 우리는 가까운 곳에 숙소를 잡고 거기서 휴식을 취했다. 참으로 고단한 하루였다. 아침에 서울을 시작으로 낮 동안 청주와 괴산 사이를 오가다가 밤에는 부산에까지 내려오게 된 것이다. 다음 날 일어나 시장통에서 돼지국밥으로 아침을 때우고 설영욱이 교수로 재직 중이던 영도대학교를 찾아 나섰다. 영도 섬에 나 있는 오르막 도로가 아주 가팔랐기 때문에 두주는 저단 기어를 넣고 차를 몰아야만 했다. 캠퍼스 정문을 통과하여 곧장 대학 본부 건물로 들어간 우리는 교무처장과의 면담을 요청하였다. 설 교수가 괴산 별장에서 크게 다쳐서 지금 병원에 입원한 상태라고 내가 말해주자, 교무처장이 놀라워했다.

"그런 일이 있었단 말입니까! 설영욱 교수는 아직 학교 측에 아무런 연락도 취하지 않았습니다. 하기야 그도 그럴만한 것이 설 교수는 징계위원회에 회부되어 있는 처지라, 강의에서 배제된 상태니까요."

"징계라고요? 설 교수가 무슨 잘못이라도 저질렀습니까?"

"아직 위원회의 최종 의결 절차가 남아 있기 때문에 지금 시점에서 섣불리 말씀드리긴 그렇습니다만……. 힘들게 따낸 국책사업 연구비를 설 교수가 횡령했다는 투서가 들어와서 감사를 해보니, 고발 내용 가운데 상당 부분이 사실인 것으로 드러났습니다."

"그렇다면 한동안 정직 상태였겠군요. 설 교수의 거주지는 어딥니까?"

"제가 기억하기로 설 교수는 일 년쯤 전부터 교수 아파트에 들어와 살고 있는 것으로 압니다. 지은 지 벌써 40년이 다 돼 가는 오래된 곳이지요. 비좁고 시설도 열악해서 주로 독신으로 와 있는 교수들이 기거하는 곳입니다. 말이 아파트지 단동 건물이고 고작 스무 세대가 전부거든요."

"설 교수도 가족들 없이 혼자 거주했습니까?"

"그런 걸로 압니다."

두주와 내가 몇 가지 더 구체적인 사항을 물어봤지만, 교무처장은 설교수에 대해 자신이 알고 있는 소문이나 정보를 우리에게 말하기 조심스러워하는 눈치였다. 그 자리에 오래 앉아 있어 봐야 더 유용한 정보를 얻을 수 없을 것 같아 우리는 교무처 사무실을 나왔다.

영도대학 교수아파트는 대학 캠퍼스보다 더 높은 지대 위에 서 있었다. 5층 건물 외벽 곳곳에 금이 가 있었고, 80년대에나 쓰던 흑갈색 새시가 끼워져 있었다. 모르는 사람이 보면 영세민 아파트라고 여길 정도로 낡은 공동주택이었다.

"설영욱은 지금 청주에 입원해 있는데, 굳이 여기까지 와야 할 이유라도 있나?"

나의 물음에 두주가 답했다.

"이왕 부산까지 내려왔는데 용의자의 거주지는 보고 가야 할 것 아닌가. 아, 저기 우편함이 보이는군."

아파트 출입구 왼쪽 벽면에 공동우편함이 눈에 들어왔다.

"설영욱이 거주하는 102호 함에 우편물이 들어있군그래."

두주는 우편물을 함에서 뽑아서 하나씩 살펴보았다. 이런저런 요금 고지서 외에 약간 두툼해 보이는 우편 봉투 하나에 시선이 쏠렸다. 봉투 왼쪽 상단 발신자 칸에는 '대우렌터카'라는 상호와 주소가 인쇄되어 있었다. 웬만해선 잘 웃지 않는 두주였지만 그 우편의 겉봉을 보고는 기분 좋게 소리 내어 웃었다.

"이거 생각보다 일이 수월케 풀리는데. 설영욱에게 무쏘 차를 빌려준 렌터카 업체를 찾아내는 수고를 덜게 됐어."

봉투 앞면에 인쇄된 렌터카 주소와 연락처를 수첩에 옮겨적은 두주는 우편 봉투를 열지 않고 우편함에다 도로 집어넣었다.

"봉투에 뭐가 들었는지 궁금하지 않나?"

"굳이 봉투를 뜯을 필요 없을 것 같아. 어떤 서류가 들어있을지는 짐작이 되니까 말이야. 자, 당장 대우렌터카 영업소로 가보세."

곧바로 영도다리를 건너 부산역에서 가까운 곳에 있는 렌터카 영업소를 찾아갔다. 우리를 맞이한 여직원에게 용건을 말하니, 가슴팍에 '임병찬'이라 새겨진 명찰을 단 깡마른 체형의 직원이 나타나 우리 앞에 마주 앉았다. 설영욱에게 차를 빌려주고서 무슨 문제가 생겼는지 그는 꽤 짜증이 나 있는 것 같았다.

"그 사람, 여기 들어와서는 다짜고짜 한다는 말이 다른 SUV는 안 되고 꼭 무쏘를 빌려야겠다고 하더군요. 그때 마침 무쏘 후기형 모델 한 대가 남아 있어서 이틀간 렌트계약을 맺었습니다. 그런데 차를 반납받고 나서 이튿날에 점검 삼아 시운전을 해봤는데, 전에는 없었던 풍절음이 문틈에서 들리는 겁니다. 문짝에다 대체 무슨 짓을 한 건지, 조수석 쪽 문틈이 약간 틀어져 있었고, 그 틈 사이로는 쇠붙이 같은 것에 긁힌 스크래치 자국이 많이 나 있더군요. 제 경험상 교통사고로는 그런 손상이 절대로 일어날 수 없습니다. 렌터카 일을 오래 했지만, 이런 경우는 처음 겪어봤습니다."

두주가 임병찬에게 물었다.

"차 수리비를 청구했겠군요. 임차인은 뭐라 합디까?"

"계약서에 적혀 있는 휴대폰 번호로 전화를 걸었는데, 며칠 동안 전화를 안 받더군요. 나중에 겨우 통화가 됐는데, 차를 고장 낸 적이 없다며 발뺌하지 뭡니까! 그래서 계속 이런 식으로 나오면 손해배상 소송을 걸겠다고 하니까, 그제서야 입장을 바꾸며 한다는 말이, 지금은 충청도 소재 병원에 입원해 있는 처지이니, 수리비와 휴차비 보상관계는 자기가 퇴원한 후에 협의하자고 하더군요. 다쳐서 누워있는 사람 붙들고 계속 독촉할 수도 없는 노릇이라 하는 수 없이 일단 수리 견적서를 그 양반 주소지로 발송해 뒀습니다."

그렇게 말을 마친 임병찬은 책상에서 서류 파일을 가지고 와서 우리 앞에 펼쳐놓았다. 미세하게 휘어진 문틀과 그 사이로 차 도장이 까져있는 모습이 찍힌 사진이 붙어 있었다.

"렌터카 업체 측 손해액은 얼마나 됩니까?"

"수리비 150만 원에 휴차비가 70만 원으로 책정됐습니다."

알았다는 듯이 고개를 끄덕인 두주는 소파에서 몸을 일으켜 세웠다.

"협조해 줘서 고맙습니다. 아마도 조만간에 다른 수사관들한테서 연락이 올 겁니다. 그때도 지금 우리에게 했던 것처럼 있었던 그대로 진술하면 됩니다."

우리는 렌터카 대리점에서 밖으로 나왔다. 내가 두주에게 말했다.

"이제야 알겠어. 그 교수란 작자가 강인한의 무쏘 도어를 따기 위한 연습 용도로 이 렌터카 대리점에서 동종의 차량을 빌렸던 거로군."

"맞아. 아까 사진을 보니까, 설영욱은 에어 웨지란 도구를 썼던 것 같아. 얇지만 내구성이 강한 소재로 제작된 포켓을 차체와 도어 사이의 틈에 집어넣은 후에 손으로 펌핑하여 포켓을 팽창시켰겠지. 그러면 도어 틀이 약간 벌어지면서 공간이 만들어졌을 걸세. 그 사이로 철사나 쇠꼬챙이를 집어넣어 문짝 내측에 붙어 있는 도어 오픈 레버를 잡아당겨 차 문을 열었을 거야. 그러고는 범행에 사용하고 남은 청산가리 통을 강인한의 차에다 넣어둠으로써 그에게 존속살해의 누명을 씌웠던 것일세."

"설영욱이란 인간은 정말 야비한 놈이로군. 어쨌든 이 사건은 이제 해결된 것이나 마찬가지야. 이제 강인한을 구치소에서 나오게 할 수 있겠어. 당장 괴산서(署)로 가세나."

"아직 한 군데 더 가야 할 곳이 있다네. 그곳은 기장 일광이야. 여기서 그리 멀지 않은 곳이지. 부산경찰청에 내가 잘 아는 후배가 근무하고 있는데, 어제 부산으로 출발하기 전에 그에게 전화를 걸어 이달 초에 부산 인근에서 편백 나무 장작을 소매로 판매한 곳이 있는지 알아봐 달라고 부탁해 놨었네. 좀 전에 그 후배한테서 회답이 왔는데, 기장군 일광면에 제법 큰 목재소 한 군데가 있는데, 다양한 종류의 나무 장작을 취급한다고 알려주더군. 위치와 연락처까지 받아 놨으니, 바로 출발하면 돼. 이 사건도 거의 막바지야. 이제 마지막 퍼즐만 꿰맞추면 되는 걸세."

부산 시내에서 가깝다고 했지만 한 시간 가까이 차를 몰고 가서야 일광산(日光山) 기슭에 자리 잡은 목재소에 도착할 수 있었다. 목재소 안쪽에 있는 컨테이너로 된 간이 사무실로 찾아가서 편백 나무 장작에 관하여 조사할 게 있어 왔다고 말하니, 목재소 주인은 장작을 사러 왔었던 설영욱에 대해서 잘 기억하고 있었다.

"예. 키 좀 작고 코 옆에 굵은 점 있는 사람한테 장작을 팔았심더. 장마철에 나무 장작을 사러 왔다길래 쪼매 별일이다 싶더라고예. 참나무 장작은 3월 말에 벌써 다 소진됐뺐고, 장작으로 쓸만한 기는 히노끼 잘라놓은 거밖에 없어가 그거라도 써보라 캤지예."

두주가 목재소 사장에게 물었다.

"그때 장작만 사 갔습니까?"

"아니라예. 톱밥도 좀 필요하나 개가 한 봉다리 담아줬지."

두주는 주머니에서 사진을 한 장 꺼내 사장에게 보여주었다. 그것은 별장 벽난로에 남아 있던 장작을 찍은 사진이었다.

"여기서 판 게 맞습니까?"

"함 보입시더……. 바로 옆에 있는 일광산에서 벌목해 온 기라요. 여서 나간 기 맞아예."

두주는 목재소 주인에게 악수로 청하며 말했다.

"이 목재소에서 장작을 사 갔던 비열한 인간 때문에 아무 죄 없는 사람이 누명을 뒤집어쓰고 억울하게 감옥에 갇혀 있습니다. 백 선생이 편백 장작에 대해서 사실 그대로 진술해 준다면, 그 사람은 곧 자유의 몸이 될 수 있을 겁니다. 여기 목재소 일은 밑에 직원한테 맡겨놓고 지금 당장 같이 가십시다."

목재소 백 사장은 호쾌한 그의 풍모처럼 앞뒤 따지지 않는 화통한 성격이었다. 그는 즉각 두주의 제안에 동의했다.

"마, 어려울 것 있겠심니꺼. 그런 일이라면 도와야지예. 당장 쎄리 밟아 가입시더!"

백 사장을 뒷좌석에 태우고서 목재소를 나선 에스페로는 흙먼지를 날리며 가파른 산길을 내려와 괴산을 향하여 속력을 올렸다.

9

✦ ✦

대우렌터카 부산역 영업소의 임병찬과 기장군 일광 목재소 백 사장, 이 두 사람의 증언과 진술 덕분에 강인한은 얼마 지나지 않아 구치소에서 풀려나게 되었고, 범행이 탄로나 피의자로 지목된 설영욱은 긴급체포 되어 구치소에 수감되는 신세로 바뀌었다.

금방이라도 비가 쏟아질 것 같은 잔뜩 흐린 날이었다. 출소 예정 시간에 맞춰 강인한의 아내 윤정숙과 두 아이가 구치소 문 앞에서 자신들의 가장이 나오기를 기다리고 있었고, 두주와 나는 그들과 조금 떨어진 곳에 서 있었다. 얼마 후 무거운 철문이 열리고 사복으로 갈아입은 강인한이 밖으로 천천히 걸어 나왔다. 몸을 낮춰 처자식을 껴안은 그의 눈에는 기쁨과 감격의 눈물이 글썽이고 있었다. 두주와 내가 천천히 다가가자, 몸을 다시 일으킨 강인한이 고개 숙여 정중하게 인사하였다.

"정말 고맙습니다! 두 분께 평생 갚아도 다 못 갚을 빚을 졌습니다."

나는 강인한의 어깨를 두드리며 말했다.

"강형, 그동안 고생 많았소. 이번 사건 해결은 도 소장이 거의 다 한 겁니다. 나는 옆에서 거들었을 뿐이요."

"소장님, 도와주셔서 정말 감사합니다."

두주가 강인한에게 악수를 청하며 말했다.

"구치소에 갇히고서도 좌절하지 않고 부인으로 하여금 이 친구, 박 경감을 찾아가 도움을 청하도록 한 건 정말 잘한 일입니다. 설 교수의 간교한 술책에 수사관들이 말려들어 애꿎은 강 선생만 고초를 겪었군요. 몸과 마음이 많이 피폐해져 있을 것 같으니, 우선 집으로 가서 쉬도록 하세요."

"정말 감사합니다. 앞으로 저는 두 분을 형님으로 모시겠습니다. 저를 살려주신 분들이니까요. 조만간 제가 형님들을 집으로 초대하겠습니다. 그때 꼭 와주십시오."

두주와 나는 훈훈한 미소로 답을 대신하였다.

"서울로 돌아가는 대로 보수금을 마련해 드리도록 하겠습니다."

그러자 두주가 손사래를 쳤다.

"괜찮소. 여기저기 오가며 썼던 실비 정도면 족합니다."

"실비라니요! 말도 안 됩니다. 저, 강인한이를 쩨쩨한 인간으로 만들지 마십시오."

"나는 괜찮소만, 설영욱이 강형에게 뒤집어씌운 혐의가 풀릴 수 있도록 증언을 해준 두 사람이 있는데, 이들에게만큼은 고마움을 표하는 게 좋겠군요. 특히 목재소 백 사장은 먼 길마다 않고 우리와 동행해 주었으니까. 그리고 당장은 보수금보다 부친의 장례를 치르는 게 더 급선무이니, 어서 가보도록 하시오."

"예. 그리하겠습니다. 그런데 제가 전부터 궁금했던 것이 있는데, 소장님의 함자는 좀 특이해서 한 번이라도 들어 본 사람은 절대로 안 잊어버릴 것 같습니다. 특별한 뜻이 담겨 있습니까?"

예상 밖의 질문을 받게 된 두주는 빙긋 웃었다.

"하핫, 예전부터 종종 받아오던 질문이군요. 나의 선친께서 말술을 잡숫고서 나를 낳으셨기 때문에 두주(斗酒)라 지은 것이오."

두주의 설명을 들은 강인한은 환하게 웃었다. 이윽고 자신의 검정색 무쏘에 가족들을 태운 그는 먼저 서울로 떠났다. 두주와 나도 서울로 돌아가기 위해 주차해 놓은 곳으로 걸어가는 중에 문득 궁금한 것이 떠올라 두주에게 물었다.

"강인한의 계모 설선화는 처음부터 노인이 가진 재산을 노리고서 그의 후처로 들어갔던 것일까?"

"이미 당사자들이 사망하여 뭐라 확언할 순 없지만, 여러 정황이나, 무려 스무 살 이상 나이 차가 나는 걸로 봐선 그런 소지가 다분하다고 봐야겠지. 갑작스럽게 일어난 범행이 아니라, 설 씨 남매 사이에 꽤 오래 전부터 공모(共謀)가 있었을 걸로 보네."

"설 교수도 별장 굴뚝에 말벌 집이 있다는 걸 모르는 상태에서 범행을 계획했다고 보는 게 맞겠군?"

"그자가 벌집이 있다는 걸 사전에 알았다면 그렇게 위험하고 어리석은 계획을 그대로 밀어붙이진 않았을 거야. 실영욱의 원래 계획은 아마 이랬을 걸세. 6월 초라고 해도 산간지방의 심한 일교차 때문에 늦은 밤이 되면, 노인이 벽난로에 불을 피울 거라고 예상했던 거지. 부산에서 미리 구해놓은 편백 장작을 드릴로 뚫어서 몇 개의 깊은 홈을 만들고 그 안에 청산가리를 집어넣고선 목재소에서 얻은 톱밥과 아교를 섞은 재료로 장작 윗부분을 마감하고 밀봉했을 걸세.

범행을 공모했던 설 씨 남매는 아무리 늦어도 밤 9시가 되기 전에는 별장에서 나올 계획이었을 거야. 늦은 밤, 별장에 혼자 남게 된 강 노인이 난방을 위해 벽난로에 불을 피우게끔 유도했던 것일세. 그렇게 하여 노인이 벽난로에서 뿜어져 나오는 독가스를 흡입하고서 내질식 상태에 이르러 죽게 만들려고 했던 것이지. 그런데 예상치 못했던 변수 두 가지가 생겨버렸어. 첫 번째 변수는 예년보다 일찍 북상한 장마전선일세. 장마 구름이 몰고 온 저기압으로 인해 류마티스 통증을 심하게 느낀 노인이 예상했던 것보다 이른 시간에, 그것도 하필 후처와 설영욱이 잠시 거실을 비운 사이 벽난로에 불을 지펴버렸던 거야.

사실, 거기까지는 있을 법도 한 상황이었어. 그다음에 발생한 변수가 결국 대참변을 일으키고 말았던 것일세. 범인이 간과한 두 번째 변수는 굴뚝에 붙어 있었던 말벌 집이었어. 강 노인이 가스 토치를 쏘아 편백 장작에 불을 붙이고 나서 불과 십여 초 만에 독가스가 나와 굴뚝 위로 뿜어져 올라갔을 걸세. 청산가리 위를 밀봉하고 있던 톱밥과 아교를 섞어 만든 재료는 목재보다 수분 함유량이 적고 밀도도 훨씬 낮기 때문에 금방 타버렸을 걸세. 굴뚝으로 올라온 독가스를 피하려고 벌집에서 나온 말벌들은 불빛과 온기에 이끌려 벽난로 쪽으로 내려왔을 거야. 벽난로 방향으로 날아온 대다수의 말벌은 화실의 장작불에 타죽어 버렸을 테지. 용케 불길을 피해 날개를 보존했던 말벌 몇 마리가 별장 내부로 난입해서 거실에 있던 세 사람들을 공격했던 거야. 강 노인 내외가 절명하고 설영욱이 의식을 잃을 정도로 가혹하고 처절하게⋯⋯. 어쩌면 청산가리가 연소하면서 발생한 독가스 성분이 말벌의 뇌를 자극하여 공격성을 극대화시켰을 지도 모를 일이지.

만약에 굴뚝에 말벌 집이 없었다면, 설영욱이 독가스로 살해하려 했던 강 노인도 생명을 건졌을 가능성이 꽤 높았을 거라고 봐. 왜냐면 벽난로라는 난방기구는 구조적으로 화실에서 발생한 연기나 가스 대부분이 연도를 타고 굴뚝 위로 빠져나가게 되어 있기 때문일세. 과연 치사량에 이르는 독가스가 집 안으로 유입될지 말지는 그 시점의 날씨와 기압, 연도의 상태와 창문의 개폐 여부 등 변수가 너무나 많아서 예측하기 어려운 일이지."

"자네의 설명을 들으니 당시 상황이 좀 더 명확하게 그려지는군."

서울에 가까워질수록 차창을 때리는 빗줄기가 점점 굵어졌다. 두주는 빗소리에 아랑곳하지 않고 조수석 깊이 몸을 누인 채로 잠을 청하고 있었다. 사건을 조기에 해결해서 기분이 좋았는지 내가 운전 중에 곁눈질로 보니, 그의 입술 끝이 살짝 올라가 있었다.

4
런던에서 온 사관

1

✦ ✦

늦더위가 한창이던 1998년 9월 중순의 어느 늦은 오후, 도두주로부터 저녁 7시까지 그의 집으로 와 달라는 연락을 받고서 평소보다 일찍 퇴근길에 나섰다. 청사 옥외 주차장에 세워둔 차에 올라타자, 후끈한 열기가 나를 맞아주었다. 시내 도로는 여느 때처럼 차량 정체가 길게 이어져 가다, 서다를 반복하였다. 두주의 집에 도착한 나는 길가에 차를 댄 다음 평소처럼 노크 대신 헛기침을 하고서 방문을 열고 들어갔다. 흐릿한 조명이 켜진 방안에는 정장 차림의 낯선 신사가 두주와 마주 앉아 있었다. 방문객은 나의 등장에 적잖이 당황한 듯이 보였다. 두주가 그를 안심시키려 먼저 말문을 열었다.

"그리 놀랄 것 없습니다. 여기 이 사람은 내가 불러서 온 거니까요."

"이건 좀 곤란하군요⋯⋯. 비밀을 보장하기로 했잖습니까?"

졸지에 불청객이 돼 버린 나는 무안한 표정으로 몇 초 동안 어색하게 서 있을 수밖에 없었다.

"박 경감, 그렇게 서 있지 말고 이리 와서 앉게나."

내게 자리를 권한 두주가 낯선 이에게 사정을 설명하려는 찰나, 그가 먼저 불만을 쏟아냈다.

"이럴 줄 알았다면 여기 오지 않았을 겁니다! 의뢰를 철회하겠습니다. 그럼, 이만."

일어서는 사내의 손목을 두주가 붙잡았다.

"성격이 좀 급하시구먼. 차 선생의 입장을 충분히 이해합니다만, 잠시 내 말을 들어보고 가도 그리 늦지는 않을 겁니다."

예전부터 두주는 친분이 없거나 초면인 사람을 '선생'이란 호칭으로 불렀다. 마지못해 다시 의자에 앉은 방문객의 얼굴엔 근심이 가득해 보였다. 두주는 목을 가다듬고서 진중한 어조로 말을 이었다.

"사실 의뢰받은 사건을 단독으로 해결하기엔 현실적으로 역부족일 때가 많습니다. 조력자 없이 일하면 시간도 몇 배나 더 소요되고요. 이 친구는 나의 오랜 동업자로서 믿을 수 있는 사람이고 신분도 확실하니, 조금도 염려할 거 없습니다. 의뢰인에 관한 정보가 외부로 누설되는 일은 결단코 없을 겁니다. 그것만큼은 확실히 보증할 수 있습니다. 나와 이 사람을 믿고 일을 맡기든지 아니면 다른 데를 찾아보시오."

잠시 망설이는 눈빛을 보이던 방문객은 어쩔 수 없다는 듯 한숨을 내쉬며 말했다.

"좋습니다. 두 분을 믿겠습니다. 대신 반드시 비밀을 지켜주십시오."

상대방이 굽히고 들어오자, 두주는 한결 부드러운 목소리로 납했다.

"물론입니다. 사건 해결 여부와 관계없이 의뢰인의 비밀은 절대 보장합니다. 아, 그리고 여기 올 때 내가 전화로 일러준 대로 했겠지요?"

"예, 제 차는 놔두고 후배의 자가용을 빌려서 타고 왔습니다."

"그럼 됐습니다. 이제 선생이 당하고 있다는 협박 사건에 대해서 처음부터 차근히 말해보세요."

짙은 남색 수트를 반듯하게 다려입고 온 의뢰인은 체격이 건장했으며 단정하게 이발을 한 모습이었다. 40대 중반쯤 돼 보였으며, 품위를 중요시하고 자존심이 강해 보이는 인상을 주었다. 두주에게 담배를 피워도 되겠느냐고 양해를 구한 그는 연기를 한 모금 내뿜고서야 어렵게 말문을 열었다.

"저는 현역 해군 대령으로서 2년 전부터 런던 주재 대사관에서 국방무관으로 근무하고 있습니다. 지금은 중요한 업무보고 때문에 잠시 귀국해 있는 상태입니다……. 군인으로서 그리고 외교관으로서 저는 치명적인 과오를 저지르고 말았습니다. 여태까지 자기 관리를 나름대로 잘해왔다고 자부해 왔는데, 이런 일을 당하고 보니 너무나 큰 자괴감이 듭니다.

지난주 수요일 현지 시각 오후, 대사관에서 근무 중인 저에게 평소 친분이 있던 해운사 주재원 한용철로부터 전화가 왔었는데, 저녁을 같이 먹자는 용건이었습니다. 회사의 사정으로 이튿날 급하게 서울 본사로 복귀하게 됐는데, 출국 전에 간단하게나마 저와 석별의 정을 나누고 싶다고 하더군요. 상부에 제출할 보고서 검토 때문에 시간이 빠듯했지만, 저녁만 빨리 먹고 돌아와서 다시 일할 요량으로 승낙하였습니다. 아직도 후회되는 게 만약 그날 제가 한용철의 식사 제안을 거절했었다면, 이런 비열한 모략에 빠져 협박당하지 않았을 것이고, 지금 이곳에 와 있을 이유도 없을 겁니다."

말을 마친 대령의 눈동자에 회한이 가득해 보였다.

"그럴 테지요. 자, 이제 본론으로 들어갑시다."

두주는 다리를 바꾸어 꼬며 의뢰인을 재촉했다.

"약속 장소인 스트랜드 가에 있는 펍에 들어가 보니, 한용철은 젊은 백인 여자와 함께 앉아 있었습니다. 캐서린 요한슨이라는 여잔데, 런던에 소재한 선박 중개업체 직원이며 덴마크 출신이라고 하더군요. 한용철은 캐서린 덕분에 여객선을 굉장히 유리한 조건으로 계약했다며 연신 그녀를 추켜세웠습니다. 그렇게 셋이 식사하던 중에 한용철이 휴대폰을 받더니, 급한 일이 생겼다며 좀 있다 돌아오겠다고 말하고는 밖으로 나가버렸습니다. 초면인 둘만 자리에 남게 되자, 분위기가 좀 어색해졌는데 캐서린이 술을 마시자고 제안하더군요. 한 잔 정돈 괜찮을 거 같아서 맥주를 주문했습니다. 맥주를 다 마시자, 여자가 이번에는 와인을 마시고 싶다 해서 와인도 시켰습니다."

집중해서 듣기만 하던 두주가 대령의 말을 끊고 끼어들었다.

"원래 식사만 하고 대사관으로 돌아가 잔무를 처리할 거라고 했는데, 술을 많이 마신 이유가 대체 뭡니까?"

대령이 좀 멋쩍은 표정으로 답했다.

"원래는 일찍 일어날 생각이었습니다. 하지만 비록 처음 만난 사이라곤 해도, 여자만 혼자 놔두고 자리를 파하는 게 매너 없는 행농이라 생각되어 그랬던 것 같습니다. 지금 생각하니 뭔가에 홀렸던 게 아닌가 싶습니다."

"그렇군요……. 캐서린이란 여자와의 대화 소재는 해운이나 조선업

동향에 관한 것이었습니까?"

"아닙니다. 그런 비즈니스 쪽 얘기는 거의 없었고 런던 시내 어디에서 기거하는지, 나중에 한국에 한번 꼭 가보고 싶다는 따위의 그런 가볍고 사소한 이야기들이었습니다. 덴마크인이어서 그런지 영어가 유창한 편은 아니었습니다."

고개를 살짝 끄덕인 두주는 대령에게 하던 이야기를 계속 이어서 하라는 뜻으로 가볍게 손짓을 했다.

"와인까지 마시고 나니, 여자가 펍 내부가 덥고 답답하다며 밖으로 나가자고 하더군요. 길 건너 템스강변을 둘이 걸어가는데, 캐서린이 갑자기 팔짱을 끼고 몸을 밀착시키면서 저를 유혹했습니다. 그리곤 저의 거처에 가서 한 잔 더 마시자고 하더군요. 거절할 수 없었습니다……. 술에 최음제를 몰래 탔는지는 모르겠지만, 끓어오르는 욕정을 주체하기 어려웠습니다.

택시를 타고 제가 기거하는 아파트로 가서 그 여자와 하룻밤을 보냈습니다……. 아침에 심한 갈증과 숙취를 이기고 힘겹게 일어나 보니, 캐서린은 이미 사라지고 없더군요. 책장과 서랍에 정리돼 있던 서류들이 꺼내져 어지럽게 펼쳐져 있었고, 현재 도입 추진 중인 대잠 헬기의 요구 성능 정보와 관련 예산자료가 담긴 노트북도 사라졌습니다."

"전형적인 미인계로군요!"

여태까지 듣고만 있던 내가 소리쳤다.

"예, 좀 모자란 사람이나 미인계에 당하는 줄 알았는데, 제가 이렇게 될 줄은……."

어이없다는 표정을 지으며 대령이 고개를 저었다.

"나를 찾아온 걸로 봐선, 피해가 그것뿐만은 아닌 것 같은데요?"

두주의 물음에 대령이 고개를 끄덕였다.

"그렇습니다. 저는 지금 훨씬 더 심각한 상황에 빠져있습니다. 그저께 비디오테이프가 들어있는 소포와 협박장이 저 앞으로 왔습니다. 소포 발송자는 '광명성 무역 총회사'로 돼 있더군요. 따로 알아보니, 이 회사의 주소는 존재하지 않는 엉터리 지번이었습니다."

"'광명성(光明星)'은 북한에서 최고 영도자를 지칭하는 것인데, 차 선생에게 보낸 협박장의 발신자명으로 사용된 것은 꽤 흥미로운 부분이군요. 일단 꺼내 봅시다."

대령은 까만 가죽가방에서 비디오테이프와 문서 한 장을 꺼내 테이블 위에 놓았다. 흰 종이에는 다음의 글귀가 인쇄되어 있었다.

남조선 괴뢰해군 상좌 차주홍 앞

델파이사의 마린호크 직승기에 대하여 부정적인 보고서를 제출하라.

마린호크가 남조선해군 기종으로 선정된다면, 별송한 비디오 필림 복사본을 가족들에게 보내고 시중에 무작위로 류포할 것이다.

그리고 남조선의 외교전문 암호 해독 프로그람을 추후 지정한 시간과 장소에서 공화국에 넘길 수 있도록 준비해 놓길 바람.

"상좌 계급은 대령과 동급입니까?"

"아닙니다. 상좌(上佐)는 고참 중령에 상응하는 계급이고 대좌가 대령과 같은 계급입니다. 북한은 예전부터 군사 회담장 같은 데서 한국군 장교 계급을 자기들보다 한 단계 격하시키려 하는 고약한 버릇이 있습니다."

"역시 북한 놈들답군."

상좌라는 계급에 대해 내가 궁금해하자, 차 대령이 설명해 주었다.

"이 테이프엔 차 선생과 캐서린이란 외국 여자 간의 정사 장면이 녹화 돼 있겠군요."

두주가 묻자, 대령이 민망한 표정을 숨기지 못하고 고개를 끄덕였다.

"그렇습니다……."

"그런데 직승기라는 게 뭡니까?"

무안해진 대령을 위해 내가 일부러 화제를 돌렸다.

"외래어 사용을 꺼리는 북한에서는 헬리콥터를 직승기(直昇機)라 부릅니다. 우리 해군은 북한 잠수함 전력의 침투에 대한 초계를 강화하기 위해 대잠 헬기 도입을 서둘러왔습니다. 저는 지난 8개월 동안 영국 현지에서 델파이 사의 마린호크 대잠 헬기에 대한 조사 보고서를 작성해 왔고, 제출 기일이 이제 며칠밖에 남지 않았습니다.

캐서린과 있었던 그날 밤 사건 일체에 관해 본부 직속상관에게 보고 할지 말지를 고민하다가 결행하지 못하고 여기까지 찾아왔습니다. 제가 대의를 위해 모든 걸 솔직하게 밝힌다면, 북한은 나에 대한 보복으로 이 테이프를 복제해서 유포할 것입니다. 저의 명예와 경력이 손상되는 것은 아무 상관 없습니다만, 평생을 해군에 헌신하신 저의 부친은 큰 충격을 받고 저를 부끄러운 존재로 여기실 것입니다. 제 아내와 아이들이 이 테이프에 들어있는 영상을 본다는 상상만 해도 몸서리가 쳐집니다. 가족과 온 세상으로부터 버림받고 수치스럽게 살아가느니 차라리 자살하는 게 나을 것 같다는 생각도 듭니다. 사실 어젯밤에는 만취한 나머지 높은 곳에서 뛰어내릴 생각까지도 해봤습니다."

"심정을 충분히 이해합니다. 실수는 누구나 저지를 수 있는 거니깐 너무 자책할 필욘 없어요. 쉬운 사건은 아닌 것 같지만, 무슨 방도가 있을 겁니다."

대령을 진정시킨 두주가 협박장을 집어 들었다.

"폰트가 북한에서 쓰이는 광명체인 것 같군. 프린터로 출력한 것 같은데, 이 협박장은 전자메일로 온 것입니까?"

"그렇습니다. 테이프가 든 소포를 받고 나서 두 시간쯤 후에 이메일을 받았습니다. 군 방첩 기관에서 근무하는 사관학교 동기에게 이메일을 어디서 보냈는지 비밀리에 조사해달라고 부탁했습니다. IP 추적 결과, 이메일의 발신지는 중국 심양 인근인 것으로 나왔습니다."

"동북 3성의 중심도시인 심양은 각국 요원들이 암약하고 있는 곳이지. 북한 역시 심양에 중요거점을 운영하고 있을 겁니다."

두주의 말에 대령이 고개를 끄덕였다.

"해외 첩보 분야에 대해서 밝으시군요."

"그럼, 기무사에 근무하는 동기라는 분에게는 차 선생이 런던에서 당했던 일들에 대해 모두 얘기했겠군요?"

"예, 워낙 절친한 친구고, 믿을 수 있는 사람이라서 털어놓을 수 있었습니다. 사실은 그 동기가 도(都) 경위님을 찾아가 사건을 의뢰해 보라고 권했습니다. 이런 사건을 비밀리에 해결할 수 있는 분이라고 하더군요."

대령이 자신을 '경위'라는 경찰 계급으로 호칭하자, 두주가 영 떨떠름한 기색을 드러냈다.

"나는 경찰을 떠난 지 오래된 사람입니다. 경위라는 호칭이 듣기에 영 어색하군요. 이런 일 하는 데를 흔히 홍신소라고 부르니, 소장(所長)이라고 불러주면 좋겠습니다."

"자네의 명성이 군 당국에까지 알려져 있다니, 놀랐는걸!"

내가 약간 비꼬는 투로 말하며 웃었다.

"음, 좀 뜻밖이긴 하군."

멋쩍은 표정으로 고개를 갸웃거린 두주가 다시 대령에게로 시선을 돌렸다.

"그런데 한용철이란 인물과는 언제부터 아는 사이였습니까?"

"국방무관 파견 명령을 받고 런던으로 부임한 저는 하이드 파크 인근에 있는 나이츠브리지라는 곳에 거처를 구하고 체류 중이었는데, 올해 6월 무렵에 한용철이 저의 위층 호실로 입주하게 되면서 서로 알게 됐던 겁니다. 그 사람 워낙 붙임성이 좋고, 게다가 취미도 저와 비슷했기 때문에 금방 친해질 수 있었습니다."

"한용철 그자로부터 금품이나 향응을 제공받은 적이 있습니까?"

두주의 직설적인 질문에 기분이 상했는지 대령의 표정이 굳어졌다.

"이런 추문에 휘말렸다고 해서 저를 속물 취급하지는 말아 주십시오. 휴일에 요트클럽에서 몇 번 어울리긴 했지만, 돈은 일전도 받은 적 없습니다."

"어쨌든 한용철은 차 선생에게 계획적으로 접근한 것이 분명합니다. 사건 후에 그에게 연락해 보거나 행방을 추적해 보았나요?"

"그날 후부터 휴대폰은 계속 꺼져있는 상태이고, 그자가 다닌다는 해운사에 물어보니, 한용철이라는 직원은 근무한 적이 없다는 대답을 들었습니다."

"한용철이 북한에서 보낸 요원이라고 여겨질 만한 특징은 없었습니까? 어쩌다가 이북 말투가 나온다든지, 혹은 남한 물정에 대해 어둡다든지 말입니다."

대령이 잠시 한용철에 대한 기억을 더듬고서는 대답했다.

"아닙니다. 센스 있게 농담도 잘하고 세상 물정에도 아주 밝은 사람이었습니다. 골프나 요트 같은 고급 레포츠에도 상당한 수준급이었으니까요."

"듣고 보니 꽤 흥미로운 자인 것 같군요. 캐서린 요한슨이라는 여자는 한용철이 런던의 뒷골목에서 차 선생을 협박하기 위해 제법 큰 돈을 주고 섭외했을 겁니다. 어쩌면 포르노 여배우일 수도 있겠지요."

두주의 말을 듣고서 수치심 때문에 얼굴이 붉게 달아오른 대령이 일부러 화제를 다른 데로 옮기려 했다.

"해군의 차기 대잠 헬기 최종 심사 대상에 오른 두 개 기종은 앞서 언급했던 델파이 사의 마린호크 외에 미국 암스트롱 사의 씨바이퍼 입니다.

마린호크도 단점이 없는 것은 아니지만, 씨바이퍼는 이런저런 문제가 많다고 합니다. 구형 기종이라서 잠수함 탐지 능력도 떨어지는 데다, 더 큰 문제는 설계 오류로 인한 결함 때문에 사고 위험성이 높다는 것입니다."

대령의 설명을 듣고서 두주가 고개를 끄덕이며 말했다.

"한국해군이 결함 있는 구형 대잠 헬기를 도입하는 것이 북한군에게는 유리하게 작용하겠군요. 최신 고성능 대잠 헬기가 도입된다면, 북한 잠수함의 대남 침투가 더 어려워질 테니."

"그렇습니다. 북한 해군으로선 마린호크가 훨씬 더 위협적입니다. 그래서 저들은 마린호크 기종에 대한 검토·평가를 총괄한 저의 약점을 잡아서 협박을 가하는 것입니다. 부정적인 평가 보고서를 제출케 함으로써 마린호크를 최종 심사에서 탈락시키고 씨파이퍼 기종이 선정되게끔 하는 것이 저들의 목적으로 보입니다."

"들어보니, 북한으로선 이런 공작을 벌일 동기가 충분하군요. 그런데 나는 이해가 안 가는 구석이 있습니다. 협박장의 활자체나 용어들을 보면, 명시하지는 않았지만, 발신자가 북한 공작기관임을 공공연히 드러내고 있습니다. 그런데 일부러 이렇게 표시 낼 필요가 있을까요? 상식적으로 봤을 때, 되도록 자신들의 정체를 감추려고 하는 게 첩보, 공작의 기본인데 말입니다."

"하지만 협박장 하단엔 재외공관의 외교 전문 암호처리 프로그램도 넘기라고 요구하고 있지 않습니까? 북한 외에 다른 누가 이런 짓을 벌이겠습니까?"

"꼭 북한만이 한국의 외교 기밀을 탐내는 건 아닐 테지요."

그렇게 답한 두주는 잠시 뭔가를 생각하는 것 같더니 책상으로 가서 메모지와 볼펜을 꺼내 들었다.

"그렇다면 이렇게 한번 해봅시다."

두주는 재빨리 몇 줄 휘갈겨 적은 메모지를 대령에게 건넸다.

귀측이 요구하는 바를 수용하겠음.
마린호크에 대한 부정적인 보고서를
해군 수뇌부에 납득시키기 위해서는
미화 10만 불 정도의 비용이 필요함.
일백 불짜리 지폐로 가급적 조속히
제공해 주기를 요망함.

"그저께 선생에게 협박장을 보낸 발신자의 이메일 주소로 이렇게 답장을 보내 봅시다."

메모지에 적힌 내용을 읽고서 눈살을 찌푸리는 대령에게 두주가 말했다.

"아, 점점 더 수렁으로 빠져들어 가는 것 같습니다. 적들의 협박에 굴복하고 그들로부터 돈까지 빌린다는 게 말이나 됩니까?"

"물론 진짜로 저들에게 협조하자는 게 아닙니다. 이것은 협박범의 소재를 알아내기 위한 미끼일 뿐입니다. 이 내용대로 이메일을 보낸다면, 이미 저들로부터 약점을 잡힌 차 선생이 지금보다 더 곤란한 처지에 빠질 수도 있겠지요. 하지만 이 시점에서 가장 중요한 것은 협박용 비디오테이프 원본을 회수하는 일입니다. 그것을 위해서는 어느 정도의 손해와 위험은 감수해야 하는 것이지요. 유감스럽지만 차 선생이 지난주 런던에서 저들의 계략에 걸려들기 전 시점으로 온전히 되돌아가는 것은 불가능한 일입니다.

내일 오전쯤에 내가 적어준 대로 이메일을 보내도록 하세요. 이에 대한 답신은 그리 오래 걸리지 않을 거라 봅니다. 자, 오늘은 일단 여기서 헤어져야겠습니다. 답신이 오면, 즉시 이 번호로 연락해 주시오."

명함을 꺼내 대령에게 건넨 두주는 방문을 열어주며 그를 배웅하였다. 우리 둘만 남게 된 방안에는 잠시 정적이 흘렀다. 가죽 의자에 걸터앉으며 내가 말했다.

"저 사람 군인이라서 그런지 위급한 처지인데도 언행에 절도가 남아 있구먼. 그런데 말이야. 경제가 이미 파탄지경이고 식량부족으로 아사자까지 속출하고 있는 북한에게 10만 달러는 적은 돈이 아닌 것 같은데. 자네, 액수를 너무 많이 적은 것 아닌가?"

"북한의 외화 잔고는 이미 바닥을 치고 있을 테지. 하지만 북한이 의지만 있다면 다 쓴 치약을 쥐어짜듯이 해서라도 달러를 조달할 수 있을 거라고 봐. 다만 얼마나 신속하게 하느냐가 관건이지."

"대령의 메일계정으로 저들의 답신이 올 때까지 기다리는 것 외엔 우리가 할 수 있는 게 없는 건가?"

"그동안 대잠 헬기에 대해서 공부를 좀 해야겠어. 박 경감, 자넨 이번 대잠 헬기 도입 사업과 관련해서 시중에 떠도는 소문들을 좀 수집해 주게. 이런 대형 무기 도입 사업이 조용히 진행될 리는 없을 테니 말이야.

그리고 의뢰인 차주홍 대령에 대해서도 좀 알아봐 줘. 오늘 자넬 부른 건 이 두 가지 사항에 대한 정보 조회를 부탁하기 위함일세."

그해 이른 봄에 발생했던 CIA 비밀 요원 데이비드 스타인버그 살해 사건을 조기에 해결한 공로로 특별 승진한 나는 경감 계급장을 달고 서울지방청 정보 부서에서 근무하고 있었다. 두주의 방을 나서며 시계를 보니, 저녁 8시를 지나고 있었다. 거리로 나오자, 밤바람이 제법 선선해져 있었다.

2

◆ ◆

두주가 차 대령으로부터 사건을 의뢰받은 지 사흘째 되는 날 저녁 무렵, 그에게서 전화가 걸려 왔다.

"박 경감. 좀 전에 차 대령한테서 연락이 왔는데, 이메일로 답신이 왔다고 하네. 우리가 요구한 달러를 주겠다고 하는군. 그런데 놈들은 마린호크를 혹평하는 보고서 초안을 만들어 놓으라고 요구했어. 달러를 전달할 장소와 시간에 대해서는 조만간 다시 통지해 주겠다는군. 자네, 괜찮다면 지금 나한테 좀 와줄 수 있겠나?"

"음, 생각보다 답신이 빨리 왔군 그래. 가서 자넬 돕고 싶네만 지금은 좀 곤란해. 주말에 예정된 노조 단체의 대규모 집회, 시위에 대한 대책을 세워야 하네. 그래서 지금은 도저히 갈 형편이 못 돼. 아, 그리고 자네가 부탁했던 대잠 헬기 도입 사업에 대한 소문들은 내가 계속 알아보는 중이니, 조금만 더 기다려 보게."

작년 가을부터 시작됐던 외환위기의 여파는 해가 바뀌어도 진정되기는커녕 점점 높아만 갔다. 불황이 깊어질수록 사회 곳곳에서 표출되는 불만이 늘어났고, 계층 간의 갈등은 더욱 심화되는 양상이었다. 한국 사회는 점점 더 흉흉해지고 있었다.

　서울 도심에서 벌어진 노조의 집회는 다행히도 별다른 유혈 충돌 없이 마무리되었다. 한숨 돌리며 잠시 휴식을 취하던 중에 두주로부터 다시 전화가 왔다. 차 대령이 의뢰한 사건이 어떻게 돼가고 있는지 궁금하여 내가 물었다.

　"해군장교 협박 사건은 어떻게 돼가나? 저들로부터 달러를 전달받을 시간과 장소에 대해서 추가로 연락이 왔는가?"

　"그래, 이메일이 아니라 대령의 휴대폰으로 누군가가 전화를 걸어왔다네. 불과 한 시간 전의 일이야. 오늘 오후 4시 임페리얼 호텔 구내 커피숍에서 달러를 전달하겠다는군. 대리인을 보내면 절대 안 되고 차 대령이 직접 와서 수령하는 조건으로. 박 경감, 자네가 와서 날 좀 도와줘야겠어. 지금 임페리얼 호텔로 바로 와주게. 아마 내가 먼저 도착해 있을걸세. 아, 그리고 자네, 지금 넥타이와 구두를 신고 있나?"

　"나도 이제 명색이 경감인데, 예전처럼 잠바 차림으로 다닐 순 없잖은가?"

　"하긴, 그렇구면."

　호텔에서 만나기로 하고 우리는 통화를 끊었다. 급히 차를 몰아 임페리얼 호텔에 도착하여 주차장에 차를 세우자, 두주가 내 차를 알아보고 다가와 조수석에 올라탔다.

　"도 형사, 자네가 의도한 대로 일이 흘러가는 거 같군. 이제 어떻게 할 작정인가?"

"내 경험과 직관에 따르면, 차 대령이 직접 달러가 든 가방을 가져가는 걸 눈으로 확인하려는 자가 호텔 어딘가에 있을 거라고 봐. 달러를 호텔에 들고 온 놈이 대령을 목격하는 역할까지 할 수도 있겠지. 우린 그자를 찾아내서 몰래 추적해야 해. 그의 신원이나 거처를 알아낼 수 있다면 사건 해결의 가능성이 열리는 걸세."

"그자가 멀리 떨어진 곳에서 지켜본다면, 찾아내기 어렵지 않을까?"

"물론 그럴 수도 있어. 일단 우린 호텔 커피숍 출입구를 비롯한 내부 구조부터 미리 파악해 놔야 해. 대령이 직접 돈을 가져가는 걸 확인한 다음엔 놈도 호텔을 빠져나가겠지. 특별한 경우가 아니라면 엉뚱한 데로 안 새고 곧장 자신이 가야 할 곳으로 갈 거야."

"달러 전달책은 북한 공작원일 듯한데, 찾아내서 미행하는 게 쉬울까?"

"저들은 차 대령이 경찰이나 군 수사기관에 절대로 신고할 수 없다는 걸 잘 알고 있어. 그리고 내가 여기 와 있는지도 모를 테니까 극도로 비밀스럽게 움직이진 않을 거라고 봐. 설령 달러 전달책이 북한 공작원이라 해도 미행을 따돌리기 위해 섣불리 총을 뽑지는 못할 테니깐 너무 긴장하지 말라구. 그건 그렇고 대잠 헬기 도입 사업과 관련해서 떠도는 소문이나 정보는 알아봤는가?"

"보안이 철저한 군 내부에서 벌어지는 일이라, 경찰 정보망으로서는 한계가 있었네. 해군은 육군이나 공군보다 더 폐쇄적인 조직이더군. 그래도 워낙 거액의 국책사업이다 보니, 이런저런 풍문이 안 생길 수는 없는 법이지.

델파이사의 마린호크에 대해서는 별말이 없는데, 암스트롱사의 씨바이퍼는 안 좋은 얘기들이 많더군. 며칠 전에 자네 방에서 차 대령이 언급했듯이 구형 기종인데도 가격은 터무니없이 높게 책정됐다더군. 씨바이퍼가 미국산 무기라 해서 한국해군의 기존 함정들과 호환이 잘되는 것도 아니야. 더 큰 문제는 초기에 도입해서 운용한 몇몇 국가에서 씨바이퍼가 악천후를 못 견디고 해상에 추락한 사고가 몇 차례나 있었다고 하네. 그 때문에 씨바이퍼 도입 예정 국가들에서 구매 철회가 연달아 일어나 버렸지. 그래서 암스트롱사가 요즘 심각한 경영난에 처해있다고 들었네.

그리고 떠도는 소문이긴 한데, 미국이 암스트롱사를 살리려고 한국 정부와 해군에 압박을 가한다는 말들이 있네. 특히 암스트롱사 공장이 소재한 펜실베이니아주의 정치인들이 회사의 파산을 막기 위해 미 행정부를 상대로 애를 쓰고 있다더군. 이번 기회에 암스트롱사가 씨바이퍼의 누적 재고를 한국에 매각 못 한다면 파산을 피하기 어려울 테니까 말이야."

내 말을 귀 기울여 다 듣고 난 두주는 밖에서 어떤 일들이 벌어지고 있는지를 훤히 내다보는 듯했다.

"여기저기서 전방위적인 로비가 펼쳐지고 있겠군."

"맞아. 암스트롱사가 고용한 로비스트들이 정치권, 해군, 주요 언론사 등, 힘 있는 곳에 돈과 향응을 뿌리고 있어. 이미 현 성권 실세들과 주요 언론사들은 한미동맹 운운하며 씨바이퍼를 밀거나 중립을 지키고 있다고 하더군. 기체 추락으로 발생한 인명사고와 구형 기종인데도 높게 책정된 도입가 등에 대해서 보도하는 언론사는 한 곳도 없어."

"그러고 보니, 대잠 헬기에 관해 다룬 기사는 거의 못 본 것 같군."

시계를 보니, 오후 3시 반이었다. 시간이 가까워져 올수록 긴장감이 고조되었다.

"이제 30분 후면 달러 뭉치가 전달되겠군. 차 대령이 돈을 가져가는 걸 확인하려는 놈은 커피숍 안에 자리를 잡는다고 봐야겠지?"

나의 물음에 두주는 운전석 도어 레버를 당기며 답했다.

"어떤 방법으로 접선할지는 그때 돼봐야 알 수 있을 걸세. 이제 호텔 안으로 들어가야 할 시간이로군."

임페리얼 호텔은 지금도 국내 유수의 고급 호텔이지만, 당시에는 아무나 범접할 수 없는 명실상부한 국내 최상급 호텔이었다. 1층 로비 오른쪽에 있는 구내 커피숍 입구에 들어서니, 유럽의 호화 저택 안에 와 있는 느낌이 들었다. 바닥에는 푹신한 카펫이 깔려 있었으며 벽면과 천장을 두른 적갈색 마호가니 원목에서 나오는 은은한 향기가 격조를 높여주었다. 커피숍 안쪽 빈 테이블에 자리를 잡고서 웨이터에게 커피를 주문했다.

"살다 보니 이렇게 비싼 커피도 마셔보는구먼…… 차주홍 대령에 대한 이력이나 평판은 어떻던가?"

두주가 원두커피 향을 맡으며 내게 물었다.

"해군에서 상당히 촉망받는 인재라더군. 해군제독 출신인 부친의 후광도 입었겠지만, 지금까지 엘리트 코스만 계속 밟아 왔어. 국방무관은 해외공관에서 대사(大使) 바로 아래인 공사(公使)급에 상당하는 고위직일세. 그 사람, 돈에는 별 욕심 없는 것 같아. 군에 만연한 군수품 비리나

뇌물 수수 같은데 한 번도 연루된 적 없었다고 하네."

"음, 내가 보기에도 올곧고 청렴한 군인인 것 같은데, 단 한 번 방심한 탓에 모든 걸 잃고 자살까지 고민해야 하는 위기에 처했군. 하기야 가족과 떨어져서 먼 타국에서 외로이 지내고 있는데, 금발의 미녀가 그런 식으로 유혹해 온다면 뿌리치기 어려웠을 거야."

내가 조사한 내용을 듣고서 두주는 차 대령이 생각보다 괜찮은 사람이라 여겨졌는지 그에게 좀 더 동정적으로 바뀌었다.

"자네나 나한테 누군가가 그런 미인계를 걸 일은 없을 테니, 출세 못한 게 차라리 마음 편하구먼그래. 그나저나 이제부터 슬슬 주변을 살펴봐야 하는 것 아닌가?"

내 말을 듣고서 두주가 급히 커피잔에서 입을 떼었다.

"아니, 눈에 안 뜨이게 자연스럽게 앉아 있어야 하네. 돈을 가져오는 놈은 가방 같은 걸 들고 올 테니 금방 알아볼 수 있을 거야. 요즘 같은 늦더위에 백 달러 지폐 열 묶음을 옷 주머니에 넣고 다닐 수는 없는 노릇이니까. 문제는 협박범이 차 대령에게 달러 전달 방법에 관한 세부적인 사항들을 수시로 바꿔 지시할 수 있다는 점이야. 갑작스럽게 약속시간이나 장소, 전달 방법이 바뀔 수도 있어. 그들은 만약에 있을지도 모를 추적을 피하고자 대포폰을 쓸 게 분명해."

앞에 놓인 커피잔이 거의 비워질 즈음, 고풍스러운 괘종시계의 바늘이 오후 3시 58분을 가리키고 있었다. 그때 입구 쪽에서 사복 차림의 차 대령이 들어와 커피숍 구석에 설치된 벽난로 앞자리에 앉았다. 그는 오른손에 반절로 접은 신문을 지니고 있었다. 그리고 약 3분 정도가 지나자, 큰 키에 실크 블라우스를 차려입은 젊은 여자가 커피숍 안으로 들어왔다. 까만 스커트 아래로 길게 뻗은 하체 라인이 나의 시선을 끌었다. 렌즈 알이 커다란 선글라스로 얼굴을 가린 그녀는 차 대령이 앉은 자리에서 2미터 정도 떨어진 빈 테이블로 걸어와 베이지색 쇼핑백을 테이블 위에 올려놓고는 커피숍에 연결된 화장실로 들어가 버렸다. 그러자 대령이 그 테이블로 다가가서 들고 온 신문을 위에 올려놓고 달러 지폐가 들어있을 것으로 추정되는 쇼핑백을 집어 들고서는 출구 방향으로 걸어 나갔다. 대령의 모습이 사라지고 얼마 후 다시 나타난 여자는 차 대령이 놓고 간 신문지를 집어 들고 유유히 커피숍 밖으로 퇴장하였다. 두주가 자리에서 천천히 일어서며 나지막하게 말했다.

"일사천리로 끝내 버리는군. 쫓아가 보세."

로비를 거쳐 호텔 밖으로 나간 여자는 이미 호텔 현관문 바로 앞에서 대기 중이던 검은색 대형 세단 뒷좌석에 올라탔다. 차 문을 열어준 도어맨에게 지폐 한 장이 건네지자, 세단은 호텔 건물이 위치한 언덕에서 경내 도로를 타고 아래로 미끄러져 내려갔다.

"젠장, 주차장까지 가면 놓치겠어. 택시로 쫓아가세!"

우리는 호텔 현관에서 조금 떨어진 곳에 줄지어 서 있던 택시를 향해 달려갔다. 나는 기사에게 경찰 신분증을 보여주고 앞에 가고 있는 검정 세단을 뒤쫓아 달라고 부탁하였다. 환갑이 넘어 보이는 택시 기사는 다행히도 경찰에게 아주 협조적이었다. 차간 거리가 좁혀지자, 나는 수첩에 차 번호를 적었다. 약 10분 정도 동쪽을 향해 달리던 검정 벤츠는 선릉역 인근에 있는 오피스 빌딩 앞에 멈춰 섰다. 두주와 나는 택시를 보내고 가로수 뒤에 몸을 숨겼다. 벤츠 운전사가 민첩한 동작으로 뒷문을 열었고, 신문을 든 여자가 차에서 천천히 내리고는 빌딩 안으로 들어가 버렸다.

"저 여자, 설마……."

"왜 그러는가?"

뭔가 의아해하는 두주에게 내가 물었다.

"아닐세. 내가 잘 못 봤을 수도 있어……."

이면 도로에 면한 8층 빌딩의 저층부는 주로 상점들이었고, 3층부터 사무실들이 입주해 있었다. 건물 입구에 붙어 있는 입주사 안내판에는 건설사, 보험 영업소, 건강식품 업체를 비롯해 대략 십여 개 정도의 사업체 이름이 붙어져 있었다. 상호만 봐도 입주업체의 사업 내용을 대략 짐작할 수 있었지만, 6층에 입주해 있던 한 곳만은 예외였다.

"'DF 통상 Ltd.' 여긴 무역업체 같은데?"

"맞아. 무슨 물산, 무슨 상사처럼 무역계통이 맞을 거야. DF는 '방위(防衛)'를 뜻하는 영어 'Defense'를 축약한 것 같군."

두주도 DF 통상이 수상하다고 여기는 것 같았다.

"여기가 북한 놈들의 근거지일 수도 있겠군. 바로 6층으로 올라가 볼까?"

"아닐세. 사전 준비 없이 올라가서 두리번거려 봐야 득 될 게 없을 것 같아. 오히려 저들의 경계심만 높이게 될 걸세. 박 경감, 자넨 청(廳)으로 돌아가서 여자가 타고 왔던 검정 S500의 차적을 조회해 주게. 그리고 DF 통상이란 곳은 무기 수입상 같아 보이는데, 이 업체에 대해서도 좀 알아봐 줘. 내일 오후엔 차 대령을 같이 만나보세나. 어쨌든 오늘 작전은 아주 성공적이었어."

"맞아. 제법 큰 성과를 거뒀군."

우리는 차를 세워둔 임페리얼 호텔 주차장으로 다시 갔다가 거기서 각자의 일을 하기 위해 흩어졌다.

3

✦ ✦

서울청 정보과 사무실로 돌아와 경찰망으로 조회해 보니, DF 통상은 해외에서 주로 항공무기를 수입하는 방산업체였다. 법인의 대표는 김태술이라는 자였으며, 당시 해군이 발주한 대잠 헬기 도입 경쟁입찰에서 미국 암스트롱 사로부터 하청을 받아 서울에서 대관(對官) 업무를 맡아보고 있었다. 창립한 지 그리 오래된 업체도 아니고 업계에서 메이저급도 아니었기에 DF 통상에 대해 수집할 수 있는 정보는 한정적이었다. 여자가 호텔에 타고 왔었던 검정색 벤츠 S500은 DF 통상의 법인 소유 차량으로 확인되었다.

이튿날 오후, 의뢰 건의 진척 상황을 들으러 온 차 대령을 두주의 집에서 만났다.

"그렇다면 나에게 미인계를 설어 협박을 가한 것은 북한이 아니라, 씨바이퍼를 팔아먹으려는 무기 브로커란 말이군요!"

차 대령은 북한이 아니라 일개 무기상 따위가 감히 자신을 협박했다는 사실에 화가 치밀었는지 평소와 달리 격하게 언성을 높였다.

"아직 그렇다고 단정할 순 없습니다. 북한이 실제 연루되어 있는지 여부는 조사를 더 해봐야 알 수 있을 겁니다. 하지만 나는 외화 사정이 어려운 북한이 불과 며칠 만에 10만 불을 조달했다는 사실이 석연찮았어요. 물론 남한을 상대로 꼭 필요한 적화 공작이라 확신이 서면, 북한은 무슨 수를 써서라도 달러를 만들어 보낼 겁니다. 하지만 그 정도 규모의 달러를 지급하기 위해선 노동당 중앙의 승인을 받기까지 제법 긴 시간이 걸렸을 것인데, 불과 이틀 만에 달러를 주겠다는 답신이 왔단 말입니다. 이런 정황들로 미루어봤을 때, 10만 불은 북한이 아니라 무기수입상이 마련했을 걸로 추정됩니다. 결국, 돈을 대는 물주는 따로 있다는 것이죠. 지금까지 우리가 조사해서 밝혀낸 바에 따르면, 씨바이퍼를 해군의 기종으로 선정되게끔 하기 위해서 DF 통상이 흉계를 꾸몄을 가능성이 높다고 여겨집니다."

두주가 설명을 마치자, 이번엔 내가 대령에게 질문을 던졌다.

"혹시 DF 통상이란 방산업체에 대해서 잘 아십니까?"

"아닙니다. 저는 경쟁 기종인 마린호크를 담당했기 때문에 암스트롱 사나 DF 통상 쪽과는 접촉할 기회가 없었습니다. DF 통상이란 회사 이름을 몇 번 들어본 것이 전붑니다. 그 업체는 헬기를 포함한 외국 군용기를 전문으로 중개해 왔다고 들었습니다. 그러니까 해군보다는 공군이나 육군 쪽하고 더 가까울 겁니다."

나는 여기서 지체할 것 없이 즉각 행동이 필요하다고 판단하고서 두주에게 말했다.

"저들의 정체와 의도를 알아냈으니, 영장을 발급받아서 DF 통상을 급습하는 게 어떻겠나? 그 회사 사무실 어딘가에 테이프 원본을 숨겨 뒀을 거야."

"글쎄, 그런 방식은 리스크가 커서 곤란하네. 판사가 영장을 발부해 준다고 하더라도 경찰이 영장을 집행하기 전에 DF 통상에서 수사계획을 입수하고서 테이프와 관련 증거물을 다른 곳에 은닉해 버릴 수도 있어. 설령 일이 잘 풀려서 경찰이 테이프를 압수한다고 해도, 그것은 공적인 증거물이기 때문에 경찰과 검찰 수사관들이 테이프를 돌려 내용을 확인하게 될 거야. 그건 차 선생과 내가 얻고자 하는 결과가 아닐세. 반드시 우리 손으로 테이프를 찾아내서 폐기해야 한단 말일세.

그리고 내 생각엔 사무실보단 회사 대표인 김태술의 자택에 테이프가 보관돼 있을 가능성이 더 높을 것 같네. DF 통상 사무실에 최신 방범 시스템이 설치돼 있다고 하더라도 사람이 거주하는 집보다는 보안에 취약할 수밖에 없거든. 특히 야간에는 더 그렇지."

우리의 대화에서 비디오테이프가 언급되자, 대령의 표정이 어두워졌다.

"그럼, 이제 사태를 관망만 해야 하는 건가?"

내 물음에 대답 없이 커튼 쳐진 창문을 한참 동안 바라본 두주는 고개를 대령에게 돌리며 말했다.

"차 선생, 나는 시간을 오래 끄는 것을 좋아하지 않습니다. 늦어도 주말이 되기 전에 이 사건을 마무리 지을 생각입니다. 선생에게 아무 피해가 안 가게 조처할 테니, 염려할 거 없습니다. 자, 오늘은 이만 돌아가세요. 미행이 붙을지 모르니, 번거롭겠지만 교통수단을 바꿔가며 타고 가는 게 안전할 겁니다. 그리고 저 달러는 내가 더 조사할 게 남았으니, 당분간 여기에 보관토록 하지요."

책상 위에는 대령이 어제 오후 임페리얼 호텔 커피숍에서 선글라스 쓴 여자한테서 받아왔던 베이지색 쇼핑백이 놓여 있었다. 대령이 밖으로 나가자, 두주가 담배에 불을 붙였다.

"우리의 상대가 북한이 아닌 게 그나마 다행이로군. 그렇지 않나?"

"글쎄, 그건 좀 더 두고 봐야 할 사항인 것 같아."

"그런데 무기상이 차 대령을 상대로 꾸민 모략을 굳이 북한의 소행인 것처럼 위장할 필요가 있었을까?"

"북한이 벌인 짓으로 믿게 만들면 몇 가지 이점이 생기거든. 우선 자신들이 받게 될 의심을 북한 쪽으로 돌릴 수가 있어. 그리고 약점까지 잡힌 일개 장교가 북한이란 강대한 국가조직을 상대로 싸우는 것은 사실상 불가능하다고 봐야지 않겠나? 무기상은 북한이 벌인 공작으로 믿게끔 하여 차 대령을 더 쉽게 굴복시킬 수 있을 거란 점을 노린 거야. 실제로도 북한 공작기관은 남한의 요인이나 군 고위층에게 미인계를 써먹었던 전력이 있으니까."

"그러고 보니, 마린호크를 최종 심사에서 탈락시켜서 가장 큰 이득을 보는 곳은 암스트롱 사와 DF 통상이로군. 북한도 반사 이익을 보는 건 틀림없지만."

반도 안 남은 담배를 마저 피우는 동안 말없이 앉아 있던 두주는 드디어 뭔가 결심이 섰는지 자리에서 몸을 일으키며 입을 열었다.

"박 경감, 돌아가거든 무기상 김태술이라는 인간에 대해서 좀 더 자세히 알아봐 주게. 집 주소부터 사업 현황 등등 많을수록 좋네. 하지만 드러나지 않도록 조회해야 할 거야. 왜냐면 경찰 간부급 중에 김태술을 비호하는 놈들이 있을 수도 있으니까."

오후 4시 비좁고 답답한 두주의 방에서 밖으로 나오니, 이글거리는 9월의 태양이 열기를 내뿜고 있었다.

4

✦ ✦

　DF 통상 대표이사인 김태술에 관하여 정보를 조회해 보니, 그는 엄청난 재력가에다 정·재계에 두터운 인맥을 갖고 있는 것으로 시중에 알려져 있었다. 그리고 지난 십여 년간 무기 중개를 해오면서 수많은 비리를 지질러 왔다는 의혹을 받아왔었다. 3년 전에는 비록 증거 불충분으로 풀려나긴 했지만, 뇌물공여 혐의로 기소까지 되었던 이력이 경찰 데이터에서 조회되었다. 김태술은 재벌총수들의 저택과 주한 대사관저들이 몰려 있는 성북동에 저택을 소유하고 있었다.

　저녁 무렵, 두주에게 전화를 걸어 무기상 김태술의 신상 정보를 알려주고서 나는 사무실을 나와 집으로 향하였다.

　다음 날 정오 무렵, 도두주로부터 전화가 걸려 왔다.

　"박 경감, 지금 당장 이리로 넘어오게나. 차 대령을 옥죄고 있는 비디오테이프를 찾으러 가세."

　"무슨 소린가? 아무 준비도 없이 너무 갑작스럽잖아!"

　"사정이 그렇게 한가하지 않잖아. 이제 대령에겐 시간이 얼마 남지 않았어. 최적의 해법을 찾기엔 시간이 너무 촉박해. 때론 빠른 결단과 행동이 최선의 결과를 가져오기도 하지. 빨리 넘어오게."

내가 뭐라고 대꾸하려는 데, 두주가 통화를 끊어버렸다. 점심도 못 먹었지만 일단 두주를 만나보기 위해 그의 집을 향해 차를 몰아갔다. 나는 예상보다 빨라진 상황 전개에 휩쓸려 들어가고 있었다.

방문을 열자, 두주는 카키색 전투복 차림에 군용모까지 쓰고 앉아 있었다. 방바닥에는 시커먼 군화 두 켤레가 나란히 놓여 있었다.

"난데없이 웬 군복인가?"

"전투복하고 비슷해 보이지만, 군용은 아니야. 소방관들이 재난, 구조 현장에 투입될 때 입던 소방 기동복이라네. 요즘 입는 신형 복장은 구하기 어려워서 할 수 없이 구형이라도 암시장에서 찾아 사 온 것일세."

자세히 보니, 전투복 상의 칼라 끄트머리에 소방관 계급장이 재봉실로 박혀 있었다.

"박 경감, 자네 것도 여기 있으니, 어서 입게나."

들을수록 어이가 없었다.

"대체 지금 뭘 하자는 건가? 내가 이걸 왜 입어야 해?"

두주는 턱짓으로 방 한쪽 구석을 가리켰다. 원통형 그물 망 안에는 적갈색 뱀 한 나리가 똬리를 틀고 있었고, 바로 옆에는 끝에 집게가 달린 포획막대가 벽에 기대어져 있었다.

"지금 바로 성북동에 있는 무기상 김태술의 집으로 갈 거야. 그렇다고 백주에 무단침입을 할 순 없으니, 속임수를 쓸 수밖에. 우린 야산에서 저택 안으로 침입한 뱀을 포획한다는 구실로 무기상의 집 안으로 들어갈 걸세. 저택 안에 머무르고 있을 김태술의 가족과 고용인들에겐 우리가 뱀 퇴치 작업을 하는 동안 잠시 밖에 피해 있으라고 할 생각이야. 그사이에 우린 집 안에 숨겨져 있을 비디오테이프를 찾아내는 걸세. 이보다 더 기발한 묘책이 있다면 좋겠지만, 그게 떠오를 때까지 마냥 기다릴 순 없는 노릇 아니겠나."

두주의 계획을 듣고 보니 황당하기가 이를 데 없었다.

"꼭 이렇게까지 해야겠나? 나도 자넬 돕고 싶지만, 이런 방식은 정말 곤란하네. 영장은커녕 위장한 채로 주거지에 침입해서 금고를 털겠다는 거잖아. 게다가 경찰인 내가 소방관 복장을 해야 한다니!"

"자네 말처럼 적법절차대로 사건을 해결하려 든다면, 시간도 너무 지체될 뿐만 아니라 차 대령을 온전하게 구해낼 수가 없어. 통상적인 방법으로 사건을 해결하려 한다면, 대령의 치부가 온 세상에 드러나게 되고 그는 가족들로부터 버림받게 될 거야. 그렇게 되면 의뢰인과의 신의를 저버리는 결과가 되고 마는 것일세."

"무기상 자택에 비디오테이프가 있다고 어떻게 장담할 수 있나? 어딘가 숨겨져 있다고 해도 우리가 찾을 수 있다는 보장도 없는 것이고."

"물론 집에 숨겨 났다고 장담은 못 하지. 혹은 금고 개방에 실패할 수도 있어. 그렇게 되면 밖으로 나와서 또 다른 해결책을 찾아야겠지……. 어쨌든 간에 이왕 칼을 빼 들었으니 오후 2시쯤에는 성북동에 도착해야 해. 이른 오후 시간이 그나마 집에 사람이 제일 적을 때거든. 자, 서두르게. 난 오늘 안으로 결판을 봐야겠어."

전혀 내키지 않았지만, 친구의 부탁을 거절할 수는 없었다. 나도 두주처럼 카키색 기동복으로 갈아입었다. 두주가 뱀이 든 원통형 그물 망과 포획막대를 들었고, 나는 농약병 같은 게 들어있는 까만 비닐봉지를 들고 집 밖으로 걸어 나왔다.

두주의 자가용인 남색 에스페로는 소방 순찰차의 모습으로 바뀌어 있었다. 적색과 흰색 페인트로 말끔히 도장 돼 있었고, 차 문짝과 범퍼에는 노란 독수리 문양과 관할 소방서 명칭이 붉은색 라카로 뿌려져 있었다.

"준비를 많이 했구먼. 자네가 직접 작업했나?"

"이 정돈 별거 아니지. 하지만 차 지붕에 경광등까진 못 달았어."

"지금 김태술은 일 때문에 밖에 나가 있을 테고, 그런데 그 집에 있는 사람들이 우리의 속임수를 눈치채버리면 어쩌지?"

"낌새가 이상하다 싶으면 냅다 튀어야지. 자, 일단은 내질러보자고!"

짐을 트렁크에다 던져넣고서 두주는 성북동으로 출발하기 위해 시동을 걸었다.

무기상 김태술의 집은 장안 제일의 부촌인 성북동 북악산 자락 아래에 있었다. 철 대문 양옆으로 길게 이어진 담장 높이가 대궐의 담장보다 더 높아 보였다. 초인종을 누르자, 한참 지난 후에 거대한 철문이 열리고 햇볕에 그을려 피부가 온통 구릿빛인 건강한 사내가 문을 열고 나왔다. 두주가 공무원처럼 사무적인 투로 말했다.

"성북소방서에서 나왔습니다. 집주인 되십니까?"

"아니, 난 이 집 경비책임잔데. 소방서에서 무슨 일이요?"

"뒷산에 있는 무허가 농막에다 어떤 땅꾼이 뱀을 몇 자루 몰래 보관해 놨던 것 같습니다. 그런데 자루를 엉성하게 묶어놨는지 독사 수백 마리가 농막 밖으로 빠져나와 버렸습니다. 뱀들이 주택 안에까지 출몰한다는 주민들의 신고를 받고서 출동했습니다."

"아침부터 계속 이 집에 있었지만 뱀은 못 봤는데?"

"뱀이 곧 나타날 수 있습니다. 이 저택은 농막에서 가까운 곳이어서 더 위험합니다. 뱀이 관로를 타고 침입했는지 건물 내부를 점검한 후에 저택 안팎에 뱀을 쫓는 기피제도 뿌려드리겠습니다."

두주가 들고 있던 그물망 안의 쇠살무사에 시선이 멈춘 구릿빛의 사내는 잠시 기다리라는 제스처를 하고는 다시 저택 안으로 들어가 버렸다.

"웃기는 놈이군! 경비원이면 경비원이지, 경비책임자는 또 뭐야."

두주는 차 트렁크에서 시커먼 쇠 지렛대를 꺼내며 혼잣말로 지껄였다.

"크로우바는 어디다 쓰려고?"

"이걸 써야 하는 상황까지 안 갔으면 좋겠는데……. 좀 있으면 알게 될 걸세. 좀 덥겠지만 장갑을 끼세나. 지문을 남기면 곤란하니까."

이윽고 경비원이 돌아와 대문을 열어주었다. 넓은 앞마당을 지나서 견고한 요새처럼 생긴 저택 안으로 들어섰다. 집 안에 있는 사람들 모두 응접실로 불러달라고 두주가 경비원에게 청했다. 가정부로 보이는 나이 든 여자가 먼저 주방 쪽에서 나왔고, 위층으로 이어진 대리석 계단으로 김태술의 딸로 보이는 여학생과 화장을 진하게 한 중년 여자가 내려왔다.

"윤 기사! 왜 귀찮게 사람을 오라 가라 난리야?"

깡마른 몸매에 신경질적이고 날카롭게 생긴 중년 여자가 짜증을 냈다. 가부키 배우처럼 화장을 진하게 한 그녀는 김태술의 마누라로 보였다. 사내는 저택의 경비원이면서 여자의 운전기사도 겸하고 있는 모양이었다. 우리에겐 잔뜩 거만하게 굴던 경비원이 안주인에게는 주눅 든 목소리로 대답했다.

"사모님, 그러니까 그게……. 아까 제가 말씀드렸던 소방서에서 나온 사람들입니다."

두주가 짜증이 나 있는 여자를 보고서 말했다.

"성북소방서, 소방위 우동수라고입니다. 독사 수백 마리가 인근 야산에 있는 농막에서 풀어졌습니다. 여기 이 뱀은 바로 옆집인 그라나다 공화국 대사관저 화장실 좌변기에서 나온 놈을 좀 전에 포획한 것입니다."

망 속에서 혀를 날름거리는 뱀을 보자 여자의 얼굴에 두려움이 일었다. 가정부와 여중생도 겁에 질려 뒷걸음질을 쳤다.

"뱀이 하수관로를 통해서 집 내부로 침입했는지 점검하고, 뱀들이 싫어하는 기피제를 살포하는데 대략 한 시간 정도 소요될 것 같습니다. 저희가 작업하는 동안 안전을 위해서 집 밖에서 기다려 주십시오."

"서울 한 복판에서 뱀이라니! 이게 무슨 난리야! 우린 밖에 가 있을 테니, 윤 기사는 집을 잘 지켜."

화장실 변기에서 뱀이 나올 수 있다는 말에 여자 셋은 종종걸음을 치며 밖으로 나갔다.

"그럼, 순서상 위층부터 점검토록 하겠습니다."

"살다 보니 별일이 다 있군. 따라오시오."

윤 기사가 투덜거리며 대리석 계단으로 우리를 인도했다. 이층에 올라온 두주가 윤 기사에게 또 다른 협조를 청했다.

"이층에 있는 방문을 모두 개방해 주십시오."

"전부 다? 화장실만 점검하면 되는 거 아니오?"

"다 열어야 합니다."

윤 기사는 허리에다 양손을 짚으며 짜증스러워했다.

"다른 방문은 다 열려 있지만, 저기 서쪽 끝에 있는 서재는 사장님이 항상 잠가 놓으시지. 열쇠는 사장님이 갖고 나가셨을 거요."

처음부터 우리를 못마땅해하던 윤 기사의 시선이 내가 들고 있던 쇠지렛대에 잠시 머물렀다. 그때서야 뭔가 수상한 느낌이 들었는지 고개를 갸웃거리고는 말했다.

"당신들, 여기 뱀 잡으러 나온 거 맞아? 신분증 좀……, 아니, 됐고."

윤 기사는 이제 완전히 반말로 나왔다.

"의심이 과하군요. 우린 시민들을 유해 동물로부터 지키기 위해 땀 흘리고 있는데."

두주가 불쾌한 투로 쏘아붙였다.

두주의 항의에는 아무 관심도 없다는 듯 윤 기사는 이층 응접실 탁자 위에 놓인 무선전화기를 집어 들었다. 그가 버튼을 누르던 순간.

"이 종간나 새끼!"

순식간에 몸을 움직인 두주가 북한 욕을 내지르며 윤 기사의 목덜미를 수도(手刀)로 내리쳤다. 90킬로가 넘어 보이는 거한이 단말마의 비명과 함께 서 있던 자리에서 '쿵' 소리를 내며 고꾸라져 버렸다.

"이봐, 이게 무슨 짓이야!"

"괜찮아. 잠시 기절한 것뿐이니까."

두주는 공구 상자에서 폭이 넓은 청 테이프를 꺼내 윤 기사의 손목과 발목을 묶고 입까지 봉해 버렸다. 만약 그가 좀 더 주도면밀한 인물이어서 우리가 눈치 못 채게 관할 소방서에 확인 전화를 했었더라면, 두주와 나는 아주 곤란한 상황에 직면했을 것이다. 다행히도 커다란 체구에 비해서 그의 두뇌 용량은 너무나 작았다. 윤 기사는 단순한 부류의 인간이었다.

두주와 나는 힘을 합쳐 서재 방문을 쇠 지렛대로 비틀어 열고서 안으로 들어갔다. 오른쪽 벽면을 가득 채운 책장을 옆으로 밀어내자, 붙박이장 금고가 나왔다. 두주가 이마에 맺힌 땀을 닦으며 말했다.

"강도가 통째로 못 가져가게 금고를 벽 속에 매립해 버렸군."

"다이얼을 돌리는 구식이 아니라, 키패드 버튼 방식이로군. 비밀번호를 알아낼 수 있겠나?"

"한번 해봐야지. 바로 지금, 이 시점이 이번 사건 해결의 성패를 가르는 분수령일세."

두주는 공구 상자에서 돋보기와 손전등을 꺼내 키패드를 자세히 들여다보았다. 그러고는 메모지를 꺼내 아래쪽 공란에 숫자 몇 개 적었다. 서재의 책상 의자에 앉은 그는 약 5분 동안 메모지에 볼펜으로 숫자들을 적어댔다. 얼마 후, 뭔가를 알아냈는지 메모지를 손톱으로 가볍게 팅기고는 금고 쪽으로 돌아와 키패드를 눌렀다. 두 차례 연속으로 기분 나쁜 경고음이 울리더니, 세 번째 시도 만에 경쾌한 멜로디와 함께 금고

문이 열렸다.

"정말 대단하군! 비밀번호를 어떻게 알아냈나?"

나는 두주의 비상한 능력을 보고서 감탄할 수밖에 없었다.

"그건 나중에 알려주겠네. 지금은 금고 안을 살펴봐야 하니까."

금고 위 칸에는 몇 가지 증서와 채권, 백 달러, 일만 엔권 몇 다발이 들어있었고, 아래쪽 서랍을 당기자, 우리가 찾고자 했던 8미리 비디오테이프가 들어 있었다. 테이프를 금고에서 꺼내 기동복 상의 주머니에 집어넣은 두주는 금고 안에 있는 각종 서류들을 꺼내 제목을 훑어보았다.

"그런데 차 대령을 협박해서 임펠리얼 호텔에 가져오게 한 마린호크에 대한 검토보고서 초안은 안 보이는군."

"다른 곳에 놔둔 거겠지. 이제 시간이 얼마 안 남았어."

몸을 일으켜 세운 두주는 뜬금없이 그물망에서 쇠살무사의 목을 쥐고 밖으로 끄집어냈다.

"자네, 대체 뭘 하려고 그러는 건가?"

"모략을 써서 남의 약점이나 잡는 교활한 놈에게 그에 합당한 응징을 해주려고 그러네."

두주는 쇠살무사를 금고 안 깊숙한 곳에 넣어두고 재빨리 금고 문을 닫아버렸다. 그러곤 장갑을 벗고서 주머니에서 시뻘건 담뱃갑을 꺼내더니 담배에 불을 붙였다.

"한 대 피우겠나?"

"지금 한가하게 담배를 피울 땐가?"

"박 경감, 자고로 급할수록 여유를 가져야 하는 법일세."

"국산은 아닌 것 같은데 양담밴가?"

두주는 주머니에서 담뱃갑을 다시 꺼내 나에게 보여주었다. 온통 빨간 바탕에 흰 붓글씨체로 '천리마'라고 쓰여 있었다.

"이건 북한 담배야. 이것도 암시장에서 구했네. 예전에 피우던 싸구려 담배 환희보다 더 독한 것 같아. 머리가 핑 도는구먼."

담배를 삼분의 이 정도 피운 두주는 벽에 비벼 꺼버리고 꽁초를 책상 위에다 버렸다. 시간을 대충 계산해 보니, 우리가 저택 안으로 들어오고 40분 이상 흘러있었다. 윤 기사는 세게 맞았는지 아직 깨어나지 못하고 그 자리에 그대로 쓰러져 있었다. 우리가 저택을 나와 대문 밖으로 빠져나갈 때까지 김태술 가족들의 모습은 보이지 않았다. 아마 윤기사로부터 뱀 퇴치 작업이 끝났다는 연락이 휴대폰으로 올 때까지 기다리는 모양이었다. 두주와 나는 가짜 소방 순찰차를 타고 성북동 언덕길을 내려왔다.

5

✦ ✦

두주의 거처로 돌아와 옷을 갈아입고서 땀을 식히며 쉬고 있는데, 방문을 두드리는 소리가 들리더니 대령이 안으로 들어왔다.

"기다리던 참이었습니다. 차 선생이 의뢰한 사건은 잘 해결됐습니다. 여기 탁자 위에 놓여 있는 것이 바로 문제의 비디오테이프 원본입니다."

갑작스럽게 찾아온 희소식에 놀란 대령은 감격스러운 표정을 감추지 못했다.

"소장님, 정말 감사합니다. 이 은혜는 죽을 때까지 잊지 않겠습니다."

"내 친구, 박 경감의 도움이 없었다면, 오늘의 성과는 없었을 겁니다."

"도와주셔서 고맙습니다. 처음에 경감님을 못 믿고 결례를 범했던 걸 용서해 주십시오."

대령은 나에게도 고개 숙여 감사를 표하였다.

"별말씀을요. 입장을 충분히 이해합니다. 자, 서 있지 말고 앉읍시다."

세 사람 모두 좁은 테이블을 사이에 두고 의자에 앉자, 두주가 사진 한 장을 꺼내 대령 앞으로 내밀었다.

"자, 보세요. 아마 낯이 익은 사람일 겝니다."

두주한테서 사진을 건네받은 대령이 놀란 표정으로 소리쳤다.

"한용철! 이자가 바로 한용철입니다. 이 사진엔 맨눈으로 나왔지만, 런던에서는 항상 안경이나 선글라스를 쓰고 다녔습니다."

두주가 빙긋 웃으며 대령의 궁금증을 풀어주었다.

"내 예상이 맞았군요. 무기상 김태술이 해운사 직원 한용철로 신분을 위장하여 런던에 있던 차 선생에게 의도적으로 접근했던 겁니다. 이 사진은 김태술의 집 거실에 걸려 있는 가족사진 액자를 내가 찍어 온 것입니다."

"생각할수록 화가 치밀어 못 견디겠습니다. 김태술, 그자를 그냥 놔두지 않을 겁니다!"

꽉 쥔 두 주먹을 부들부들 떨며 대령이 분노를 표출하자, 두주가 사제를 촉구했다.

"아, 심정은 충분히 이해합니다만 일단 좀 진정하세요. 차 선생이 아직 들어야 할 게 남아 있습니다."

흥분한 대령을 진정시키기 위해 그에게 담배를 권하고 나서 두주에게 물었다.

"이제 설명을 좀 해주게. 이번 협박 사건의 배후에 북한이 개입해 있는 게 사실인가?"

두주는 의자 등받이에다 몸의 하중을 싣고서 이 협박 사건의 내막에 대하여 차분한 음성으로 운을 떼었다.

"간단히 정리하자면, 주범은 무기상 김태술 일당이고, 북한은 이번 공작에 일정 부분 협조를 해준 걸로 보이네. 협조의 대가로 외교 전문 암호 해독 프로그램을 넘겨받기로 했을 테지. 그와는 별도로 씨바이퍼 도입이 계획했던 대로 이루어졌을 경우 상당한 금액의 달러를 넘겨받기로 했을 수도 있다고 보네."

그러자 차 대령이 의아하다는 투로 물었다.

"어떤 근거로 그렇게 판단하시는 겁니까?"

"무기상 김태술과 북한은 일종의 적대적 공생관계라고 할 수 있을 겁니다. 한국해군이 씨바이퍼 대잠 헬기를 도입하는 것이 양측 모두에게 이득이 되기 때문에 본질적으로 같은 편이 될 수 없는 그들이 협조할 수 있었던 것이지요.

차 선생에게 보낸 첫 번째 협박 이메일의 발신지가 중국 심양인 건 그럴 수 있다고 봅니다. 하지만 내가 적어준 10만 불 요구에 대한 답신으로 보내온 두 번째 이메일 역시 심양에서 왔다는 사실은 매우 유의미한 것입니다. 만약 김태술 일당의 단독 범행이라면 두 번째 이메일마저 심양에서 보내긴 어려웠을 겁니다. 즉 이것은 심양에 근거지를 둔 조직이 공모에 개입돼 있다는 방증입니다."

두주의 설명을 듣고서 고개를 끄덕인 대령이 다른 의문을 제기했다.

"그런데 무기상 김태술이 어떻게 북한 측과 선이 닿을 수 있었을까요?"

"김태술은 정권이 교체되고 나서 자신의 비즈니스를 위해 신정권 실세들과의 교분을 넓혔을 것입니다. 현 집권당에는 과거 운동권에 몸담았던 정치인들이 많습니다. 그들 중에는 아직도 북한을 추종하는 이들도 적잖이 있을 겁니다. 아마도 북한과 비밀 커넥션을 가지고 있는 좌파 정객의 중개를 통해서 북한 측에다 그들의 모략에 동참할 것인지를 타

진했을 거라 봅니다."

자신의 서류 가방에 비디오테이프를 집어넣은 대령이 두주를 바라보며 다시 물었다.

"테이프를 어디서, 어떤 방법으로 찾아왔는지 궁금한데, 알려주시겠습니까?"

두주는 입에 문 담배에 불을 붙이고서 대령의 눈을 응시하며 대답하였다.

"그걸 이 자리에서 다 얘기하자면 시간이 좀 길어질 겁니다. 차 선생의 의뢰 건을 해결하는 과정에서 작은 불상사가 없진 않았지만, 크게 문제 될 일들은 아니니 신경 쓸 거 없습니다. 혹여 생길 수 있는 이 사건의 여파는 모두 내 선에서 처리할 겁니다."

자신의 공치사를 늘어놓기 싫어하는 두주는 사건의 구체적인 해결 과정을 의뢰인에게 알려주지 않았고, 대령도 그런 두주의 의도를 읽었는지 더 이상 캐묻지 않았다.

"혹시 김태술이 이 원본 테이프 외에 복사본을 더 만들어 놓지는 않았을까요?"

대령은 혹시 더 있을지 모를 화근을 두려워하는 것 같았다.

"장담할 순 없지만, 나는 이것 외에 테이프가 더 있다고 생각진 않습니다. 복사본을 많이 만들어 놓을수록 분실이나 노난낭할 가능성은 높아지는 것이니까요. 이 테이프는 김태술 본인만이 독점하고 있을 때 효용이 있는 것입니다. 다른 사람이 복사본 가지거나, 혹은 테이프가 외부로 유출돼 버린다면 더 이상 협박 용도로 쓸모가 없어지기 때문입니다."

두주의 낙관적인 분석을 듣고서 안도감을 느꼈는지 대령의 얼굴이 조금 밝아졌다.

"소장님 말씀대로라면 다행이겠습니다. 그런데 어제 기무부대 동기에게서 들은 말에 따르면, DF 통상은 최근 몇 차례 연속으로 무기 중개에 실패하면서 심각한 경영난을 겪어 왔다고 합니다. 그렇기에 이번 대잠 헬기 도입 사업에 더욱 사활을 걸 수밖에 없었을 겁니다."

두주가 사정을 알겠다는 표정으로 혀를 찼다.

"쯧, 김태술이 씨바이퍼 도입에 그토록 필사적으로 덤빈 이유가 있었군요. 결국엔 다 돈 때문이었어."

나는 전부터 의아했던 것이 생각나 두주에게 물어보았다.

"그런데 궁금했던 게 하나 있는데 말이야. 10만 달러 지급 요구 메일을 북한 공작기관을 통해 접수하게 된 김태술은 왜 북한을 통하지 않고 자체적으로 돈을 전달하려 했을까? 결국 그 때문에 우리한테 미행당하고 정체를 들켜버렸던 거잖아."

"서로에게 신뢰가 없었기 때문이야. 적지 않은 돈이었기에 김태술은 북한이 중간에서 농간을 부려 돈을 착복할 수 있다고 의심했던 거겠지. 그래서 돈에 대해서만큼은 북한에게 맡기지 않고 자체적으로 사람을 보내 전달하려다가 우리한테 꼬리를 밟혀버린 것일세."

두주는 일어서서 대령에게 악수를 청했다.

"차 선생, 더 이상 협박에 시달릴 일은 없을 테니, 오늘부터는 예전의 편안한 일상으로 돌아가세요."

"정말로 큰 신세를 졌습니다. 보수금은 소장님이 원하시는 만큼 해드리겠습니다. 모자란다면 빚을 내서라도 드리겠습니다."

"그럴 거 없습니다. 보수는 이미 지불받았으니까요. 저기 가방에 든 달러 정도라면 보수금으로 크게 부족하지 않습니다. 저 달러로 인해 향후 차 선생이 곤란을 겪을 일은 없도록 할 테니, 아무 걱정하지 마세요."

두주는 책상 위에 올려져 있는 베이지색 쇼핑백에 시선을 주면서 말했다.

"예. 모두 소장님에게 맡기겠습니다."

밖으로 향하는 대령의 발걸음이 전보다 훨씬 가벼워 보였다.

차 대령이 떠나고 둘만 남게 되자, 두주는 천리마 담배 두 개비를 꺼내서 그중 한 개비를 나에게 권했다. 피워보니, 감미료 첨가 없는 생담뱃잎 그대로의 맛이었다.

"그런데 성북동 저택 이층에서 도 형사 자네가 김태술 마누라의 운전사를 가격해서 쓰러트릴 때, 북한 욕을 했던 건 무슨 까닭인가?"

"가급적이면 무력을 안 쓰고 비디오테이프를 회수하려고 했는데, 상황이 순조롭게 흘러가지 않았어. 북한도 차 대령이 찍힌 비디오테이프의 존재를 알고 있다는 점을 이용했던 것일세. 북한이 김태술을 배신하여 테이프를 강탈해 간 것으로 꾸미기 위한 연기였던 것이지. 북한 담배 꽁초를 서재 책상 위에 버려둔 것도 그 일환이었네. 그렇게 북한의 소행인 것으로 위장하여 내 의뢰인인 차 대령을 김태술의 사적 보복으로부터 멀어지게 하려고 그랬던 것일세."

"음, 그런 의도였군."

"지금쯤이면 가족들로부터 급보를 받은 김태술이 자신의 성북동 집에 도착해 있겠군. 쇠살무사가 금고 안에서 질식 안 하고 오래 버텨주면 좋겠는데 말이야. 무기상은 집에 도착하자마자 서재로 달려가 금고가 털렸는지, 안 털렸는지를 확인하려고 금고 문을 열어봤을 거야. 뱀이 그때까지 용케 살아 있다면, 김태술의 손에다가 송곳니로 구멍 두 개를 멋지게 뚫어놨을 거야."

"김태술이 독사에게 물려 죽을 수도 있겠군?"

두주는 그럴 일은 없을 거라는 듯이 손을 펴 흔들었다.

"살무사를 포함해서 한국에 서식하는 독사의 독은 그리 센 편이 아니야. 너무 늦지 않게 병원에 가서 해독 치료를 받는다면 목숨을 잃는 일은 잘 없지. 하지만 손에 물린다면 검붉은 피멍이 퉁퉁 부어오르고, 통증도 격심할 테지. 적어도 두어 달은 꽤 고생해야 할 걸."

"아! 참, 금고 비밀번호는 어떻게 알아냈던 건가?"

"그건 예상외로 쉬웠어. 금고 키패드에 손전등을 비춰서 돋보기로 자세히 보니, 2, 4, 8, 0번과 #키에는 먼지가 묻어 있었어. 즉 이 다섯 개의 버튼은 최근 열흘 이상 누른 적이 없다는 뜻이지. 나머지 1, 3, 5, 6, 7, 9번과 *키는 먼지 없이 매끈하더군. 이 일곱 개의 키를 조합해서 비밀번호를 맞춰야 했던 것이지.

자네가 나에게 제공해 준 김태술의 개인정보를 적어놓은 메모지 안에 힌트가 있었어. 김태술은 1955년 8월 24일생이잖아. 즉 자신의 생일 날짜인 0, 8, 2, 4번을 제하고 나머지 여섯 숫자를 가지고 비밀번호를 만들었던 거였어. 처음엔 정방향으로 1, 3, 5, 6, 7, 9, *을 눌렀지만, 아니더군. 다음번엔 *을 맨 앞에 누르고 다시 나머지 번호를 눌렀는데, 그것도 틀린 번호였어. 세 번째 시도로서 역순으로 *, 9, 7, 6, 5, 3, 1을 눌렀는데, 드디어 금고 문이 열렸던 걸세. 만약 7개의 번호 키가 순서와 상관없이 뒤섞여 조합돼 있었다면, 아마 지금까지도 번호를 맞추지 못했을 거야. 운 좋게도 세 번째 시도 만에 성공했던 거지."

"김태술, 그자는 내가 생각했던 것보다 엉성한 놈이로군. 극비자료가 들어있는 금고 비밀번호를 그렇게 대충 설정해 놓다니."

"그게 그렇게 단순하게 볼 문제가 아니야. 왜냐면 대부분의 사람은 비밀번호를 기억하지 못하게 될 것에 대한 두려움을 은연중에 가지고 있다네. 자신과 아무 연관성 없이 임의로 조합한 번호는 갑자기 기억이 안 나서 곤란을 겪을 수도 있단 말이지. 보안을 위해 비밀번호를 자주 바꾼다면 수첩 같은 데다가 메모를 해둬야 할 것이고, 그렇게 되면 적어 놓은 비밀번호를 타인에게 노출당할 위험이 커지는 것이지.

금고 비밀번호 선정에도 문제가 있었지만, 그것보다는 금고 키패드 버튼에 먼지가 묻을 거라곤 생각 못 했던 것이 더 결정적이었어. 김태술이 좀 더 치밀한 인물이라서 키패드 전체를 가끔 헝겊으로 닦아만 줬어도 나는 금고를 못 열었을 걸세."

"만약 비밀번호를 못 맞췄으면 어떻게 하려고 했나?"

"그러면 일이 상당히 빡세지는 걸세. 쇠지렛대로 금고 틈을 비틀어서 약간의 공간을 만들고, 그 사이에 황산가스를 주입해서 비디오테이프 필름에 손상을 가할 생각이었네. 자네가 성북동에 들고 간 비닐봉지 안에는 황산이 든 유리병이 들어있었어. 하지만 그 금고는 무쇠로 만들어진 것이라서 연장으로 틈을 벌리는 게 결코 쉽지는 않았을 거야."

금고에 관하여 생각하다 보니 불현듯 그해 3월에 일어났었던 스타인버그 살인 사건이 내 머릿속에서 되살아났다.

"채수현은 실패했지만, 자네는 용케도 금고를 열었군그래……. 김태술이 지금 어찌 돼 있을지 궁금해지는군."

"실은 나도 몹시 궁금해. 내 차는 소방 순찰차로 도색된 상태라 다시 성북동으로 타고 가기가 곤란하니, 이번엔 자네 차로 가야겠어."

한강을 건너 다시 김태술의 집 앞에 다다르자, 응급차 한 대와 경찰차 두 대가 경광등을 번쩍이며 길가에 세워져 있었다. 얼마 후, 인상을 잔뜩 찡그리며 피가 흐르는 손을 부여잡은 중년의 사내가 구급요원의 도움을 받으며 대문 밖으로 걸어 나왔다. 곧이어 응급차 뒷문으로 올라탄 그는 DF 통상 대표 김태술이었다. 큰 덩치에 좁은 이마 위로 머리숱이 빳빳하게 나 있는 그의 외모는 상당히 개성 있어 보였다. 뒤이어 현장 조사를 마치고 김태술의 저택에서 나오는 관할 서(署) 담당 형사에게 신분증을 꺼내 보여주자, 그가 나에게 깍듯하게 거수경례하였다.

"이 집에서 무슨 사고라도 생겼는가?"

"예, 오후 2시 무렵에 강도 사건이 발생했습니다. 그런데 놀랍게도 용의자가 간첩인 것 같습니다. 북한 공작원으로 추정되는 2인조가 뱀을 포획하러 온 소방관으로 위장하여 침입했다고 합니다. 이 집 경비원을 구타해서 기절시키고 결박한 후, 이층 서재에 있는 집주인 소유의 금고를 털어갔습니다. 그런데 좀 의아한 것은 금고 안에 들어있던 외화 다발과 유가증권은 그대로 두고 갔다는 점입니다."

"그 점은 확실히 이상하군. 집주인은 어디에 있는가?"

"집주인은 뱀한테 손을 물려서 좀 전에 병원으로 후송됐습니다. 가족으로부터 집에 변고가 생겼다는 연락을 받고서 회사에서 급거 귀가한 즉시 금고를 열어봤다는데, 황당하게도 그 안에 불그스름한 뱀 한 마리가 들어있었다고 하지 뭡니까! 구급대원이 말하길, 이빨 자국의 형상으로 봐서는 독사인 것 같다고 합니다. 뱀이 집주인 손을 물고는 어딘가로 도망가 버리는 바람에 아직도 집안 곳곳을 수색하는 중입니다."

옆에서 듣고 있던 두주가 자신도 상급자인 척하며 담당 형사에게 물었다.

"집주인이 간첩 소행이라고 진술하던가?"

"그렇습니다. 이 집주인과 목을 가격당한 경비원 모두 이북 놈들한테 당했다고 진술했습니다."

"어느 병원으로 후송됐는지 아는가?"

"아마 수도대학 병원으로 갔을 겁니다. 제일 큰 병원이고 여기서 가까운 곳이니까요……. 저는 바빠서 이만 가봐야겠습니다. 이 사건은 단순 강도가 아니라 공안사건인 관계로 급히 상부에 보고해야겠습니다."

"그렇겠군. 어서 가보게."

담당 형사는 빠른 손동작으로 우리에게 다시 경례를 하고서는 자신이 타고 온 차량 쪽으로 달려갔다. 우리노 어수선한 현장을 뒤로하고 시내가 있는 언덕 아래로 차를 몰았다.

6

◆ ◆

무기상 김태술의 금고에서 비디오테이프를 꺼내 온 날로부터 한 주가 지난 평일 오후, 용산 미8군 주둔지와 가까운 곳에서 거물급 간첩이 검거됐다는 긴급 속보가 공안부서를 통해 내가 근무하는 정보과로 전파되었다. 화교 출신 사업가 '풍운상(馮雲祥)'으로 위장하여 지난 십여 년 동안 수도권 일대에서 암약해 온 남파 간첩 강기수가 삼각지 인근에 있는 중화요리점 '차오양(朝陽)'앞에서 체포됐던 것이다. 대남공작 활동의 거점으로 활용되던 위장사업체인 음식점에서 출타한 강기수는 평소와는 다른 낌새를 채고서 도주를 시도하였으나 이중으로 둘러싼 포위망을 뚫지 못하고 결국 군경 체포조에 붙잡혔다. 그는 수갑이 채워지기 직전에 독약이 든 캡슐을 입에 넣어 음독자살을 시도하였으나, 검거에 투입된 요원의 신속한 제지로 미량의 독을 삼키는 데 그치고 말았다. 체포 현장에서 국군 수도통합병원으로 후송된 강기수는 엄중한 감호 상태에 놓이게 됐으며, 급한 치료를 마친 후 관계 기관 합동 심문을 받게 되었다. 그리고 정부는 간첩 검거 소식을 국내외 언론에 이례적으로 신속하게 공표하였다.

그런데 간첩 검거 소식의 여파가 채 가시기도 전에 훨씬 더 충격적인 사건이 연달아 일어났다. 남파간첩이 붙잡히고 열흘이 지난 금요일 오후, 한국에서는 보기 드문 총기 살해 사건이 그것도 서울 한복판에 있는 대학병원 안에서 발생했던 것이다. 총에 맞아 살해된 비운의 주인공은 바로 DF 통상 대표 김태술이었다. 독사에게 손을 물려서 생긴 피부 괴사와 마비증세 때문에 1인실에 입원해 치료받던 김태술에게 암살자가 은밀히 접근하여 그의 이마에 권총탄을 박아 넣어 버린 충격적인 사건이었다. 이 소식을 접한 나는 그 당시 극비에 부쳐졌던, 남파간첩 강기수의 소재를 당국에 제공한 인물이 김태술임을 직감할 수 있었다. 나중에 내가 알게 된 바에 따르면, 김태술은 차 대령을 협박하기 위해 접촉했었던 간첩 강기수의 뒤를 몰래 밟아 그의 동선을 어느 정도 파악하고 있었던 것이다. 거물급 남파 간첩을 검거하는 데 결정적인 공헌을 했던 김태술에게 있을지도 모를 북한의 보복으로부터 그를 보호하기 위해 무장 호위 경찰이 병실 문 앞에 배치됐음에도 그에 대한 보복 살해를 막을 수는 없었다. 방첩 당국과 경찰이 총격범의 행방을 한동안 뒤쫓았지만, 성과 없이 흐지부지하게 끝나 버리고 말았다.

김태술이 피격당하고 그 이튿날 오후 무렵에 두주가 나를 찾아왔다. 각자 일 때문에 한동안 만나지 못했던 우리는 경찰청사 앞 대로변에서 조금 벗어난 뒷골목 나방으로 들어가서 자리를 잡았다.

"어제 수도대학병원에서 일어났던 권총 피격 사건은 김태술에 대한 북한 측의 보복이라고 봐야겠지? 자신들을 꼬드겨 실컷 이용만 해 먹고서는 강기수의 소재를 남한 당국에 신고해 버린 행위에 대한 처단으로

써 말이야?"

총격 사건의 배후가 어디라는 것은 충분히 짐작하고도 남았지만 그래도 두주의 견해가 궁금하여 물어보았다.

"글쎄, 총격범의 행방을 놓치고 결정적인 단서도 못 건진 상황에서 속단하긴 이르지만, 아무래도 북한일 가능성이 높다고 봐야겠지. 그들은 김태술이 약속한 대가를 북측에 넘겨주기 싫어서 배신한 걸로 여겼을 거야. 대남 첩보망의 중추인 강기수를 남한 당국에다 팔아넘긴 놈이니 북한으로서도 김태술을 그냥 놔둘 수는 없었을 테지. 그런데 나는 북한이 무슨 이유에선지 예전과 달리 너무 서둘렀다는 느낌이 드네……. 그건 그렇다 치고, 안기부나 경찰이 김태술을 적어도 몇 달 정도는 제대로 보호해 줄 거라 봤는데, 경호를 그렇게 건성으로 할 거라곤 생각 못 했어."

"김태술이 입원해 있던 병실 문 앞에 보안과 소속 경관이 무장한 상태로 경비를 서고 있었는데, 갑자기 반대편 복도에서 어떤 외래 환자가 의료진들에게 고함을 지르며 난동을 피우는 걸 보고서 그를 제지하러 잠깐 자리를 비운 틈에 일이 벌어지고 말았다는군. 김태술에게서 무장 경관을 떼어 놓으려 난동을 피운 환자 놈도 범행의 일당이었던 게지. 범인은 총격 후에 시간이 촉박하다 싶었는지 탄피를 회수하지 못하고 그대로 도주해 버렸어. 환자용 침대 밑에서 탄피를 습득하여 국과수에 가져가 조사해 봤더니, 사용된 총기는 벨기에제 베이비 브라우닝인 것으로 밝혀졌네. 사건 당시 병동에 있던 사람들이 총성을 듣긴 들었는데, 총소리가 그리 크지는 않았다고 진술하는 걸로 봐선 소음기를 장착하고 쐈을 가능성이 높다고 봐야겠지."

"음, 잠깐의 빈틈을 만들어 한 번 만에 깔끔하게 해치우고 달아나 버렸군. 베이비 브라우닝은 워낙 작은 총이라 위력은 약하지만 은닉하기에 좋아서 북한 공작원들이 오래전부터 애용해 오던 권총이지."

"맞아. 총열 길이가 고작 5센티에 불과한 호신용 권총이니까. 피격 후에 김태술의 두개골을 X-ray로 촬영해 봤더니, 그의 이마뼈를 뚫고 들어간 베이비 브라우닝 탄두는 후두부를 꿰뚫지 못하고 뇌 안에 갇혀버렸다더군……. 머리에 박힌 총알을 무리하게 꺼내려 한다면 지금보다 시신의 상태가 훨씬 더 훼손될 것이 뻔하니 유족들도 머리에 총알이 있는 상태로 망자(亡者)를 입관하고 장례를 치러야 할 거야."

무기상 김태술의 처참했을 최후 순간을 머릿속으로 그려본 것인지 두주는 잠시 눈살을 찌푸렸다.

"김태술은 총을 맞고 바로 절명해 버렸나?"

"아닐세. 치명상을 입고도 10시간 이상 숨이 붙어 있었어. 하지만 점점 호흡과 혈압이 약해지더니 뇌사상태에 빠졌고 결국엔 심장까지 멎어 버렸지. 총을 맞은 부위가 뇌였기 때문에 의사들도 산소마스크로 호흡을 도와주는 것 외엔 달리 손쓸 방법이 없었다더군."

나의 대답을 듣고서 두주는 두 눈을 번뜩였다.

"김태술이 즉사하지 않았다면 현장에서 총소리를 듣고서 달려온 사람들에게 총격범에 관해서 무슨 말이라도 했을 텐데?"

"총에 맞은 직후 얼마 동안 뭐라고 웅얼거리기는 했다는데, 경호 경관이나 의료진 모두 그가 무슨 말을 하는 건지 도저히 알아들을 수 없었다고 하더군."

"그렇다면 병원에서 총격범을 목격한 사람은 없었나?"

"아무리 솜씨 좋은 일급 공작원이라 해도 그렇게 큰 병원에서 누구의 눈에도 안 띌 수는 없는 법이지. 여자 공작원이 쏜 것 같네."

"뭐! 여자라고?"

여자 공작원이란 말에 놀란 두주가 크게 소리 질렀다.

"자네, 왜 그리 놀라나?"

"아닐세……. 계속 얘기해 보게."

"총소리가 나고서부터 불과 십 초도 지나지 않았을 때, 김태술의 병실에서 낯선 여의사가 나오는 걸 본 병원 직원이 있어. 목격자가 진술하길 그 여의사가 병동 복도에서 자신과 반대 방향으로 지나갈 적에 화약 냄새가 진하게 났다고 하더군."

"인상착의는?"

"의사 가운을 걸친 용의자는 키가 크고 까만 뿔테 안경을 썼다고 했어. 얼굴은 얼핏 본 거지만 상당한 미인이었다고 그러더군."

병원에서 벌어졌던 총격 사건의 개요를 두주에게 알려주고서 나는 그의 눈을 응시하며 진지한 어조로 물었다.

"우리가 김태술의 금고 속에 들어있던 비디오테이프를 가져오기 위해 성북동 이층 저택에 위장 잠입했던 날, 자넨 김태술이 이러한 최후를 맞이하도록 의도하고서 북한 공작원의 소행인 것처럼 연출했던 것인가?"

두주는 고개를 가로저었다.

"그건 자네의 오핼세. 전에도 말했듯이, 내가 김태술에게 성북동 자택에 침입하여 숨겨둔 비디오테이프를 빼내 간 것이 북한 공작기관의 소행이라 여기게 만들려고 했던 건 분명한 사실이야. 그렇게 했던 주목적은 내 의뢰인인 차 대령에게 가해질 위해를 최대한 줄이려고 했기 때문일세. 내가 금고 안에 독사를 넣어두어 김태술의 손을 물도록 만들긴 했지만 구태여 그를 죽게 할 생각까진 없었어. 어리석게도 그자는 스스로 제 무덤을 팠던 게야. 난 김태술이 그 정도로 사리 판단에 어두운 사람인 줄은 몰랐네."

"그럼, 김태술이 어떻게 처신했어야 옳았다고 보는가?"

"북한 공작원들이 속임수를 써서 자신이 사는 집으로 들어와 금고를 털어간 것도 모자라 독사로 덫을 만들어 자신을 물게 했다고 생각한 김태술은 화가 치밀어올랐을 거야. 북한 놈들이 비열하게 자기 뒤통수를 후려갈겼다고 여겼을 테지. 차 대령을 협박할 수 있는 강력한 무기인 비디오테이프가 북한 손으로 넘어감으로써 사활을 걸었던 대잠 헬기 중개 사업에서 주도권을 잃게 된 것은 그에게 엄청난 타격이었을 걸세. 눈이 뒤집힌 김태술은 어떻게든 복수하고 싶었을 거야. 하지만 사태를 냉정하게 관망하고 기다렸어야 했는데 그는 그러지 못했어. 김태술은 마린호크를 떨어트리기 위해 차주홍 대령을 상대로 한 모략에 공조했던 간첩 강기수가 농간을 부린 것으로 결론을 내렸던 것 같아.

공안당국에 찾아가 간첩 강기수의 소재를 신고하여 그가 검거되게 한 것으로 분풀이는 됐겠지만, 그것은 지극히 감정적이고 비합리적인 결정이었어. 상황 판단을 제대로 못 한 게 어쩌면 독사한테 물려서 생긴 신체적 고통 때문일지도 몰라. 인간의 정신이란 게 그리 대단한 것이 아니거든. 신체가 온전치 못하면 정신도 약해지는 법이니까."

"북한을 믿지 못했던 김태술의 불신이 결국 화를 자초했던 것이군.

남한 체제를 무너뜨리려고 했던 간첩 강기수는 검거됐고, 모략으로 차대령을 협박해서 이득을 취하려 했던 무기상 김태술은 북한의 보복으로 사살됐으니, 결국 모든 게 사필귀정으로 끝난 것 같아."

담배를 피우며 내 말을 듣던 두주가 길게 한 모금 내뿜고서 나를 응시하며 말했다.

"그런데 내가 보기엔 북한 말고도 김태술을 벼르던 세력이 있었던 것 같아. 지금부터 내가 하는 얘기는 구체적 근거 없는 추론일 뿐이니, 가볍게 들어보게. 간첩 강기수가 당국에 검거되면서 남한에 구축된 북한의 대남 조직망은 뿌리째 흔들리게 될 게 분명해. 예전 군사정권 시절처럼 혹독한 고문을 가하지 않더라도 강기수는 오래 못 버티고 결국엔 자신이 관리하는 조직망을 안기부에 불 수밖에 없을 걸세.

당하고 가만히 있을 리 없는 북한 놈들이 김태술을 절대 그냥 놔둘 리는 없겠지만, 난 보복의 시점이 너무 이르다는 생각이 들어. 좀 더 기다렸다가 처리해도 될 일을 가지고 굉장히 급하게 서둘렀다는 느낌이 든단 말일세. 이때까지 북한이 보여왔던 행태와는 다르다는 거지.

사실 현시점에서 봤을 때, 북한보다 김태술의 존재가 더 거북한 쪽은 암스트롱사야. 이번 기회에 자사가 제작한 대잠 헬기 씨바이퍼의 누적 재고를 한국에 털지 못하면, 그들은 파산을 피할 수 없기 때문이지. 이런 상황에서 테이프를 도난당한 김태술이 북한을 자극하며 폭주(暴走)해 버리자, 자신들이 세운 계획이 어그러져 국제적인 방산 스캔들로 번지는 것을 반드시 막아야 했을 걸세. 이미 활용 가치가 없어진 데다 기밀 유지에 방해만 되는 존재가 돼버린 김태술을 암스트롱 측에서 제거해 버렸을 가능성이 상당하다고 보네. 그들도 내가 김태술의 저택에서 그랬던 것처럼 북한 공작원의 소행인 것으로 위장했을 것일세."

나로서는 생각지도 못했던 추론을 두주로부터 듣게 되자, 그저 놀라울 따름이었다.

"그럴 가능성을 배제할 순 없지만, 자네의 추론은 너무 복잡하고 비약이 심한 것 같은데."

"더 흥미로운 얘길 하나 해주지. 난 총격 당시 병원에 없었지만, 살해범의 얼굴이 대충 그려진다네."

"그건 또 무슨 소린가?"

"임페리얼 호텔로 달러 가방을 들고 왔던 여자와 병원에서 김태술을 쏜 가짜 여의사는 동일 인물일 거야."

"호텔 커피숍에 선글라스 끼고 왔던 그 여자?"

두주가 고개를 끄덕였다.

"더 놀라운 건 그 여자와 우린 이미 구면이라는 사실이야."

"뭐라구?"

"임페리얼 호텔에 돈가방을 들고 왔던 여자의 정체는 지난봄에 살해당한 스타인버그의 전 애인이었던 민지수란 말일세."

나는 망치로 뒤통수를 얻어맞은 것처럼 갑자기 멍해져 버렸다.

"설마! 그 여자가 어떻게……."

나는 두주의 말을 도무지 믿을 수 없었다.

"암스트롱사로부터 무기 중개의 업무위탁을 받은 에이전트는 민지수이고, DF 통상 김태술은 그 여자의 하수인에 불과했을 것일세. 나는 임페리얼 호텔을 떠나 선릉역 근처에서 내린 후, 빌딩 안으로 들어서면서 선글라스를 벗는 민지수의 옆모습을 보았다네."

"알수록 정말 대단한 여자군!"

"어쨌든 우린 차 대령의 의뢰 건을 완수했으니 좀 쉬도록 하세. 총격범 검거는 경찰과 공안당국이 해야 할 일이니까. 그런데 내가 보기엔, 범인 검거에 그리 적극적으로 나설 것 같진 않아.

어젯밤부터 내린 비가 그치고 나니, 이제 완연한 가을이군 그래. 한잔 마시기 딱 좋은 날이야. 자네한테 진 신세도 갚을 겸 오늘은 내가 한잔 사겠네. 간만에 큰돈을 벌었으니까. 김태술 아니지, 암스트롱사 덕분에 앞으로 몇 년은 놀고먹어도 되겠어."

다방에서 일어나기 전에 나는 상의 안 주머니에서 전단지 한 장을 꺼내 두주 앞에 펼쳐 보였다. 수배 전단에는 소방 기동복을 입은 중년 남자 둘이 몽타주로 그려져 있었다. 내가 낮은 목소리로 말했다.

"성북동에서 자네에게 얻어맞은 윤 기사와 김태술 가족들의 진술과 묘사를 토대로 2인조 북한 공작원의 몽타주가 이렇게 제작돼서 배포됐다네. 봐. 우리 얼굴하고 꽤 많이 닮았어."

몽타주를 유심히 보고서 두주가 쓴웃음을 지었다.

"젠장, 우린 당분간 같이 다니면 안 되겠어. 그래도 실물보단 훨씬 잘생기게 나온 것 같아. 허허헛! 김태술을 쏜 여자 총격범의 몽타주가 나오면 나한테 꼭 보여주게."

거리로 나오자, 해는 거의 저물어 가고 있었다. 우리는 서쪽에서 부는 시원한 바람을 맞으며 가로수 그늘을 따라 천천히 걸었다.